KB001834

Y/N

Y/N

에스더 이 • 최리외 옮김

은행나무

차례

I

팩 오브 보이즈

팩 오브 보이즈는 2년 전 서울에서 첫 앨범을 냈고 지금은 전 세계 온갖 초대형 공연장과 올림픽 경기장에서 전석 매진 공연을 이어가고 있다. 그들의 인기가 대단한 차원이라는 걸, 최근에 나온 뮤직비디오가 태평양 지역 전체에 정전을 일으킬 정도였다는 걸 나는 잘 알고 있었다. 콘서트에 다녀온 팬이 영영 무너질 만큼, 일상이라는 정신 쇠약의 상태로는 돌아갈 수 없을 정도로 보이즈가 초자연적인 카리스마를 지녔다는 사실도 알고 있었다. 또한 그들이 내면의 이모저모에 얼마나 통달한지, 웃기지도 않는 사기가 판치는 세상을 들춰낸 다음 그런 세상에서 살아남을 수 있는 유일한 가능성을 바로 그 팬에게 선사하는지도 나는 알았다.

적어도 이건 바브라의 이야기를 몇 시간이고 들으면서 얻은 결론이었다. 룸메이트로서 끝도 없이 전도하려는 그녀에게 시달려온 터였다. 하지만 보이즈를 좋아하라는 요구가 강해질수록 거부감만 커졌다. 팬덤을 확장하려는 전략일 게 분명해 보이는 건전한 공동체 정신은 내가 품어온 사랑에 대한 관념을 모독했다. 나는 스스로를 비밀스럽게 만들며, 전투적인 자세를 취하게 하고, 매섭게 하는 것─도덕적 자책을 불러일으키고 다른 건 모조리 차단해버리는 것만을 사랑할 수 있었다. 그러니 바브라가 방문을 두드리곤 친구가 아프다면서 베를린에서 열리는 보이즈의 첫 콘서트를 함께 보러 가자고 했을 때 거절했던 것이다.

　"이 콘서트가 네 삶을 바꿀 거야." 그녀가 말했다. "딱 느낌이 와."

　"난 내 삶이 바뀌길 원하지 않는데." 내가 말했다. "내가 원하는 건 내 삶이 딱 한 곳에 박혀서 최대한 하나로만 강렬하게 유지되는 거야."

　바브라는 연민에 젖은 듯 눈을 크게 떴다. 온라인에서 만난 낯선 사람을 본인 아파트에 들인 그해 이후로, 그녀는 지치지도 않고 보살핌을 제창했으며 나는 그 노고를 회피해왔고 그런 식의 관계가 묘하게 공존하면서 우정이라 부를 만한 형태의 무언가가 되었다. 내가 가장 두려워

한 것은 죽음이나 전 지구적 대재앙이 아니라 영혼이라는 진중함의 기념비를 야금야금 깎아먹는 일상의 포기들이 었다. 값싸고 시시한 것들을 몰아내기 위해 나는 영혼의 괄약근을 꽉 조인 채 살아왔다. 그럼에도 바브라는 나의 자기 제한 기술을 무심결에 훈련시키고 있었고, 그에 관해선 약간의 감사함을 느끼지 않을 도리가 없었다. 나는 앞에 놓인 책상 위에 펼쳐진 책으로 눈길을 돌렸다.

"너 좀 학자 같아 보인다." 바브라가 말했다. "근데 넌 학자가 아니지."

"고마워." 나는 흐뭇하게 말했다.

"무슨 말이냐면, 네가 읽은 책 가지고 아무것도 안 한다고. 가르치는 일 해보는 건 어때? 어린애들 마음을 잘 다독여줄 것 같은데."

"어떻게? 내 마음도 못 다독이는데."

"보이즈가 그렇게 생각했다면 지금의 자리에 못 섰을 걸." 바브라가 말했다. "본인들 능력에 단단한 믿음을 갖고 있으니까 다른 이들의 삶에 영향을 미치는 걸 두려워하지 않는 거야."

바브라는 눈을 감고 숭배의 시간으로 빠져들었다. 다시 눈을 떴을 때, 마치 나로서는 이해 불가능한 어떤 곳에 다녀온 듯 우쭐한 미소가 서렸다. 그러나 그녀가 다시 일상으로, 우리가 공유하는 무력한 열정의 세계로 돌아온 것은 헌신에 실패한 것처럼 느껴졌다. 그때 나는 깨달았다. 그동안 내가 그녀를 따라 다른 곳에 가지 않았다면, 그건 다시는 돌아오지 못할 것임을 알고 있었기 때문이리라. 내가 느낀 것은 섬뜩함이 아닌, 스스로를 알아볼 수 없을 정도로 망칠 것이라는 데서 오는 두려움이었다. 내 비겁함에 짜증이 난 동시에 도착적인 호기심에 사로잡힌 나는 처음으로 보이즈를 사랑한다는 게 어떤 건지 궁금해지기 시작했다.

두 시간 후 나는 바브라를 따라 사람이 꽉꽉 들어찬 공연장으로 들어섰다. 뒤쪽에 자리한 우리의 좌석은 무대가 잘 보이지 않았기에 무대 배경으로 세워진 스크린을 열심히 바라봐야 했다. 베를린의 어느 아파트 건물을 통째로 옆으로 눕힌 것만큼 커다란 그 스크린은 무대 위에서 벌어지는 일들을 놀라울 정도로 선명하게 재현해냈고, 그래서 다섯 명의 보이즈가 고개를 숙이고 배를 움켜쥔 채 마치 우연히 떠밀려 온 듯 무대에 들어섰을 때, 내 자리에선 쌀알만큼 작아 보이는 그들의 실제 몸이 저 거대한 이미지에 짓눌린 채 어떻게 이 저녁나절을 날 수 있을지 나로서는 헤아릴 수가 없었다. 여자들 수천 명이 비명을 터뜨렸다. 보이즈의 콘서트에서 고막이 찢어지는 사고가 늘고 있어 소속사 측에서 귀마개 착용을 권유한다던 바브라의 말이 떠올랐다. 하지만 내 주변 팬들 중 귀마개를 낀 사람은 아무도 없었다. 마침내 보이즈와 같은 공기를 마시게 되었으니 몸을 사릴 때가 아닌 모양이었다.

보이즈는 여전히 고개를 푹 숙인 채 일렬로 서 있었다. 방금 전 호되게 혼나기라도 한 듯했다. 검은 더비 슈즈와 검은 바지 위로는 각자의 개성을 살린 상의를 걸쳐 입은 차림새였다. 멤버들 각각의 이름은 천체에서 따온 것이었는데, 당연히 어스Earth라는 이름은 없었다. 나로서는 누가 무슨 이름인지 알 길이 없었다. 바브라는 이름 하나를 다른 이름들보다 더 자주 부르는 일 없도록 주의를 기울이며 다섯 명 전부를 계속해서 외쳐댔다.

하지만 나는 평등주의자가 아니었다. 이미 왼쪽 맨 끝에 선 소년이 가장 신경 쓰인다고 확신했다. 그는 기다란 소맷동에 손가락이 전부 가려지는 실크 소재의 분홍색 버튼다운 셔츠를 입고 있었는데, 마치 셔츠 밖으로 날아가기라도 할 것처럼 옷자락을 꽉 쥐고 있었다. 금빛으로 물들인 머리카락은 피부색과 딱 어울려서 머리에서 피부가 자라나고 있는 것 같았다. 그가 고개를 들자, 창문 블라인드 두 칸 사이의 공간처럼 가는 눈과 어쩐지 밋밋한, 특성 없는 얼굴이 드러났다. 그러나 그 단조로움은 마치 강렬한 시선을 강조하기 위해, 파리한 안색에서 느껴지는 돌처럼 차가운 창백함과 불협화음을 이루게끔 계산된 전략인 것처럼 보였다. 그는 불가능해야 마땅한 포즈를 취하고 있었다. 몸통 중심을 완벽하게 꼿꼿이 세웠으나 목이 너무 광각으로 튀어나와 있어 똑바로 세운 머리통이 완전히 다른 몸통에 속한 듯해 보였으니까. 나를 불안하게 만든 건 그 목이었다. 길고 매끈한 목은 몸을 따라 사타구니까지 이어지며 푹신하게 감싸주는 속근육을 뜻했고, 그 끝에서 대담하게 툭 튀어나오는 페니스를 연상시켰다.

무대 조명이 붉게 변하며 파르르 흔들리더니 새로운 별자리가 나타나 보이즈의 얼굴 위로 긴 그림자를 드리웠다. 음악이 시작되었다. 강렬한 퍼커션 소리가 톤 없는 신시사이저 소리를 갈비뼈처럼 에워싼 음악. 보이즈는 폭발하듯 춤을 추기 시작했다. 바브라가 말해준 바에 따르면 그들은 백댄서를 쓴 적이 없는데, 상대적으로 평범한 소년들로 그럴싸하게 덩치를 부풀리는 건 값싼 속임수라고 여겼기 때문이다. 그리하여 저 거대한 어둠 속 무대 위에는 다섯 개의 반점만이 외로이 존재하게 되었다. 보이즈는 원을 그리고 서서 서로를 향해 보이지 않는 에너지 파동을 주고받았다. 후렴구의 황홀한 절정에 이르자, 그들은 뒤로 돌아 손바닥을 위로 한 채 두 팔을 양쪽으로 쭉 뻗었다. 마치 주변의 공허를 향해 선명한 수확물을 내어주려는 듯이.

보이즈는 노래했다.

"이 행성에서 죽는다는 건 무슨 의미일까? 외로움, 절망, 혼란. 인간은 은하계의 먼지 입자인걸. 이 행성에서 산다는 건 무슨 의미일까? 창조, 욕망, 충돌. 인간은 먼지 입자 속 은하계인걸."

거의 매일 밤마다 팩 오브 보이즈가 혹독한 훈련을 마친 뒤 씻고 숙소 거실에 모여 예술과 문학의 고전들을 공부한다던 바브라의 말이 떠올랐다. 문명이 그러하듯, 보이즈는 매 앨범마다 새로운 시대로 들어섰다. 현시대를 위한 앨범을 준비하며 그들은 소포클레스의 한국어 번역본을 탐독했는데, 오이디푸스가 스스로 눈을 멀게 한 선택을 두고 골머리를 앓았다. 물론 그는 진실을 앞에 두고도 비참하리만큼 무지했지. 그렇다면 얼굴에 구멍을 두개 더 뚫어 늘어난 눈 두 개로 두 배의 시야를 가졌어도 됐잖아? 오이디푸스가 어둠에 굴복한 데 대한 문제 제기로서 이번 앨범은 너무 많이 보는 것과 너무 많은 빛을 축복하는 내용이었다.

내 눈길은 불안한 목을 지닌 소년에게로 계속 향했다. 다른 멤버들은 동작이나 표정을 과장해 감정의 깊이를 전달했으며, 그들이 세상과 소통하는 방식을 이해하는 데는 별로 난처할 게 없었다. 하지만 불안한 목의 소년은 불가해한 논리를 따르고 있었다. 그의 다음 움직임을 예측하는 건 불가능했는데, 막상 그것이 발생하면 절대적으로 필연적인 동작처럼 느껴졌다. 그는 무대라는 존재를 깨우고 싶지 않다는 듯, 공중에서 떨어지는 속도조차 조절하는 것처럼 저릿한 부드러움을 품은 채 착지했다. 그의 움직임은 유동적이고 비극적이며 태고의 것이었다. 관절을 휙 꺾는 동작은 매번 가장 마지막 순간까지 유보되다가 나타났다. 그는 결코 준비 자세를 갖추지 않았다. 그는 언제나 이미 그 자리에 있었다.

멤버들이 차례로 한 명씩 삼각형 대열의 맨 앞으로 나와 한 소절씩 부르자, 공연장의 비명 소리는 총 다섯 번 절정에 달했다. 불안한 목의 소년이 굽이치듯 앞으로 밀려와 마이크를 쥐었을 때 내 눈에는 눈물이 차올랐다. 팀워크라는 매끈한 살결 밑에 감춰진 그의 개성이 경련하듯 씰룩이는 모습을 마주한 순간, 그가 다른 멤버들과 다르다는 것이 더욱 확실히 보였고, 내가 다른 네 명보다 이 소년을 더 좋아하며 따라서 그를 사랑한다는 사실을 깨달았다.

그의 목소리는 바람에 휘날리는 분홍빛 리본 같았다.

"나는 한곳에 가만히 서서 조심스럽게 세상을 바라보곤 했어. 지금은 최대한 빠르게 달리면서 빠르게 보려고 하는데도 충분치 않아. 어떤 순간이든 내 눈앞에 보이는 건 도로뿐, 결국 모든 게 지평선 너머로 사라져만 가니까. 내가 영원히 눈앞을 바라볼 수 있게 지구를 평평하게 만들어줄래?"

그간 바브라가 줄기차게 읊었지만 멤버 각각의 이름과

얼굴을 제대로 기억한 적은 한 번도 없었다. 하지만 지금 무대 위의 저 몸은 내 기억 깊은 곳에서부터 모든 세부 사항을 뽑아내 하나의 이름을 기준 삼아 실타래를 감았다. 문Moon. 나는 문을 기억해냈다. 스무 살이며 그룹에서 가장 어린 멤버. 그는 서울의 어느 발레단에서 신동으로 활동하며 열네 살까지 주역을 모조리 맡다가 연예 기획사에 들어갔다. 4년 후, 문은 팩 오브 보이즈에 들어가지 못할 뻔했는데, '음악 교수'라는 별칭으로 알려진 현 소속사 사장이 그의 특이한 춤은 그룹에 잘 녹아들지 못할 거라고 여긴 까닭이었다. 어느 멤버에게든 적용될 수 있었던, 별 의미 없이 선명했던 기억 속 세부 사항들은 어느새 문을 떠올리는 데 없어선 안 될 필수 요소가 되었다. 바브라가 해줬던 이야기는 완벽히 일리가 있었다. 그가 잠자리에 들기 직전에 기름진 음식을 먹는 이유는 다음 날 잠에서 깼을 때 날렵하고 팽팽한 몸을 느낄 수 있어서라던 말. 강렬한 꿈속 삶에서 이루어진 신진대사의 증거.

나는 다른 세계로 가고 있었다. 바브라가 언젠가 '첫 경험'이라고 부른 것을 경험하는 중이었다. 그러나 언젠가, 죽는 것보다는 섹스하는 게 나을 거라는 강한 확신으로 들떠 울렁이며 기다렸던 첫 섹스와는 달리, 문의 존재는 전혀 예상치 못한 것이었다. 스물아홉 살에 맞이한 첫 경험은 다른 모든 첫 경험들은 어떤 것일지 궁금해지게 만들었다. 갑작스럽게 세상은 내밀한 헌신의 골목들로 가득 차올랐다.

　몇 곡을 더 부른 다음 보이즈는 다시 일렬로 섰다. 스물네 살의 최고령 멤버인 선Sun이 한국어로 말하자 영어와 독일어 번역이 스크린을 가로지르며 흩뿌려졌다. 두 달 전 서울에서 시작된 첫 월드 투어의 절반이 지났습니다, 그는 말했다. 먼저 동쪽으로 가서 미국 팬들을 만났고요. 이젠 유럽에 왔고, 보이즈 멤버 전부가 한 번도 가보지 못한 대륙으로 날아가 가족들을 놀라게 해줄 거예요.

　보이즈가 한 명씩, 스크린을 비추는 카메라를 바라보며 자신의 가족들에게 감사 인사를 전했다. 제일 마지막 순서인 문만이 무대 끄트머리로 걸어가 조명 빛에 눈을 가리고선 관중을 똑바로 바라보았다.

　"엄마, 아빠, 누나." 그가 말했다. "여기서는 안 보여요. 사랑해요. 그래서, 지금 어디 있어요?"

　'그래서'라는 단어에 나는 경악했다.

　우울한 멜로디의 느린 현악기 소리가 공연장을 가득 채웠다. 문은 무대 중앙으로 나와 홀로 서 있었다. 검은 안대를 쓴 채였다. 관중석에 앉은 모두가 휴대폰을 들자, 수천 명의 문이 내 눈앞에 나타났다.

　그는 노래했다. 다른 사람들이 있는 방을 지나가는 것

조차 견딜 수 없었던 때가 있었다고, 자신의 몸이 어떻게 생겼는지 누구에게도 보이고 싶지 않아 무릎까지 내려오는 셔츠를 입었었다고. 얼굴이 달렸다는 사실이 괴로웠으며, 사타구니 속 비밀처럼 내내 숨길 수 있으면 좋겠다고 생각했다고. 그러나 그때 그는 나를 만났다. 마침내 그는 남들에게 보이는 걸 견딜 수 있게 되었다. 여태 다른 누가 그랬던 것보다도 나는 그를 더 많이 바라보았고, 그러자 그는 스스로의 모습을 바라볼 여지를 잃었다. 문제는 바로 그거였다. 스스로를 바라본다는 것.

"네 눈의 총구를 겨눠줘." 그는 노래했다. "난 쏘기 쉬운 존재가 될게."

모두가 일제히 손을 들어 엄지와 검지를 벌려 권총 모양으로 만든 다음 문을 조준했다. 나는 그 행동을 따라 할 수 없었다. 문이 내게 최대한 많이 영향을 미칠 수 있도록 완벽하게 수동적인 상태를 유지하며 주체성의 발동을 억누르려 팔짱을 끼고 있었으므로.

간주와 더불어 권총 발사 소리가 들렸다. 수천 개의 손목이 발작을 일으켰다. 가슴팍에 총을 맞은 문은 뒤로 비틀거렸다. 쓰러지겠다 싶었는데 그는 한 발을 축으로 삼고서 관중이 쏘아대는 긴 총알의 대열에 굴복했다. 머리가 먼저 꺾였다. 두 팔이 뒤따랐고, 그다음 장기가 가득 든 몸통이 흔들리며 다른 쪽 다리를 휘청거리게 했다. 나는 마침내 그의 셔츠가 갓 태어난 아기의 혀 색깔이라는 사실을 깨달았다. 그는 온몸으로 공기를 맛보는 중이었다. 오늘이 그의 인생 첫날이 될 것이다.

그는 동작을 멈추고 안대를 찢었다. 내 눈은 그의 코끝에 맺힌 땀방울의 윤곽까지 낱낱이 보이는 스크린과 그의 몸이 흐릿한 반점처럼 보이는 무대 사이를 오갔다. 정확한 재현과 부정확한 실재 중 내가 어느 쪽을 더 원하는지 알 수 없었다. 그는 중심 무대에서 공연장 플로어* 한가운데까지 이어지는 런웨이를 걸어 내려가기 시작했다. 스크린을 통해 땀방울이 흔들거리다 툭 떨어지며 시야에서 사라지는 게 보였는데, 아마 무대에 튀었을 것이다. 문은 턱을 밀어 넣고 고개를 홱 꺾어 위쪽을 올려다보았다. 싸우자고 협박해놓고 그 상대를 유혹하는 듯한 표정. 그 상대는 나였다. 그는 정확히 나를 향해 걸어오고 있었다.

나는 군중 사이를 밀치며 나아가기 시작했다. 성난 타인들이 길을 막아서려 했다. 그들을 탓할 순 없었다. 몹시 질 나쁜 팬인 건 나였으니까. 하지만 나는 그들과 연대감을 느끼지 않았다. 공간 인식 범위에서 그들은 지워졌다. 모든 것이 마음속에서 고요해졌다. 문과 나는 공연장에 단둘이, 서로를 마주 본 채 존재했다. 무대 위로 뛰어올라

---

* 공연장에서 무대와 구분되는 객석을 이르는 말.

가 그에게 내 눈을 똑바로 바라보라고 요구할 것이다. 단한 순간, 그의 시야에 들어오는 건 나뿐일 것이다. 군중과 분리된 채 나의 개별적 인간성을 강요했다는 비난을 받게 되리라는 걸 알았지만, 나는 신경 쓰지 않았다, 나는 사람이다, 아주 똑똑히, 아무리 불행하고 아무리 공허하더라도 나는 사람이다.

반점만 하던 문은 작아졌고, 점점 덜 작아졌다. 여기 있는 나만큼 커져달라고 애원했지만, 그가 보통 사람 크기에 가까워질수록 나는 그가 결코 보통 사람 크기가 될 수 없을 것임을 직감했다. 우리는 동시에 걸음을 멈췄다. 그는 런웨이의 끝에 도달했고, 나는 더 이상 인파를 뚫고 나아갈 수 없었다. 꿈꾸듯 항복하는 자세로 그가 고개를 뒤로 젖히자 얼굴만큼 기다란, 석회암 기둥 같은 목이 드러났다. 후두를 지탱하는 연골이 척추뼈처럼 튀어나와 있었다. 푸른 정맥이 목을 따라 흐르다 아래턱을 가로지르며 갈라졌다. 피부 바로 밑에서 생명이 득시글거렸다. 몸속 정글이 자유로이 흘러나오는 눈, 코, 입과는 달리 목은 억압의 언어를 내보이고 있었다. 바브라의 실수는 이성적인 내러티브의 획을 그어 문에 관한 모든 것을 단번에 이해하도록 강요한 데 있었다. 그러나 나는 저 독보적인 목에서부터 시작하면 된다.

천장에서 강철 줄이 내려왔다. 문은 고개를 숙여 목을

다시 그림자 속으로 감추고는 허리에 달린 버클에 줄을 연결했다. 공연장의 모든 조명이 그를 향하고 있었다. 그는 가만히 서서 그 빛을 견뎠다. 그는 영원히 건네지는 순간에 담긴 선물이었다. 다만 소유할 수는 없는. 날카로운 허기가 내 안을 파고들었다. 나는 무언가를 원했으며 그 전부를 갈망했으나, 감히 문을 욕망할 수는 없었다. 그렇게 쉬운 거라면 그만큼 불가능하다는 뜻이기도 하니까.

"나는 커서 네가 될 거야." 그가 노래했다. "너는 다시 태어나면 내가 될 거야."

줄이 그의 몸을 공연장의 검은 창공으로 들어 올렸을 때, 나는 작별 인사를 건네지 않았다. 그를 다시 보게 될 것이며, 영원히 볼 운명에 처했음을 알고 있었다. 그는 신성한 힘의 손아귀에 굴복하듯 눈을 감고 두 팔을 옆구리에 늘어뜨리고 있었다. 손은 느슨한 주먹으로 말려 있었다. 그 손바닥이 얼마나 축축했을지 상상만 해도 마음이 아렸다.

나는 아티초크 하트 통조림을 만드는 호주 교포가 운영하는 기업의 영어 카피라이터로 재택근무를 했다. 내가 하는 일은 소비자들을 위해 채소에 낭만적 사랑의 능력을 믿음직스럽게 불어넣는 일이었다. 언제나 업무에 다소 귀족적인 무관심을 지녀왔는데, 콘서트 이후로 며칠 동안은 이토록 하찮은 일을 진지하게 논하는 것 자체에 구역질이 나서 상사의 전화를 아예 피했다.

대신 나는 문이 스무 살 생일을 맞아 팬들에게 직접 쓴 장문의 메모를 몇 시간이고 베껴 썼다. 그의 필체가 탐이 났다. 가늘고 각진, 페이지를 힘차게 가로지르며 점점 위쪽으로 떨리듯 흐르는 글씨. 한국어를 사용하며 자랐으나 글씨를 쓴 적은 거의 없기에 나만의 한국어 필체라는 건 없었다. 실수로 펄펄 끓는 물을 만질 때면 한국어로 비명을 내뱉었지만, 나 자신과의 관계를 지속하는 데서 오는 느린 고통에는 영어가 필요했다. "여러분 앞에서 나이 먹어가는 모습을 보일 수 있어서 좋아요." 문은 그렇게 썼다. "제가 여러분한테 절대 질리지 않을 이야기인 것처럼 느껴져요." 메모를 다섯 번 받아 적은 뒤에는 기억에 의존해 글자를 써 내려갈 수 있었다. 어느새 그의 손, 그의 생각마저도 나 자신의 것처럼 느껴지기 시작했다.

침대 위에 놓인 휴대폰에 알림이 울렸다. 이제는 단 하나의 이유로만 울리도록 설정해둔 알림, 문이 라이브 방송을 할 거라는 예고였다. 접속해보니 문은 두바이 호텔 침대의 바스락거리는 새하얀 시트 위에 누워 휴대폰을 얼굴 위로 들고 있었다. 나는 매트리스에 휴대폰을 올려두고서 배를 대고 엎드려 그를 내려다보았다. 피곤한지 눈가가 때꾼했다. 그가 흥미로운 짓은 아무것도 하지 않길

간절히 바랐다. 그의 평범한 상태야말로 우리 둘을 새로운 친밀감으로 이끌어줄 테니까.

"안녕하세요, 리버." 그가 나직하게 말했다.

팩 오브 보이즈는 팬들을 '리버liver'라고 불렀다. 우리의 존재는 그들이 들고 다니는 '값비싼 핸드백' 같은 게 아니었기 때문이다. 핵심 장기인 간liver처럼 우리가 그들을 살아 있게 해주었다. 영어 단어인 '리버'를 쓴 것은 '러버 lover'처럼 들리기 때문일 거라고 나는 추측했다. 그만큼 내숭 떠는 걸 수도 있겠지. 하지만 나는 문의 연인보다는 문의 간이 되고 싶었다.

"방금 아래층 뷔페에서 밥 먹고 방에 들어왔어요." 그가 말했다. "음식 가짓수가 백 개가 넘었는데, 엉뚱한 것만 골라서 접시를 채웠지 뭐예요. 오늘 뭐 좀 먹었어요?"

"제발—" 나는 영어로 타이핑했다. "다른 사람들에 대한 밍밍한 애정은 넣어둬요. 저는 뭘 먹으면 집중력이 산산조각 나요. 하루에 세 끼나 밥을 먹어야 한다는 게 믿기지가 않아요. 그렇게까지 중요한 의례랄 게 있긴 할까요?"

채팅창에 넘쳐나는 댓글을 따라 읽으려는 문의 눈동자가 이리저리 날아다녔다. 댓글 하나가 나타나기 무섭게 시야에서 밀려나고 다른 언어로 쓰인 댓글이 그 자리를 차지하는 식이었다. 비건인 한 팬은 해당 호텔 식당 메뉴를 본 다음 그중 어디에 동물성 식재료가 들었는지에 관한 목록을 만들고 있었는데, 문을 '환상 없이' 사랑하기 위해서였다. 하지만 내게 그 행위는 해당 음식에 든 동물들처럼 그 팬 역시 그에게 질겅질겅 씹히고 싶다는, 그럼으로써 그 못지않은 쾌감을 선사하고 싶다는 욕망으로 느껴졌다.

그가 조금만 몸을 움직여도 침대 시트가 바스락거리는 소리가 났지만, 그는 전 세계 수천 명의 팬들이 각자의 침대 위에서 내는 집단적 소음을 들을 수는 없을 터였다. 나는 마치 아무도 없는 척, 문과 내가 가상공간에 단둘이 떠있는 척하려 애썼다. 이 시도는 굉장히 피로했는데, 특히 입술을 벌려야 할지 닫아야 할지 고민하느라 완전히 지치고 말았다. 사실 문제는 그가 나를 볼 수 없다는 거였다. 그의 눈앞에서 멍청해 보일 수 있다는 가능성조차 내게는 주어지지 않은 특권이었다.

문은 목구멍 깊숙한 데서부터 웃음을 터뜨리기 시작했다. 우아하게 한쪽 눈을 감은 그는 내가 아는 인간 중 유일하게 진심으로 윙크를 건네는 존재였다.

그가 말했다. "제가 잘 먹고 다니는지 밤새 걱정하잖아요."

틀린 말이 아니었다.

"제 배가 납작해지면 이전 몸을 그리워하시겠죠. 그러다 어느 정도 통통해지면 갈비뼈가 튀어나왔던 모습을 그리워할 테고요. 그럼 정확히 원하는 게 뭔가요?"

완전히 타당한 질문이었다.

나는 힘껏 휴대폰을 두드렸다. "끼니를 가끔씩은 걸렀으면 좋겠어요. 더 날렵해지면 당신 영혼이 거의 피하조직처럼 잘 보이거든요. 토치의 푸른 불꽃처럼 순수한 에너지 다발이 되죠. 하지만 소속사에선 다이어트 시키면 안 돼요. 그건 역겨울 만큼 주제넘은 짓이니까. 스스로를 채찍질하는 방법은 당신이 제일 잘 알잖아요. 당신 소속사만큼 잘못된 회사—"

최대 글자 수에 도달했다. 엔터 키를 누르고, 내가 쓴 텍스트의 사각 덩어리가 훨씬 더 간결한 메시지들의 파도 속으로 사라지는 것을 지켜보았다.

"영어가 너무 많네요." 문이 말했다. "번역기로 몇 개 돌려볼게요." 그는 휴대폰을 만지작거리며 눈을 찡그렸다. "제가 봤을 때 여러분은 전부 시인들이거나 바보들이에요. 그리고 이건 번역도 아니잖아요. 그냥 영어 단어를 한국어로 발음한 거지. 영어 단어에 대응할 만한 한국어가 없었나 봐요. 맙소사. 도대체 이 상상치도 못할 말들은 다 뭐예요?"

그는 부드럽게 탄식했다. 곧 라이브 방송을 끝 것 같아서 휴대폰을 좀 더 아래쪽으로 들어달라고 애원했다. 그의 얼굴이 내 얼굴에 가까워지는 느낌이 어떤 건지 알고 싶어서였다. 그는 나와 정면으로 눈이 마주친 듯 흠칫 멈췄다. 서서히 호화스러운 온순함이 얼굴에 퍼졌고, 그의 내면에 자리한 검은색 벨벳 방들을 내비치는 듯 벌어진 입술 위로 미소가 떠올랐다. 그때 화면이 흔들렸다.

그의 왼쪽 눈이 화면 프레임을 가득 채웠다. 부릅뜬 눈은 긴장으로 팽팽했다. 나는 그가 더는 미소를 띠지 않고 있다는 걸 알아차렸다. 내가 지금 보고 있는 것이 수천 킬로미터 떨어진 두바이에서 전송되는 현실이 아닌, 언제나 내 침대 안에 웅크려 있던 현실이 일깨워진 것 같다는 기이한 느낌이 들었다. 이 눈은 언제고 내 시트를 주름지게 만드는 피로감 안에 도사리고 있었으며, 밤이면 내 등 뒤에 놓인 어둑한 벽까지 시선을 던지며 나의 미미한 삶에 관심을 기울여왔다는 느낌. 나는 화면에 더 가까이 다가갔다. 이 사각형 프레임 너머로 문의 나머지 얼굴과 목, 온몸이 놓여 있을 것이다. 우리는 아무런 움직임도 말도 없이 서로를 바라보았다. 그가 내 부탁에 응할 거라고, 아니 메시지를 읽었을 거라고도 생각하지 않았다. 그건 중요하지 않았다. 그와 단둘이 있는 데는 대단한 행운이 필요치 않았다.

그의 목을 내 팔로 두른 다음 꼭 끌어안았다. 세상으로부터 멀어져 서로에게 더 가까워지도록. 라디에이터가 방 안에 온기를 뿜어내고 있었고, 조명은 어두웠다. 화면 해상도가 너무 낮아서 홍채의 갈색과 동공의 검은색이 어디서 시작되고 끝나는지 구분할 수가 없었다. 나는 칠흑같이 새까만 원에 얼어붙듯 사로잡혔다. 그러나 희미한 영혼의 빛을 찾으면 찾을수록 그것은 점점 더 순수한 농도의 어둠으로 밋밋해졌고, 불현듯 눈은 문에게서 떨어져 나와 흉측하며 판독하기 어려운 상형문자처럼 변해갔다.

"미안해요." 그가 말했다. "팔로 들고 있는 게 너무 힘들어서요."

그의 눈이 감기며 화면이 어두워졌다. 내 밑에 깔린 시트가 갑작스레 차가워졌다.

"온몸이 다 피곤해요." 문이 말했다. "배 속엔 낙타 고기가 들어 있는데 머릿속엔 아무것도 없네요."

그런 다음 영상이 꺼졌다. "아무것도 없네요"라고 말할 때 그의 목소리가 갈라졌다. 믿기지 않을 만큼 귀여운 그 순간을 탐구하기 위해 나는 그 말을 녹음해 한 시간 동안 반복해서 틀어놓았다. "아무것도 없네요." 그가 계속해서 외쳤고 스피커는 파르르 떨렸다. 바브라가 짜증 난 듯 방문을 두드렸다. 나는 주먹을 꽉 쥐고 혀를 깨물었다. 하지만 내가 느낀 것을 되새기려면 더 해야 했다. 나는 방을 둘러본 다음 책상 위에서 책 한 권을 집어 들었다. "아무것도 없네요." 문이 말했다. "아무것도 없네요." 나는 책을 바닥에 내동댕이쳤다. 조용히 벽에 기댄 채 참을성 있게 놓여 회복 중인 책을 보자 마음이 누그러졌다. 그래서 무릎을 꿇고 앉아 첫 페이지를 펼쳐, 조심스럽게 읽겠다고 약속했다. 하지만 단어들은 아무런 감흥을 주지 못한 채 둥둥 떠갔다. 내가 원하는 것은 진실을 발산하는 단 한 문장뿐이었는데, 어느덧 나는 미친개의 입과 씨름하듯 점점 더 빠르게 페이지를 넘기고 있었고, 손 여기저기에는 작은 상처들이 생겨나고 있었다.

2

너무도 인간적인

마스터슨과 그의 룸메이트들이 독일식 파티를 열었다. 나는 여럿이서 하는 대화에 끼어들어 몇몇 화제를 알아차리긴 했지만 그 맥락을 짜맞추는 데는 시간이 오래 걸리는 바람에 무언가 말할 게 생겼을 때, 그리고 그걸 말할 방법을 찾았을 때는 이미 대화가 전혀 다른 주제로 넘어가 있었다. 가령, 마스터슨의 친구 한 명이 "사람은 누구나 선하게 태어나지. 내가 적들을 싫어하는 게 아니라 사회가 그렇게 만드는 거야"라고 말했을 때, 나는 이렇게 말했다. "난 나에게 일어난 나쁜 일 전부를 좋아해."

말하기에 신물이 난 나는 안락의자에 푹 잠기듯 앉아 방 안을 돌아다니는 모든 인간의 움직임이 어떤 모양인지 살펴보았다. 참석자들은 모두 서른 살 전후로, 인문학이

나 사회과학 분야에서 석·박사 학위 과정을 마치는 한편 예술이나 정치 쪽 부업을 하는 중이었다. 이들은 전문가주의, 그리고 거기서 비롯되는 매정한 권위를 부정할 만한 여러 헛된 방법들 사이에서 위태롭게 갈팡질팡하고 있었다. 그들은 커리어를 더욱 단단히 쌓기 위해 마치 아무 생각 없다는 양 고결한 산만함을 필요로 했다. 마침내 균형이 무너져 그에 은밀한 안도감을 느낄 때까지. 그 뒤로는 패기가 조금씩 꺾이기 시작하는데, 물론 그때도 쾌락이 이따금 찾아오긴 했다.

　마스터슨을 제외한 모든 인간이 움직이고 있었다. 많은 이들이 그에게로 다가갔다. 그는 내게서 가장 멀리 자리한 오른쪽 창틀에 다리를 쭉 뻗고 발목을 꼬아 앉은 채 뼈가 앙상한 두 손가락 사이에 담배를 끼우고 있었다. 어느 손님이 아무렇게나 던지는 질문에 인내심 있게 세세히 답하는 중이었는데, 무례한 관심 표현이 불쾌한 듯했다. 마스터슨의 모든 것은 길쭉했고, 심지어 그의 생각마저도 길쭉했다. 나는 왼쪽 벽에 걸린 기다란 직사각형 거울을 통해 은밀히 그를 지켜보고 있었다. 다들 빨리 떠나버렸으면 싶었다. 내가 가장 좋아하는 행위는 침대 위에서 발가벗고 그의 밑에 깔린 채 누워 무표정한 얼굴로 그의 눈을 응시하는 거였다. 그 순간들이 즐거운 건 내가 그의 몸무게를 재는 저울 이외엔 아무것도 아닌 존재가 되기 때문이었다.

한 여자가 의자 팔걸이에 걸터앉으며 나의 관능적인 사색을 깨뜨렸다.

"뭐 하세요?" 나는 독일어로 물었다. 외국어로는 공격적으로 말하기가 더 쉬웠다.

"논문을 쓰고 있는데요." 여자가 말했다. "펜은 칼보다 강하다는 말 들어보셨겠죠. 그게, 최근 몇 년 사이에 그 문구가 대중문학에서 사라졌거든요. 그 자리를 꿰찬 건 펜이 총보다 강하다는 표현이죠. 제가 볼 때 그건 글쓰기 행위가 아주 먼 거리에서도 굉장히 빠른 속도로 사람을 죽일 수 있다는 인식이 확산되고 있다는 뜻이에요. 문학이 죽이는 건 흔히 예상하듯 독자가 아니라 실제 사람과 다를 바 없는 작품 속 인물들이에요. 모든 등장인물 뒤에는 실제 사람들이 있거든요. 문학적 변용 과정에서 신성한 영역을 침범당하는 사람들 말이죠. 백지 위에 쓰이는 검은 글자는 전부 총알이에요."

그녀는 내 질문을 "무슨 일 하세요?"로 잘못 알아들은 게 분명했다. 논문 초록만 읽어도 무슨 말을 하려는지 누구나 알아들을 수 있다는 사실이 불쾌했다.

"문학을 싫어하는데 왜 문학을 공부하는 거죠?" 나는 짜증이 나서 물었다.

"싫어한다니요?" 여자는 방금 음식에서 돌을 씹기라도

한 것처럼 입안에서 그 문장을 굴렸다. "누가 싫어한다고 했어요? 저 문학 안 싫어하는데요." 그런 다음 나더러 어쩌고 이론가의 저서를 읽으라고 했다. "그걸 읽으면 다시는 이전과 같은 방식으로 책을 읽을 수 없게 될걸요."

"안 물어봤는데요." 내가 말했다.

여자는 답이 없었고, 이미 시선은 방 저편을 향해 있었다. 여자와 내가 눈을 맞출 일은 다시는 없을 것이다. 대부분의 사람들과 그러하듯이.

"저분이랑은 어떻게 아는 사이예요?" 마스터슨을 바라보며 여자가 물었다.

"여동생인데요." 내가 말했다.

"이상하네." 그녀는 내게서 등을 돌리며 불편한 듯 말했다. 내 얼굴의 협소한 영역 위를 이리저리 훑는 눈동자가 느껴졌다. "여동생이 있다고 한 적은 없거든요."

"전 입양됐어요. 한동안 서로 못 봤네요."

"아." 방금 전보다는 덜 불편한 목소리였다. "어디서 왔어요? 그러니까, 친부모님이 어디 출신이예요?"

"모르는데요."

"유전자 검사 받으면 알 수 있을 텐데."

"저는 제 세포가 아니에요."

"그럼 뭔데요?"

"당신은 뭔데요?"

"제 세포를 통칭하자면 리제라고 불러요. 하이델베르크에서 왔고요."

그제야 그녀가 누군지 알아차렸다. 마스터슨은 내게 리제에 관한 잊을 수 없는 이야기들을 들려주었다. 1년 전, 당장 한 시간 안에 결혼하고 싶다고 생각했다가도, 그녀가 그의 이름을 부르기만 해도 '신물이 난다'고 느낄 만큼 두 사람의 관계는 롤러코스터를 타고 있었다. 한번은 헤어지는 과정에서 마스터슨이 '내가 보기에는……'이라고 말하는 실수를 범했다. 그녀는 곧장 그의 얼굴에서 안경을 낚아채 바닥에 던지고선 발로 밟아 으스러뜨렸다. 널 사랑하지 않는다고 마스터슨이 말할 때마다 그녀는 아니라며 설득했다. 그러면 그는 그녀를 사랑한다고 생각했다. 대부분의 사람들이 사랑할 상대를 찾는다면, 그녀는 세금 징수원처럼 자신을 사랑하지 못하는 사람들을 찾아내 마음을 되갚게 만들었다.

리제는 하이델베르크에서 가장 좋아하는 건물들을 묘사하며 허공에 대고 정확한 실루엣을 그리려 손을 휘젓는 중이었다. 나는 그녀의 세포들이 그 건물들의 벽에 세게 부딪히는—싸우느라, 혹은 바라건대 대개는 사랑을 나누느라—모습을 상상했고, 그녀가 내 앞에 온전한 형체로 존재한다는 사실이 경악스러웠다.

"당신 세포들도 하이델베르크에서 죽게 되는 건가요?"

내가 물었다.

"그러길 바라요." 그녀가 말했다. "가족 묘지가 있거든요. 당신은 어디서 죽을 건데요?"

"모르겠네요." 내가 말했다.

리제는 몸을 일으켜 기다란 직사각형 거울 앞에 섰다. 그녀는 거울상에 비친 어깨 너머로 마스터슨을 잠시 바라보다가 고요하게 뭔가를 받아들이며 돌아섰다. 내 시선은 거울에 머물렀는데, 저만치서 마스터슨이 옆에 놓인 나무 테이블 위에 맥주를 내려놓는 모습이 비쳤다. 우리의 동거 계획에 들뜬 그가 처음으로 직접 만든 테이블이었다. 어느 날엔가 나는 테이블 한쪽 끝에 연필을 놓고, 연필이 또르르 굴러가 반대편 끝에서 떨어지는 모습을 지켜보았다. 앞으로 우리의 저녁 식사는 전부 바닥에 굴러떨어질 것이다. 나는 이것이 나를 쫄쫄 굶겨서 다른 이들이 가져갈 몫을 줄이려는 그의 뜻이기를 바랐다. 마스터슨은 이제 치아를 드러내야만 발음할 수 있는 음절을 내뱉고 있었는데, 리제의 뒤통수가 미끄러지듯 프레임 안으로 들어와 그의 얼굴을 가렸다.

나는 곧장 양보하고 싶어졌다. 마스터슨을 향한 내 감정보다 그를 향한 리제의 감정에 더 납득할 수 있었다. 그녀는 자신이 원하는 게 뭔지 알고 있고, 전에 그것을 가진 적도 있으므로, 다시 가지게 된다면 기뻐하리라.

거울에 비친 마스터슨을 제대로 보기 위해 자리에서 일어났지만, 이제는 내 거울상이 그를 가렸는데, 충격적이게도 문과 조금 닮아 보였다. 한 번도 우리가 닮았다고 생각해본 적이 없었다. 이목구비가 객관적으로 유사하다는 사실은 소름이 끼쳤다. 특히 무언가를 너무 많이 맛보고 너무 많이 봐서 혹사된 듯한 관능을 풍기는 해진 입술과 눈이 비슷했다. 헬멧처럼 광택이 나는 검은 머리카락도. 하지만 나는 그와 유사한 모든 면에서 싸구려 복제품이었다. 문의 아름다움은 특정한 신체적 특징에 자리한 게 아니었다. 그보다는 얼굴의 다채로운 부분들이 전율할 정도로 형이상학적인 오케스트라를 이루었다. 내게는 그러한 조화가 없었다. 그의 아름다움이 전 세계로 뿜어져 나가는 반면, 내 아름다움은 입냄새를 맡을 수 있을 정도의 거리까지만 간신히 나아갔다.

파티가 끝난 뒤, 나는 남은 케이크를 손바닥으로 짓뭉갰다. 버터크림이 서글퍼하며 쩍 소리와 함께 찌그러졌다. 마스터슨은 여전히 창틀에 앉은 채, 꼬고 있던 발목을 풀고 다리를 넓게 벌리곤 내게로 손을 뻗었다. 나는 그의 무릎 사이에 서서 그가 손으로 내 허리를 감싸도록 놔두었다.

"잘 있었어?" 그가 물었다.

그가 원하는 방식으로 답하는 법을 나는 몰랐다. 내가

'잘 있었어?'라는 질문을 할 때 사실상 함의하는 건 '난 당신이 아니야'다. 그러니까, '당신의 답은 나와 같을 수 없어'. '아, 그 얘길 들으니 떠오르는 게 있는데……'만큼 대화를 빨리 마치고 싶게 만드는 말은 없다. 나는 그 누구에게도, 그 어떤 것도 떠올리게 하고 싶지 않았다. 나는 연루되고 싶지 않았다.

나는 말없이 케이크 묻은 손을 마스터슨의 입에 가져다 댔다. 그는 내 손가락을 하나씩 빨기 시작했고, 손가락 마디마디를 혀로 핥았다. 마침내 나도 즐기기 시작했다. 이 감각을 더 느낄 수 있도록 여러 개의 몸을 갖고 싶다는 마음이 솟은 걸 보면. 그가 내 손등까지 깨끗이 핥고 나자 문의 얼굴 모양 임시 타투가 모습을 드러냈다. 아직 마스터슨에게는 문 얘기를 꺼내지 않은 상태였다. 어쨌든 그는 타투를 눈치채지 못했는데, 어차피 사람 얼굴이라고는 누구도 생각하지 못할 정도로 조악한 그림이었다. 하지만 문과 관련된 모든 것은, 실현되지 못한 의도들까지도, 내겐 전부 감사한 일이었다.

"왜 사람들한테 자기가 입양된 내 동생이라고 한 거야?" 마스터슨이 말했다.

"어떻게 아는 사이냐고 계속 물어보니까." 내가 말했다. "완전 미친 질문이지. 지루한 파티를 두 번쯤은 더 해야 그걸 모두에게 설명할 수 있을걸."

"온라인에서 만났잖아. 그렇다고 말하는 게 어려워?"

"뭐라고?" 내가 말했다. "그렇게 환원하다니. 어떻게 그럴 수 있어."

나는 그의 머리 양쪽에 손을 얹고 부드럽게 위로 잡아당겼다. 목에서 떨어진 머리 무게는 얼마나 될까 상상해보면서. 마스터슨의 이마는 손가락 세 개 정도 길이였다. 그가 지닌 최고의 아이디어들은 이 굉장한 고밀도의 뼈 바로 밑에 있는 거구나, 나는 감각했다. 한편 그의 목은 가늘고 새처럼 위태로웠다.

"내가 주방에서 자기 만지는 거 보고 닐스가 거의 토할 뻔하더라." 마스터슨이 말했다. "여동생이 아니라 내가 지금 사랑할지 고민하는 사람이라고 설명해줘야 했다고."

"이제 두 달 됐잖아." 내가 말했다. "아직도 고민 중인 거면 절대 나를 사랑하지 못할 거야."

"하지만 자기를 사랑하고 싶어."

"난 고민할 기회조차 갖지 못했어. 난 자기를 보자마자 사랑했으니까. 억울할 정도로 자기를 사랑해."

"나는 자기를 기쁘게 사랑하고 싶어. 사랑한다는 고민만으로도 난 행복해. 당신을 실제로 사랑할 때도 이 행복이 계속되길 바라. 나한테 시간을 줘. 자기를 사랑하게 될 날이 빨리 왔으면 좋겠어."

그의 방에서 우리는 침대 위로 가득 쏟아지는 달빛이

가르는 양 날에 나란히 누웠다. 우리는 서로를 탐했다. 길거리에서 술 취해 언쟁하던 소리는 우리가 절정에 다다라 안도의 중얼거림을 내뱉을 때쯤 잦아들었다. 생기로 넘치는 몇 분이 지났다. 그러자 극심한 갈증이 몰려왔다. 나는 아래를 내려다보았다. 마스터슨이 본인의 쾌감은 별개의 사물인 양 제쳐두고 고귀한 목적의식에 휩싸여 내게 무슨 보답이라도 하듯, 당혹스럽게도, 다시 내 몸을 만지기 시작하고 있었다. 그러나 나는 마스터슨에게 아무것도 요구한 적이 없었다. 그를 향한 사랑을 저지하지 말아달라는 요구는 빼고.

눈을 감았다. 눈꺼풀 뒤편의 어둠이 서서히 구조적 일관성을 띠기 시작했다. 나는 다시 콘서트장에 서 있었는데, 이번에는 관중이 한 명도 없었다. 문이 런웨이를 따라 걸어오는 동안 나는 플로어에서 혼자 그를 바라보았다. 그의 신발이 바닥을 디딜 때마다 식도에서 나는 듯한 컥컥 소리가 공간 전체에 울려 퍼졌다. 무대 끝에 다다른 그는 플로어로 뛰어내려 내 쪽을 향해 계속 걸어왔다. 나는 가만히 서서 드디어 올 곳에 왔구나, 하는 확신을 만끽했다. 이 거대한 공허 속 그 어떤 것도 그의 주의를 내게서 멀어지게 할 수 없다. 마침내 그가 내 앞에 섰을 때, 나는 그의 손을 붙잡고 공연장을 빠져나와 별 하나 떠 있지 않은 적막한 어둠 속으로 그를 이끌었다. 마스터슨의 침대가 기다리는 깊은 어둠 속으로.

　문은 등을 대고 누웠다. 나는 그 몸 위로 올라타 그의 얼굴에 쏟아진 머리카락을 부드럽게 쓸어 넘겼다. 그는 순수한 알아차림이 담긴 얼굴로 나를 바라보았다. 그 시선에 용기를 얻는 한편 더는 참을 수 없어진 나는 눈을 감고 그에게 키스했다. 하지만 내 손등에 입술을 대는 느낌이 들었다. 나는 그가 내게 느끼는 감각을 느꼈는데, 그것은 내가 나에게 느끼는 감각이었다. 그 순간 흠칫 놀라며, 내겐 문을 향한 성적 욕망이 없다는 사실을 깨달았다. 내 섹슈얼리티는 그의 섹슈얼리티를 그저 단순하게 사랑하며, 그가 자신의 섹슈얼리티로 무엇을 하든 아무것도 알 필요가 없다는 걸, 눈 하나 깜박이지 않은 채 전적으로 확신할 수 있었다. 그를 단순하게 욕망할 수 없게 만드는 기이한 사적인 계명들에, 이런 삶에 수치심이 들었다.

　내 망설임을 감지한 마스터슨은 나를 거칠게 옆으로 밀어내고서 다리를 벌리고 소년 위에 올라탔다. 달빛이 침대 위에 우윳빛 그물을 드리우며 소년의 몸 전체를 밝게 비추었고, 마스터슨의 상체는 주위를 둘러싼 어둠 속으로 쭉 뻗어나갔다. 그는 소년의 셔츠 단추를 하나씩 풀었다. 분홍색 실크가 양쪽으로 스르르 미끄러지며 매끈하게 빛나는 살결이 드러났다. 마스터슨은 소년의 바지를, 이어서 속옷을 벗겼다.

"잘 있었어?" 마스터슨이 물었다.

문은 슬픔과 경외감이 뒤섞인 얼굴로 연인을 올려다보며, 소리 없이 입을 열었다가 닫았다. 너무도 인간적인 존재 앞에 그는 할 수 있는 말이 없었다. 갑갑해진 그는 마스터슨의 훨씬 큰 손을 끌어다 자신의 목구멍을 감싸도록 둘렀다. 그는 턱을 뒤로 젖히고 목을 최대한 길게 뻗은 다음 마스터슨에게 손짓했다. 이 목을 세게 졸라달라고. 분명 그에겐 저 깊은 곳에서 치약처럼 쥐어짜내 말하고 싶은 무언가가 있을 것이다.

"잘 있었냐니까?" 마스터슨이 물었다.

더 세게, 문은 손짓했다.

마스터슨이 문의 허벅지 사이에 무릎을 꽉 끼우자 그의 고환이 움찔거렸다. 주름이 쪼글쪼글한 부드러운 부위가 소년을 스치는 소리가 났다. 마스터슨은 어린 연인을 향해 상체를 숙이며 달빛이 만든 캡슐 안으로 들어섰고, 그 와중에도 내내 문의 목을 붙잡고 있었다. 그의 얼굴이 어둠 속에서 가장 마지막으로 드러나며 문의 얼굴에 가까워지자 두 평평한 몸 사이에 그림자 층이 생겨났다. 두 사람의 입술은 은근하게 스쳤을 뿐, 키스라고 할 수는 없었다. 마스터슨의 숨소리는 깊고 위협적이었다. 그의 호전적인 집중력에 자극된 문은 숨이 가빠와 입술을 열고 목구멍을 젖혀 연인이 가하는 손의 압력에 무력하게 저항하며 쾌감을 느꼈다.

　나는 이 모든 게 어떻게 느껴지는지 알았다. 나 스스로가 느꼈을 때보다 더욱더 잘 알았다. 그 소년은 내 모국과 미묘한 관계에 놓인 이국의 땅으로 파견된 나만의 외교 사절이었다. 그곳을 한 번도 방문한 적 없는 나는 불구가 된 왕이었다.

　다음 날 아침, 눈을 떴을 때 마스터슨은 옆으로 누운 채 내가 빌려준 책을 읽고 있었다. 그는 나를 흘끗 쳐다보더니 트럼프 카드처럼 보이는 것을 내밀었다.

　"이거 돌려줄까?" 그가 물었다. "페이지 사이에 끼워져 있던데."

　눈이 거의 감길 만큼 환하게 웃고 있는 문의 코팅 사진이었다. 보이즈가 홍보하는 30일 스킨케어 요법이 담긴 매끈한 플라스틱 상자 안에 들어 있던 거였다. 그 교묘한 수분 마스크 세트를 구입한 유일한 이유는 문의 순수한 기쁨이 담긴 사진을 소장하기 위해서였다. 하지만 전혀 예상치 못한 순간에 맞닥뜨리자, 나는 발뺌하며 물러섰다.

　"얘 문이지?" 그가 물었다.

　나는 멍한 얼굴로 매트리스 위에 무릎을 꿇고 앉았다.

　"문이 누군지 어떻게 알아?" 내가 물었다.

　"왜 모르겠어? 나도 이 세상에 살고 있어. 시류가 뭔지는 안다고. 어라, 너 팬이야?"

"아니." 내가 말했다. "나 팬 아니야."

팬이 아니라면 누구인 건지 덧붙이고 싶었지만 아무런 단어도 떠오르지 않았다.

"이거 참 흥미로운 현상이야, 안 그래?" 마스터슨이 사진을 유심히 들여다보며 말했다.

"'이거'라니, 뭐가?" 나는 의심스럽게 물었다.

"우린 한때 신을, 그러니까 우리 이해 너머에 있는 무언가를 해석하기 위해 철학에 의존했었지. 하지만 철학은 데이터에 그 권위를 넘겨줬어. 지금 우린 너무 많은 걸 알아. 특히 사람들이 뭘 원하는지, 그걸 어떻게 주면 되는지를 말이야. 이제 종교는 더 이상 부정성과의 끝도 없는 투쟁의 장이 아니야. 철학이 사라진 종교는 소망 실현과 성취를 뽑아내는 자판기가 되었고, 이런 세속적이고 냉소적인 시대에 소문자 신들이 차고 넘치는 이유가 바로 그거야. 이 모순을 의식하지도 못한 채 우리는 영원한 해답과 해결책을 건네줄 영적인 수행을 갈망하지. 이런 보이그룹은—" 마스터슨은 문의 사진을 흔들었다. "그런 신들 중 하나야. 철학으로 위장한 데이터도 있고, 예술로 위장한 정보도 있으니, 우리는 더는 일주일에 한 번씩 교회에 갈 필요가 없어. 1년에 한 번 대형 콘서트에 참석하면 되는 거지."

그는 자기만의 생각에 들떠선 함박웃음을 지었다. 나는 그 말에 딱히 반박하지 않았다. 내게도 나만의 입장이 있었지만, 그 자체로 경험의 생태계를 이루진 못했다.

"내 연구에 써도 되겠다." 그는 친근한 호기심을 담아 문의 사진을 내려다보며 말했다. "애네에 대한 모든 걸 알아내봐야겠어."

나는 그의 손에서 사진을 낚아챘다.

"왜 이래?" 그가 말했다.

"문은 알아낼 수 있는 대상이 아니야." 내가 말했다. "계속해서 변화하고, 지나치게 생생하거든. 사실 우리 오늘 얘기 나누기로 했어. 내 하루가 어땠는지, 어떤 순간에 결정적인 벽을 느꼈는지 문이 나한테 물어볼 거야. 그런 다음 통찰력 있는 질문을 던져줄 테고. 완전한 영적 진중함이 필요한 순간에는 아무 말도 하지 않을 거야. 하지만 온몸이 떨릴 만큼 걷잡을 수 없는 웃음이 터져 나오게도 해줄 거야. 자기랑 함께 있을 땐 한 번도 경험한 적 없는 방식으로, 내 배꼽이, 풀린 소시지의 비틀린 끄트머리라도 된 것처럼 말이지."

마스터슨의 얼굴은 혼란으로 어두워졌지만, 내 독설의 전제를 그가 서서히 깨달아가고 있다는 걸 알 수 있었다.

"너 재를 아는 것처럼 말한다." 그는 조심스레 말했다.

"알지. 내가 모르는 사람은 자기야."

"지금 그 말을 내가 진지하게 받아들여야 하는 건가?"

"난 진지하지 않은 적 한 번도 없어. 난 자기가 누군지 전혀 모르겠어."

"근데 문은 안다 이거지. 참 증명하기 쉽기도 하겠네."

순간적으로 마스터슨의 가슴 속에, 그의 심장 바로 옆에 내 심장을 파묻고 싶다는 환상이 솟구쳤다. 하지만 그의 몸에 완전히 흡수되지 못한다면 나는 스스로를 이르쿠츠크로 추방해야 할 것이다. 어느 쪽이든 우리 사이의 모호한 거리로 씨름할 필요는 더 이상 없어질 것이다. 이대로라면 어느 날은 호사스러운 친밀감, 또 다른 날은 냉랭한 소원함의 반복일 테니까. 나는 최대한 비열한 말을 떠올리려 애썼고, 이렇게 내뱉었다.

"자기보다 문이 더 내 상상력을 자극해."

"당연히 그렇겠지." 마스터슨이 말했다. "네 상상 속에 존재하니까."

"문도 서울에서 숨 쉬고 먹고 꿈꾸는 인간이야."

"나는 베를린에서 숨 쉬고 먹고 꿈꾸는 인간이고." 마스터슨은 손을 뻗어 내 허벅지를 아프게 꽉 쥐었다. "그리고 난 네가 존재한다는 걸 알아."

"내가 존재한다는 걸 자기가 알지는 몰라도, 문은 자기와는 다르게 나한테 제일 중요한 게 뭔지 알아. 영적인 동반자를 향한 내 열망을."

"내가 볼 때 그 말은 걔가 외로움이나 무조건적 사랑을 향한 욕망 같은 인간의 가장 기본적인 감정들을 착취하려고 서정적인 콘텐츠며 섹스어필이며 온갖 것을 정교하게 설계한다는 뜻 같은데. 그런 흡혈귀 짓으로 막대한 수익을 얻고."

나는 사진을 주머니에 끼워 넣고 침대에서 굴러 내려와 옷을 입기 시작했다.

"자기보다 문이 백배는 더 우리 관계를 위해 노력해." 신발에 발을 하도 세게 쑤셔 넣는 바람에 발목이 접질린 채로 내가 말했다. "문은 인대가 끊어지기 일보 직전이라 매일 물리치료를 받을 지경이라고. 자기 인대도 그렇다고 말할 수 있어?"

라이브 방송에 들어가자, 테이블에 앉아 있는 문이 눈에 들어왔다. 멤버들과 함께 쓰는 서울 모처의 고급 아파트가 배경이었다. 눈이 부은 걸 보니 꿈의 세계에서 갓 빠져나온 모양이었다. 그곳은 아침이었다. 그는 서글픈 멜로디를 흥얼거리면서 내 눈을 똑바로 바라보았다. 이가 시린 느낌이 들었다. 내가 그만큼 활짝 웃고 있구나.

"리버." 그가 중얼거렸다. "당장 기차 타고 여러분에게 가고 싶어요."

그가 사무치게 그리워서 눈물이 차올랐다. 한 번도 만난

적 없는 사람을 어떻게 그리워할 수 있는 거지? 언젠가 만나고 싶은 누군가를. 어쩌면 미래를 그리워할 수도 있는 걸까?

문은 손을 뻗은 다음 휴대폰 각도를 틀어 맞은편에 앉은 머큐리를 보여줬다. 왈칵 배신감이 들었다. 단둘이 있을 수 있는 귀한 기회에 감사해하지 않는다니. 문을 향해 부정적인 감정을 품는 건 몹시 불편했기에 나는 그것을 머큐리에게로 전이시켰고, 그렇게 감정의 초점을 비틀어 옮기는 일은 현기증이 났다. 몇 초 동안 내가 느낀 유일한 감정은 너무도 강렬한 증오였다. 문을 향한 사랑이라는 본연의 감정으로 결코 돌아갈 수 없으리라는 걱정이 치밀 만큼.

"화내지 마세요." 문은 카메라를 향해 말했다. "생각하시는 그런 거 아니에요. 저도 여러분과 단둘이 있고 싶거든요. 하지만 한 시간 꼬박 내 목소리만 듣는 걸 가끔은 견딜 수가 없어요."

머큐리는 아무런 미동도 없이 테이블을 내려다보고 있었는데, 마치 세상에서 가장 우울한 생각이 뭔지 파악하려 이성의 모든 능력을 쏟고 있는 듯했다. 그는 보이즈 중가장 말수가 적은 멤버로 알려져 있긴 하지만 오늘따라유난히 차분해 보였다.

"여러분 목소리를 한 명씩 전부 들을 수 있으면 좋겠

어요."

문이 말을 이었다. "근데 여러분 모두와 1분씩 대화하기만 해도 이백 년은 걸릴걸요. 그래서 다른 걸 시도해보려고 해요. 머큐리가 여러분이라고 생각해보세요. 네, 우리가 이 방에 단둘이 있는 척하는 거예요. 뭐라고 말할지, 뭘 하고 싶은지 채팅창에 써주시면 지금부터 머큐리가 여러분의 대리인이 될 거예요."

문이 말을 마치기가 무섭게 채팅창에 명령들이 쏟아지기 시작했다. 그러자 머큐리는 자리에서 벌떡 일어나 창가로 달려가더니 바닥까지 내려오는 커튼 뒤에 몸을 숨기고 문을 빼꼼 바라보았다.

"쳐다보지 마!" 머큐리가 말했다. "나 준비 안 됐어!"

"무슨 준비?" 문이 물었다.

"너랑 단둘이 남을 준비."

"별거 아니야. 날 믿어. 난 항상 하는 거잖아."

머큐리는 커튼에 말린 몸을 드러내고 조심스레 테이블로 다가왔다. 자리에 돌아와 앉는 그의 얼굴에 끔찍한 공포부터 푸근한 만족감까지 무수한 표정이 스쳤다. 문을 이렇게 가까이서 마주 본다는 사실에 경외감을 느끼며, 결국 그는 입을 열었다.

"어디 한 군데라도 아름답지 않은 구석이 있니?" 머큐리가 물었다. "있다면 보여줘. 그러면 네가 진짜 인간인지 확신할 수 있을 거야."

문은 테이블을 가로질러 손을 뻗었다. "내 큐티클."

머큐리는 문의 손 위로 고개를 숙인 다음 큐티클을 하나씩 밀어내기 시작했다. 그는 얇은 피부 조각들을 찢어 조그만 더미를 만들었다. 그런 다음 그 조각들을 전부 입에 털어 넣고 씹었는데, 마치 육포를 씹는 듯한 일관성으로 턱을 움직였다.

"난 너의 죽은 피부까지도 사랑해." 그가 애처롭게 말했다. "난 끝장났어."

머큐리는 기이한 웃음이 당장 새어 나올 듯한 미소를 지었다. 하지만 그는 소리 내어 웃지 않았다. 대신 요양원에서 춥고 외로웠다고, 그리고 자신보다 아름다운 사람이 방으로 들어서면 테이블 밑에 숨고 싶었다고 중얼거렸다. 그는 말하는 내내 미소를 띠고 있었다.

그런 다음 자리에서 일어나더니 화면 프레임 밖으로 사라졌다. 다시 돌아왔을 때는 손에 양초를 들고 있었고, 성냥으로 불을 붙였다.

"너도 불에 타?" 그는 문의 손을 붙잡아 촛불 쪽으로 가까이 이끌며 물었다. "네가 나랑 같은 물질로 만들어졌다는 게 잘 안 믿겨."

"응." 문이 말했다. "너무 아파."

"네가 나보다 먼저 죽으면 난 미쳐버릴 거야."

"그만, 그만해."

문은 내내 부드러운 호기심을 담아 머큐리를 지켜보고 있었는데, 곧장 손을 홱 떼고는 곁의 소년을 노려보았다.

"우리가 함께 있는 이 짧은 시간을 정말 이런 식으로 보내고 싶어?" 문이 물었다. "뭐 얘기하고 싶은 거 없냐고."

이 말에 머큐리는 대화의 열망에 생생히 사로잡혔으나, 그 열망이 너무 과도하여 대화는 불가능해지다시피 했다. 그는 방대한 주제들을 쏟아냈다.

"한국 여성들은 눈처럼 하얀 아우라를 가졌다는 게 사실이야? 당신의 계란 요리 어떻게 좋아해요? 내가 당신의 아이를 낳아도 될까? 그가 나에게 사랑받게 하는 것에 동의하게 하려면 어떻게 하면 됩니까? 알겠다고 해야 할까? 나 때문에 창피한 적 없나요? 내 감정을 방치하지 마. 내가 당신에게 비명을 지르면 섬뜩해 보입니까? 뉴스를 들으면 매일매일 일어나는 끔찍한 일에 질투를 느껴. 어느 고등학생이 또래 학생들을 총으로 쏴 죽였다는 소식이나 군대의 침공으로 온 가족이 타 죽었다는 소식 말이야. 네가 내 소식을 들을 수 있게 나도 끔찍한 일이 되고 싶어져. 이봐요, 왜 도스토옙스키를 좋아하지 않나요?"

문이 미처 대답하기도 전에 머큐리는 자리에서 일어나 그의 뒤로 가서 섰다. 그러고는 두 팔로 문의 목을 감쌌다. 처음엔 다정한 포옹이었다. 그러나 불현듯 한 손이 문의 가슴을 쓸었다. 그러더니 셔츠 윗단추를 끌렀다. 문은 손을 찰싹 때렸다. 손은 순간적으로 위축되어 뒤로 물러나더니 비즈니스 파트너처럼 어깨를 톡톡 두드렸다. 그러나 손안에 깃들어 있던 관능적인 기운이 머큐리의 입술로 옮겨 갔고, 그 입술은 문의 어깨와 목덜미를 따라 가볍게 입을 맞추기 시작했다. 머큐리의 입술은 마침내 불안으로 떨리는 목젖에 닿았다.

"제발……." 문이 말했다.

머큐리의 손이 자신의 얼굴로 휙 향했다. 그는 비틀거리며 뒤로 물러나더니 화면 밖으로 빠져나가 테이블 밑 어딘가로 사라졌다.

"이거 불편해?" 머큐리의 목소리가 들려왔다. "네 내면의 역사에 이 순간은 모든 게 더 나빠진 계기로 기록되려나? 나 때문에 회복이 필요해질까? 난 사는 일에 너무 서툴러서 부끄러워. 인간이 되는 것만이 유일한 과제인데, 그걸 성취하려면 더 높은 데서 잠시 선사받은 진실의 손으로 타인의 가장 비밀스러운 부분에 닿아야 한다는 걸 난 어렴풋이 알고 있어. 그런데 누구도 허락해주지를 않아. 그럼 내가 자살해야 할까? 어떻게 하면 좋을지 알려줘. 네가 자랑스러워할 만큼 캄캄한 우아함으로 해내고 싶어."

"안 돼, 안 돼, 안 돼." 문이 말했다.

그는 의자에서 미끄러져 내려와 바닥으로 몸을 낮추곤 덩달아 시야에서 사라졌다. 들려오는 건 울음소리뿐이었다. 그 소리가 어디에서 오는지 전혀 알 수 없었기에, 바로 내 옆에서 생생히 들려오는 듯했고, 이대로 노트북을 닫아도 울음소리는 계속될 것만 같았다.

머큐리가 이 라이브 방송에서 우리의 매개로서 요구에 응하기 시작한 이래 처음으로 나는 채팅창을 보았다. 격렬한 내분이 일어나고 있었다. 종교 활동의 일환으로 문을 숭배해온 팬들은 문과 낭만적 사랑의 기회를 갈구하는 팬들의 신성모독적 발언에 분개하고 있었다. 결국 두 집단 모두 '그를 더 잘 알고 싶어 하는' 게 중요할 뿐인 소수의 건전한 팬들을 향해 격분했다.

문득 프레임 한쪽 모서리에서 손 하나가 나타나, 화면을 향해 다가왔다. 나는 얼굴을 돌려 뺨 한쪽을 내밀며 문이 어루만져주기를 애타게 기다렸다. 그러나 손바닥의 구불구불한 생명선이 보일 만큼 가까워지자마자 화면은 온통 검은색으로 변했고 울음소리는 일순간 온데간데없이 사라졌다.

3
플뢰르플로어

어느 날 오후, 침대 가장자리에 걸터앉아 양손으로 머리를 감싼 채로 마스터슨은 아무리 노력해도 나와 사랑에 빠질 수 없고 앞으로도 그럴 수 없을 것 같다고 말했다.

"당연히 그렇겠지." 나는 매트리스에서 굴러 내려와 몸을 일으키곤 그의 책상에서 내 책들을 챙기기 시작했다. 자연스러운 동작이었다. 타인에게 방해가 되지 않도록 길을 비켜주는 게 몸에 배었으니까. "한번은 네가 몰래 들여다보길 바라면서 내 일기장을 여기에 놔뒀어. 근데 안 보더라. 나에 대해 조금도 궁금해하지 않으면서 어떻게 나를 사랑할 수 있겠어?"

"너 상처받았구나." 마스터슨이 말했다. "비합리적으로 엮는 걸 보니."

"더 많은 게 비합리적으로 엮일 필요가 있어. 사람들은 더 많이 속단해야 해." 나는 스스로 느낀 감정을 전달하는 게 불가능하다는 사실에 충격을 받았고, 깊이 좌절했다. 어린아이라도 쉽게 표현할 수 있을 감정이었는데. "난 정말로 너의 입양된 여동생인 거야. 넌 날 사랑해야 한다는 걸 머리론 알지만 그 감정이 원래부터 있었던 것처럼 자연스럽게 만들진 못하지."

"그 말이 맞을지도." 마스터슨은 조심스레 말했다. "하지만 난 사랑이 어떤 느낌인지 알아. 전에도 느껴봤으니까."

"어떤 느낌인데? 배 속에 나비가 날아다니는 느낌? 뒷목에서 머리카락이 쭈뼛 서는 느낌?"

"그래." 그가 말했다. "멍청하다고 생각하겠지만 맞아."

"멍청하다고 생각 안 해." 내가 차갑게 말했다. "전혀 멍청하다고 생각 안 해."

"넌 항상 이런 식으로 모든 일에서 감정을 괴롭혀. 나는 어딘가로 함께 돌아왔다는 기분을 느끼고 싶어. 너랑은 안락함을 못 느끼겠어."

나는 그와 눈을 맞추지 않은 채 고개를 끄덕였다. 반박할 수가 없었다. 완전히 틀린 방향으로 맞는 말이었다. 나는 내 심장 소리가 표지에 노크하듯 쿵쾅대는 게 느껴질 때까지 책들을 바짝 끌어안았다. 마스터슨은 그 책들을 빌려 가 전부 읽었다. 가끔 우리가 서로 읽은 책들의 방에서 만나 함께 삶을 계속하며 그곳을 채워가는 상상을 하곤 했었다. 하지만 그 방에 들어가는 방법을 도무지 알 수 없었고, 책에 관해 이야기하는 건 언제나 상황을 악화시킬 뿐이었다.

"너랑 안락함을 느끼고 싶어." 그는 반복했다.

책들을 부드럽게 껴안은 채로, 얼굴을 그의 무릎에 파묻고 나는 말했다. 넌 내가 만난 사람 중 가장 멍청한 인간, 심지어 나보다도 더 멍청한 인간이라고.

마스터슨에게 무심결에 손 편지를 썼다. 다 쓰고 나서 읽어보니 놀라웠다. "너무 많은 사람들이 눈으론 나를 보는데 진짜로 보진 않아. 당신은 달라. 당신은 내가 존재하는지도 모르지만 나를 보잖아." 이런 문장들도 있었다. "당신을 너무너무 사랑해." "당신은 내가 아는 모든 사람 중 제일 다시 보고 싶은 사람이야. 당신에 관한 건 언제나 새로워." 내가 무슨 짓을 한 건지 깨닫고는 '마스터슨에게 Dear Masterson'에서 몇 글자 'asters'를 지우고 그 자리에 커다란 'o'를 갈겨 써 넣었다.

편지를 봉한 다음 마스터슨에게 부쳤다.

마스터슨은 내가 무슨 말을 하는 건지 전혀 짐작도 못할 테지만, 대체로 이해할 수 있게 하는 것보다는 아무것도 이해하지 못하는 게 더 나았다. 논쟁과 폭로, 내 입에서 튀어나와 상대방의 얼굴 위에서 폭발하는 단어들이 지긋지긋했다. 그런 조야함은 필연적으로 오류를 낳는다. 내가 원한 것은 강렬하지 않게 강렬함을 말하기였다. 너무도 미묘해서 마스터슨이 결국 그 자신도 깨닫지 못하는 사이에 내 생각을 수용하게끔 소통의 묘책을 부리는 것이 내 꿈이었다.

답신은 오지 않았다. 그래서 문을 수신인으로 한 또 다른 편지를 마스터슨에게 쓰기 시작했다. 그런데 결국 내가 쓰게 된 것은 하나의 이야기였다.

이야기는 베를린의 한 정류장에서 버스를 기다리는 화자로부터 시작된다. 여자는 눈을 비빈다. 눈에 부유물이 쌓여 시야를 가로막는데, 세상은 흐릿하지도 선명하지도 않은 상태로 그저 눈앞에 있다. 그러나 세상이 모호해질 거라면, 그녀는 그 모호함을 선명하게 보고 싶어 한다. 고개를 돌렸을 때 남다른 인내심으로 담배를 빨아들이고 있는 한 남자가 눈에 들어온다. 화자는 그 남자가 아름답다고 생각하며, 이 버스 정류장에 있는 사람들 중 자신과 똑같이 생각하는 이가 아무도 없기를 바란다. 자신이 발견한 이 아름다움에 다른 이들이 동의하는 모습을 떠올리자 그녀는 몸서리를 친다.

화자는 남자에게 다가가 한 모금 빨아도 되느냐고 묻는다. 그는 아무 말 없이 담배를 건넨다. 그녀는 머릿속 동굴까지 담배 연기가 밀려들어올 만큼 힘차게 빨아들인다. 그녀는 흡연자가 아니다. 침착하게 차지하고 있을 습관 따위는 없다. 오로지 날것의 욕망을 담은 제스처만 있을 뿐. 그녀는 이 모든 것이 전해지길 바란다. 눈물이 고인 채 그녀는 담배를 도로 건넨다.

"당신을 위해 내가 부당한 고통을 감내하게 될 거라는 걸 이미 알고 있어요." 그녀는 이렇게 말하며 남자의 코트 주머니에 손을 미끄러지듯 집어넣어 손가락 사이로 잡히는 잔돈을 문지른다.

"그럼 뭐 좀 같이 해볼까요." 남자가 말한다. "밥이라도 먹을까요? 난 먹어야 하거든요. 근데 입맛이 없네요. 심장보다 작은 위장을 타고났지만, 보세요, 내 몸 전체가—" 그는 스스로의 몸을 손짓해 보인다. "엄청 길쭉하잖아요. 연료 공급할 데가 많아요."

버스가 도착하지만 둘은 타지 않는다. 길을 걸으며 화자는 그들이 전생과 갑작스럽게 단절된 듯한 느낌을 받는다. 입을 열어 내가 생각하는 것을 정확하게 말한다는 게 가능하구나, 그녀는 난생처음으로 깨닫는다.

싸구려 식당에서 둘은 새까맣게 탄 고깃덩어리가 든 커다란 플랫브레드를 나눠 먹는다. 남자는 몹시 잊히기 쉬운 방식으로 식사를 한다. 음식이 그의 입가에 가까워지자마자 곧장 사라지는 게 그녀는 마음에 든다. 여자는 남자가 철학자이며 이름은 문이라는 것을 알게 된다. 남자는 여자가 특별할 것 없는 사람이라는 걸 알게 된다. 텅 빈 공간들이 모여 인간의 몸 형상을 이룬 게 저예요, 라고 그녀가 설명한 것이다. 헤어지기 직전 두 사람은 휴대폰 번호를 교환한다. 연락하고 싶으면 기억 속에서 서로의 번호를 꺼내 누르면 되도록. 두 사람의 휴대폰은 둘만의 워키토키가 된다. 이제 그들이 다른 사람들과 연락할 일은 추호도 없을 게 분명하다.

다음 날, 화자는 앉은 자리에서 단숨에 문의 신작 저서를 읽어 내리곤 자신이 이해하는 게 무엇인지 알지 못하는 채로 모든 것을 이해한다. 그 경험은 그녀를 격렬한 빛으로 가득 채운다. 나약하고 편리한 생각을 전부 도려낼 수 있도록 스스로의 내면에 정육점용 칼을 건네고 싶어진다. 또한 가능한 한 가장 큰 혼란을 감수하고 싶어진다. 이러한 욕망들이 전부 같은 하나임을 그녀는 이내 깨닫는다. 철학자의 작품이 지닌 명료한 기이함에 그녀는 종종 눈물을 흘린다.

"내게 공감하려고 하지 않아주어서 고마워요." 그녀는 책을 시리얼 봉지처럼 흔들며 말한다.

문은 그녀에게 더 많은 것을 읽게 해주려고 몇 주 만에 또 다른 책을 집필해 출간한다. 그는 아내와 아이들을 떠난다. 그의 냉철한 결단력에 깊이 감탄한 그녀는 자신 역시 마찬가지의 포기를 감내하게 될 미래를 기대한다. 그에 대비해, 그녀는 온몸이 고통스러운 감각으로 꽉 찰 때까지 물속에서 숨 참는 연습을 한다.

"나와 함께 세상 밖으로 나와요." 그녀는 통화하다 그에게 말한다. "우리가 목숨이 여러 개인 비디오게임 캐릭터들이다 생각하고 두려움 없이 낯선 상황 속으로 들어가봐요."

하지만 둘은 나란히 걷지 않는다. 길거리에서 그녀는 언제나 그를 갈망할 수 있도록 그보다 몇 미터 뒤에서 걷는다. 사랑에 빠졌음을 터놓고 인정하지만, 서로에게 다가가는 데에는 오랜 시간이 걸린다. 둘은 열일곱 번 만나고 나서야 서로를 만지게 된다.

'이게 삶이구나.' 그를 만지는 도중 그녀는 생각한다. '난 죽어가고 있어.'

철학자는 춤을 추지도 노래를 부르지도 않는다. 오히려 음악이 흘러나올 때마다 더없이 고요해져서는 눈을 감는다. 그렇다면 이 철학자를 문으로 만드는 건 무엇일까? 무엇이 그를 문스럽게 만드는 걸까?

바로 목이다. 캐릭터 문과 실제 인물 문은 동일한 목을 지녔다. 문의 목은 바라볼수록 더욱더 비인간적으로 보이며, 화자는 그 점에 매혹된다. 루빈의 꽃병*처럼, 그녀는

• 덴마크의 심리학자 에드가 루빈이 고안한 그림으로, 관점에 따라 전경과 배경이 뒤바뀌는 현상을 보여줄 때 활용된다.

결코 전체를 한 번에 조망할 수 없다. 목은 그녀를 피해 간다─다만 인격의 충격적인 권능을 담지한 채로. 목은 모든 것을 설명한다─'그로 인해'가 아닌 '그럼에도 불구하고'의 방식으로. 옆얼굴의 근사한 곡선 모양을 그리는 목은 외설적일 정도로 비정한 의지를, 자연스러운 폭력성을, 수줍은 사이코패스의 인격을 선명하게 드러내며 날카로운 안도감을 준다.

나는 이 장면들을 마스터슨에게 보냈다. 여전히 답신은 없었다.

며칠 지나지 않아 나는 아크메이지를 발견했다. 그 웹사이트에는 팬들이 쓴, 유명인이나 가상 인물들이 등장하는 이야기가 수천 건 실려 있었다. 어떤 감정을 불러일으키는지에 따라 세세한 항목들로 분류되어 있었는데, 각각의 이야기에는 '당신을 ……하게 할 것'이라는 태그가 붙어 있었다. 문과 관련해 내가 좋아하는 이야기들에는 거의 항상 '당신을 우정과 이별하게 할 것'이라는 태그가 달려 있었다. 솔직히 대부분의 이야기는 읽을 만한 가치가 없었다. 그도 그럴 것이, 글쓴이는 작가가 아니라 최후의 수단으로 언어에 의지한 팬들이었다. 글쓴이가 본인의 기이한 감정들이 일관된 사지를 지닌 형상이 되길 바라는 마음으로 실패담의 전형적인 뼈대를 우려내어 클리셰에 무수히 항복하자 문장들은 진부함에 흠뻑 절여졌고 나는 점점 더 실망해갔다. 그러나 부조리한 열정으로 이 시대의 신앙심을 반사하는 대부분의 현대 소설보다는 이 이야기들이 더 마음에 들었다. 도덕적 분노가 담긴 어조에서 드러나는 외로운 우월감에도 불구하고 그 소설들은 따분할 정도로 동의하기가 쉬웠다. 팬들과 죽은 작가들이 쓴 것을 읽는 게 더 나은 까닭은 동의하기 어렵기 때문이었다.

내 이야기 속 사랑에 빠진 두 캐릭터에 대한 생각을 멈출 수가 없었다. 그래서 그 장면들을 전용 노트에 베껴 적은 다음 이야기를 이어갔다. 한 챕터 정도의 분량을 끝내고 나면 텍스트를 타이핑해 아크메이지에 플뢰르플로어라는 이름으로 올렸다.

그런 뒤 머리카락을 완벽한 흰색으로 염색했다. 재혼에 관심 있는 미망인으로 보이는 것이 내 목표였다.

팩 오브 보이즈의 최신 뮤직비디오는 엄청난 조회수를 기록하며 또 한 번 세계 신기록을 세웠다. 다음 날, 팬덤의 베를린 지부는 어느 카페에서 축하 행사를 열었다. 그곳에 도착했을 때, 나는 나와 비슷한 이들의 존재를 직감하고 문가에서 머뭇거렸다. 터질 듯한 환호성 사이로 음란한 선을 긋는 방식의, 문을 향한 변태적인 사랑만이 만들어낼 수 있는 적대적인 기운이 느껴졌던 것이다. 내가 사랑하는 대상이 그들이 사랑하는 대상과 동일하다는 사실을 알고 있는 낯선 이들이 우글거리는 공간을 어떻게 헤쳐나가야 할지 확신이 안 섰다. 꼭 사우나에 온 것 같았는데, 단지 알몸이 전부 똑같아서 수치심 역시 반복적이며 무의미하다는 점이 다를 따름이었다.

젊은 여자 한 명이 다가왔다.

"안녕하세요. 저는 리버 2년 차예요. 제가 리버가 되던 날, 덩치 큰 남자 두 명이 아파트에 들어와서 더 빠른 인터넷을 깔아주겠다고 했죠. 그쪽은요?"

"안녕하세요." 내가 말했다. "저는 얼마 안 됐어요. 제가 리버가 된 날에는 지하철에서 옆자리에 앉아 있던 남자가 《CEO 되는 법》이라는 책을 읽고 있었어요. 그래서 그가 CEO가 아니구나 싶었죠. 어떤 사람이 무언가가 아니라는 걸 한눈에 알 수 있다는 건 끔찍하구나 생각했어요."

팬들은 팩 오브 보이즈와의 자의적인 연결 고리를 통해 각자의 삶 속 구체적인 기억들을 떠올렸다. 그것이 우리가 시간을 파악하는 방식이었다.

베를린 지부 회장이었던 그 여자는 나더러 "여기 있는 모든 사람의 행복에 기여하고 싶냐"고 물었다. 솔직한 답은 '아뇨'였지만 예의상 접이식 칸막이 뒤쪽으로 그녀를 따라갔고, 거기에선 네 명의 여자가 새로운 뮤직비디오

속 보이즈의 의상을 중고 의류 버전으로 따라 한 옷을 입는 중이었다. 회장은 옷 무더기를 내 품에 안겼다.

"멋진 문이 되실 거예요." 여자가 말했다.

옷을 다 입은 우리 다섯 명은 스피커에서 히트곡이 흘러나오는 동시에 칸막이 뒤에서 나왔다. 기쁨의 비명이 우리를 맞이했다. 지역 뉴스 방송국의 취재진은 우리가 인류학 연구 대상인 양 따라다녔다. 나는 인조 실크로 만든 분홍색 망토를 입고 방 안을 부유했다. 모두들 나와 함께 사진을 찍었다. 몇몇은 나더러 휴대폰을 들어달라고 부탁했는데, 쭉 뻗은 내 팔을 프레임 안에 담아 사진을 위해 내가 자발적으로 기여했음을 증거로 삼기 위해서였다.

"사랑해요." 모두가 말했다.

"제가 더 사랑해요." 나는 진심을 담아 답했다. 문도 나에게 똑같이 말해줄 거라고 믿기 위해선 진심이어야 했다.

이후 우리는 '고해성사 시간'을 위해 소그룹으로 나뉘어 흩어졌다. 나는 테이블 맞은편에 앉은 리제를 보고 소스라치게 놀랐는데, 팔뚝에 내가 흉내 낸 문의 사인이 검정 마커로 큼지막하게 그려져 있었다. 광란의 한 시간 동안 그녀를 못 알아본 채 사인을 해준 게 틀림없었다. 눈을 마주쳐보려 했지만 리제는 얼굴을 붉힌 채 시선을 피했다.

로봇 손목을 '인간처럼 회전시키는' 게 전문이라는 엔

지니어가 대화를 주도했다. 획기적인 역사적 순간에 보이즈와 동시대를 살아간다는 건 엄청난 행운이라고 그가 말했다. 기독교와 자본주의—이에 맞설 만한 운동을 우리 팬들이 함께 모여 조직할 수 있을까요? 다른 모든 운동을 이어받아 우리만의 특수성을 뛰어넘어 인류 전체에 준할 수 있을까요? 팬들로만 구성된 국가의 총리가 되어 온갖 칙령을 선포하는 것이 자신의 마음속 가장 깊은 소망이라고 그는 고백했다.

다음 순서는 리제였다. 수줍게 들떠 떨리는 목소리로, 그녀는 문에 대해 아무것도 모른 채 그를 사랑하게 되었다고 고백했다. 모든 것은 그녀가 Y/N 이야기의 한 부분을 우연히 읽게 되면서 시작되었다. 그녀의 설명에 따르면 그건 주인공 이름이 Y/N, 즉 '당신의 이름Your Name'인 팬픽이라고 했다. 텍스트에 Y/N이 등장할 때마다 독자는 자신의 이름을 집어넣을 수 있었고, 그로써 현실에서는 만날 기회가 없는 유명인들과 함께 사건을 경험할 수 있었다.

처음 Y/N 이야기를 읽으며 리제는 스스로에 대한 놀라운 사실을 알게 되었다. 그녀는 열아홉 살에 혼전 임신으로 문을 낳았으나 귀족 집안의 반대로 아기를 고아원에 두고 와야 했다. 문은 자라서 상금으로 주어지는 말(馬)들을 전문으로 운송하는 트럭 운전사가 되었다. 어느 날 그가 밤색 암말 한 마리를 끌고 그녀의 저택 대문 안으로 성큼성큼 걸어 들어왔을 때, 그녀는 아들과 재회하게 되었다. 두 사람은 한마디 말없이 서로를 알아보았다. 그렇게 꿈결 같은 여름이 시작되었다. 그녀는 말 위에, 문은 트럭에 탄 채 나란히 머나먼 거리를 달리는…….

그 이야기를 다 읽은 뒤에야 리제는 팩 오브 보이즈와 그들의 명성에 대해, 그러니까 문이 다른 이들과 함께 노래하고 춤춘다는 것을 알게 되었다. 그러나 그녀에게 그 모든 건 중요하지 않았다. 스스로의 새로운 면면을 발견하길 열망하며, 리제는 Y/N 이야기를 하나씩 읽어나가기 시작했다.

엔지니어는 못마땅한 가부장처럼 등을 폈다.

"Y/N 팬픽 읽을 때마다 졸음이 쏟아지던데." 그가 말했다. "어떤 배경을 가진 독자가 이야기를 우연히 접하게 될지 모르니 작가는 인격이 텅 빈 인물을 만들지 않습니까. 하지만 제대로 된 주인공이 없다면 이야기는 성립할 수 없죠. 그러니까 Y/N은 절대 이야기라고 볼 수 없어요. 서사에 어처구니없고 자의적인 비약만 있을 뿐이지. 이 모든 건 주의하라는 경고와 같아요. 문에게 간택당했다는 망상을 좇는 사람이라면 누구든 자기 정체성을 지워버릴 수 있다고요. 이건—" 그는 우리 테이블을, 이 행사장을 손짓으로 가리켰다. "여러분보다 훨씬 더 큰 겁니다. 여러분은 Y/N이 아니에요. 거기엔 우리 모두가 동시에 존재하니까."

"아뇨." 리제는 눈도 깜박이지 않고 말했다. "Y/N은 나뿐이에요. 내가 Y/N이 아니었던 적은 딱 한 번 있었어요."

그녀는 문과 이웃이 되는 느낌은 어떤 건지 알고 싶어서 그가 베를린에 사는 설정의 이야기를 읽기 시작했던 일화를 들려주었다. 난감하게도 이야기 속의 문은 리제의 전 애인과 똑같았다. 둘 다 철학자였고, 똑같은 책을 읽었으며, 똑같은 바에 다녔다. 심지어 왼쪽 허벅지 안쪽에 같은 모양의 출생점이 있었고, 멀리서 그녀가 다가올 때마다 미친 사람처럼 손을 흔드는 것도 똑같았다.

"그 이야기의 Y/N은 내가 될 수 없었어요." 그녀가 말했다. "그 Y/N은 너무나도 나였으니까. 중요한 건 내가 더 이상 내가 아니게 되는 지점이에요. 내가 Y/N이에요. 내 운명을 내 손에 쥐고서, 이제 문을 아는 사람이 되기로 결심했으니까."

리제가 읽은 그 이야기는 내가 아크메이지에 올린 것 같았다. 나는 다시 한번 눈을 마주치려 했지만 그녀의 눈길은 엔지니어에게 고정되어 있었는데, 경멸하듯 점점 일그러지는 그의 표정을 마주하는 그녀의 시선이 몹시 꼿꼿해서 나는 놀랐다.

"한 사람이 그렇게나 많은 사람이 될 순 없는 겁니다." 그가 말했다. "Y/N이라고 주장하지만 사실 당신은 아무도 아니다 이거예요. 텅 빈 기호일 뿐이지. 채워지길 기다리는 빈자리라고."

"맞아요." 리제는 꿈꾸는 듯한 미소를 지으며 말했다. "문은 특출한 위인이에요. 문 같은 사람은 여태껏 한 명도 없었고 앞으로도 없을 거예요. 너무 특별하고 너무 특이하죠. 그런 사람과 어딘가에서 마주치려면 나는 모든 사람이 되려고 시도해봐야 해요. 문은 한곳에 머물고, 나는 끝없이 헤매며 돌아다니는 거죠."

내가 끼어들었다. "하지만 당신 직장이나 친구들이나 매일 아침 일어나서 마주해야 하는 일상은 뭐죠? 심지어 지금도—여기 앉아 있으면서 어떻게 스스로에게 진실할 수 있다는 거예요?"

파르르 입술을 떨며, 그녀는 있는 힘을 쥐어짜내 나를 쳐다보지 않으려 애썼다. 그녀의 회피에 짜증이 나서 나는 더 몰아붙였다.

"리제 맞죠? 아니, 이제 더는 리제라고 불리지 않으려나요?"

그녀의 눈길이 휙 나를 향했다. 그러더니 두 손으로 황급히 얼굴을 가렸다.

"당신이 문 아닌 거 나도 알아요." 그녀는 울음을 터뜨리며 말했다. "하지만 당신 앞에서 문에 대한 얘기를 하는 건 끔찍하게 흥분되고 또 수치스러워요. 당신은 문인 척하고 있을 뿐이지만, 나는 당신을 위해서라면 뭐든 다 할 수 있다는 걸 이미 알아요. 당신은 나를 웃고, 울고, 비명 지르게 해요. 전 애인보다 훨씬 더 잘, 훨씬 더 빠르게 모든 걸 해준다고요. 당신은 그가 설 자리를 잃게 한 첨단 기계예요. 더는 다른 사람을 사랑할 수 없겠다 싶었어요. 근데 최근에 다시 만났을 때 감정이 딱 하루 가더라고요. 당신이 우리 아들이었으면 좋겠다는 생각뿐이었어요. 그래서 우리 둘 사이에 빈 공간을 두고 사진을 찍자고 그에게 강요했어요. 그 자리에 당신이 있어야 하니까."

내 방에는 문(門)처럼 경첩이 달린 커다란 사각 창문이 있었다. 일요일 아침이었다. 창가 아래로 사람 한 명 지나다니지 않으며 풀포기 하나 없는 거리가 보였는데 가차없는 인간적 활동에 의해 깨끗이 청소된 듯했다. 공기에는 기름에 굽는 고기 냄새와 갓 내린 커피 향, 담배 연기가 가득했다―하나같이 뭔가를 태워 깊은 맛을 내려는 행위들. 시야 왼쪽으로 검은 옷을 입은 충혈된 눈의 젊은이 두 명이 비틀거리며 걷는 게 보였다. 유독 확실한 건 두 사람이 서로를 향한 욕망에 사로잡혀 있지 않다는 점이었다.

멀리서 교회 종소리가 울려 퍼졌다. 신도석에 누군가 앉아 있는 풍경은 상상할 수 없었다.

노트를 펼쳐 Y/N과 문의 이야기를 이어 쓰기 시작했다.

커플은 입양아인 문이 생모를 찾을 수 있도록 서울로 이사한다. 둘 다 한국어를 할 줄 몰랐기에 Y/N은 어학 수업을 함께 듣자고 제안한다.

"난 한국계 미국인이고 당신은 한국계 독일인이잖아. 우리가 영어로 얘기하면 당신은 표현에 한계를 느끼지. 우리가 독일어로 얘기하면 내가 표현에 한계를 느끼고. 하지만 우리 둘 다 한국어로 말할 수 있다면 우리가 느낄 한계는 대등할 거야."

둘은 수업 신청을 하고 자리에 앉아 화이트보드를 올려다본다. 집에서는 단어 교재를 푸는 데 전념한다. 두 외국인에게 낯선 발음들이 입가에 주름을 더한다. 두 사람의 입술은 새로운 벡터를 얻는다. 그들은 키스를 더 잘하게 된다.

문은 생모가 탁월한 무용수였으나 공연장으로 향하던 중 교통사고로 사망했다는 사실을 알게 된다. 생명의 원천이었던 어머니의 몸이 푹신한 시트와 차의 금속 벽면 사이에서 구겨지는 모습을, 뒤틀리는 몸에서 춤의 황금빛 방울이 마지막까지 새어 나오는 모습을 그는 상상한다. 춤 수업을 받기 시작한다. 문은 곧 모든 선생보다 뛰어난 무용수가 된다. 결국 그는 스스로 예술을 행하기로 결심한다. Y/N은 집 안 가구를 전부 가장자리로 밀어 문이 연습할 공간을 확보해준다. 그녀는 구석에 앉아 몸의 어휘들이 빠르게 확장되는 모습을 경탄하며 바라본다. 두 사람 모두 그가 여태껏 실현할 수도 있었던 삶을 떠올리며 충격을 받는다. 그는 잠자리에서도 기이하고 획기적인 자세를 취한다. 그녀는 뻣뻣한 자신의 몸을 맞추려 애쓴다. 그들은 숨을 몰아쉬고 또 몰아쉬고 또 몰아쉰다.

"당신이 부러워." 그녀는 그의 가슴에 머리를 대고 중얼거린다. "이제 춤추는 법을 알았으니 세상을 다르게 움직여 다니겠네. 이젠 도로가 도로로 안 보이고, 오직 수 킬로미터에 이르는 무대로 보이겠지. 그렇게 아버지도 없이, 어머니도 없이. 사랑해. 당신을 사랑해."

다음 날, 연습을 하던 중 문은 허공에 팔을 쭉 내뻗는다. 고개를 뒤로 젖혀 스스로의 손가락을 바라본다. 아무런 욕심도 부리지 않고 무심한 척하지도 않는 이상적인 선물 수여자의 것처럼 뻗은 손가락. 다음 순간, 설명을 요하지 않는 춤의 곡예가 펼쳐진다. 자신의 삶에 관한 모든 것을 알고 싶어 하는 Y/N은 지금껏 알았던, 그리고 앞으로 알게 될지도 모를 그 모든 지식이 지금 이 춤동작에 생생히 담겨 있음을 감각한다. 조여들거나 확신하지 않는, 에두르면서도 광대한 몸짓. 그녀에게 진실의 붓질은 이렇듯 감싸안는 방식의 강렬함을 지닌 듯하다. 그 동작은 측정 가능한 양의 감정을 표현하지 않는다. 동작이 측정 기준 그 자체다. 너무 많으며 동시에 아무것도 아닌 것. 문은 스스로에게 과몰입했으나 최종 균형은 0이다. 그의 움직임은 컵 자체가 아니라 컵에 담긴 무언가이며, 그의 과잉된 움직임을 개념화할 수 있는 그릇은 존재하지 않는다.

이 움직임이 무엇이든, 나는 문이 여태껏 한 번도 그 동작을 취한 적 없다고 확신했다. 그러나 세상에서 그 움직임을 행할 수 있는 것은 오직 문밖에 없다고도 확신했다.

새로운 챕터를 아크메이지에 올렸을 때쯤에는 창밖이 어둑해져 있었다. 자리에서 일어나 팔을 머리 위로 쭉 뻗으며, 나는 방금 내 글에서 탄생한 신비한 춤―꿈속 문의 움직임을 내가 즉흥적으로 표현해볼 수 있을지 궁금해졌다. 한번 시도해보았다. 온몸이 고통으로 터질 듯했다. 팔다리는 불가능한 위치로 가야 했다. 근육에는 긴장과 이완이 동시에 요구되었다. 내 머리는 한 명의 인간처럼―마치 막 감옥에서 출소한 사람처럼 몹시 적대적이고 독립적으로 행동했다. 헉헉대며 나는 매트리스 위로 털썩 쓰러졌다.

그날 밤 꿈에서 돌출된 송곳니가 너무 커다랗고 휘어져 있어 입을 다물지 못하는 문의 모습이 내 시야를 압도했다. 그 외에는 평소와 똑같아 보였다. 꿈속 세계에서는 모두가 그 송곳니에 대해 알고 있었으나 모른 척했다. 그를 아름답다고 여기는 편이 우리의 영혼에 훨씬 더 이로운 일이었다.

4

음의 무한대

아크메이지 데이터 분석 부서는 사이트에 올라온 이야기들 속 유명인들과 가상 인물들 전부에 대한 목록을 작성했다. 그런 다음 주요 인물로 등장하는 횟수에 따라 사백 명이 넘는 이들의 순위를 매겼다. 문이 1위에 올랐다는 사실에 나는 충격을 받았다.

콘서트 이후로 나는 문을 있는 그대로 받아들이는 법을 배웠는데, 그 이면에 어떤 교활한 계략이 있을지도 모른다는 두려움에서가 아니라 모든 것을 다 안다고 해도 중요한 것은 결코 드러나지 않을 거라는 확신에서였다. 공연 비하인드 영상 따위는 필요 없었다. 나는 어떤 무대의 뒤로도 가고 싶지 않았다. 그보다 내 목표는 환상의 늪에 더욱 깊이 가라앉는 것이었다. 내게 필요한 것은 오직 문을 꿈꿀 수 있는 자유였다. 그러나 그가 1위를 차지했다는 사실은 내가 진정으로 자유롭다고 느낀 몇 안 되는 상상의 공간이 사실 가장 따분한 순응의 장소였다는 불쾌한 암시로 여겨졌다. 문을 향한 내 감정이 특별하지도, 그다지 극단적이지도 않다는 사실은 알고 있었고, 그가 대중적인 사랑을 받는 건 정당하다고도 여겨왔다. 하지만 그에 대한 이야기를 쓴다는 건 더 높은 차원의 헌신을, 즉 팬덤의 밋밋한 템플릿을 엘리트주의적으로 비트는 일을 뜻해야 하지 않는가.

처음으로 나는 내 사랑의 고유함을, 그리고 그 진실성을 의심했다. 그리고 누구나 그러하듯, 이별의 문턱 앞에서 내가 문에게 아무것도 느끼지 못하는 미래를 우울과 안도감 전부에 휩싸인 채 엿보고 말았다. 너무도 혼미해 기절할 뻔했다. 다소간의 자긍심과 함께 나를 불안정하게 하는 힘이라고 여겨온 내 사랑이 실상 나를 안정시키는 힘이라는 사실이 드러나고 있었다.

나는 무력히 얼어붙은 채 목록을 바라보았다.

갑자기 문이 목록에 들어 있다는 사실이 터무니없게 느껴졌다. 무슨 '고통'이나 '신성한 존재'가 캐릭터 이름들 사이에 섞여 있는 것 같았다. 문은 캐릭터가 아니었다. 그는 하나의 주제, 보편적인 상수였다. 그는 그 자신보다 더 위대했다. 모든 방향으로 뻗어나가는 것이 문의 영토였고 나는 누구도 생각지 않는 지점에 텐트를 치는 사람이었다. 나의 문은 다른 이들이 쓴 문과는 아무런 관련이 없었다. 나의 문은 1위에 오른 그 문이 아니었다. 아무리 1위여도 모자랐다. 나의 문은 목록 전체였다.

땅거미가 하늘을 멍들이고 있었다. 더는 젊은이라고 불릴 수 없는 사람들이 하나둘씩 건물 안으로 사라지고 있는 주택가 골목으로 나는 들어섰다. 그들은 캔버스 백에 툭 불거져 나온 채소들과 화장실 휴지들이 시인하는 필멸자의 운명에 대항이라도 하려는 듯, 공기에 냉랭한 아름다움을 불어넣고 있었다. 그들의 등 뒤로 현관문이 닫히자마자 계단통에 황금빛 빛줄기가 쏟아져 들어와 위쪽으로 천천히 걸음을 옮기는 움직임이 멀리서도 훤히 보였다. 아파트 어딘가에서 한 아이가 믿을 수 없다는 울음을 반복해서 내질렀다. 나는 자신에게 작용하는 모든 힘이 점점 더 익숙해져가는 것에 전혀 개의치 않는 그 아이의 지칠 줄 모르는 민감함이 부러웠다.

올해 들어 처음으로 따뜻한 날이었다. 보이즈는 이제 서울로 돌아가 네 달 전 여정을 시작했던 바로 그 공연장에서 마지막 콘서트를 끝으로 월드 투어를 마무리할 예정이었다. 나는 집에서 그 마지막 공연을 생방송으로 보고 있었어야 했다. 그러나 대신 나는 베를린 구석구석을 돌아다니고 있었다. 점점 더 큰 원을 그리며 걷다가, 나를 발견할 기회를 최대한 많이 주기 위해 마스터슨이 사는 골목 쪽으로 좁혀 들었다. 그냥 전화해서 만나자고 하면 되는 일이라는 건 알고 있었다. 하지만 그에게 내 존재감을 강요하고 싶은 마음은 전혀 없었고, 오벨리스크처럼 솟아 침입해오는 그의 존재감에 내 몸을 묵묵히 내어주는 편이 낫다고 생각했다.

그가 사는 골목에 들어섰을 때는 사위가 어둑해진 뒤였다. 1층 바에서 빠른 템포의 트랜스 음악이 흘러나오고 있었다. 바깥에 놓인 유리 진열장 안에선 음료 메뉴가 중요한 시편처럼 빛나고 있었다. 나는 그의 건물 맞은편에 있는 깨진 가로등 밑에 숨었다. 다행히 2층에 있는 그의 침실에는 불이 꺼져 있었다.

발걸음을 옮길까 하던 찰나에 불이 켜졌다. 마스터슨이 창가에 나타났다. 왜 내가 세상에서 있을 수 없는 유일한 장소에 있는 거지? 나는 짜증스럽게 생각했다. 그는 쓸쓸한 표정으로 나를 내려다보더니 깡마른 손으로 창문 유리를 가리켰다. 혹시 원치 않는데 저 방에 갇히기라도 한 걸까? 나는 구해주겠다는 신호를 보냈다—자유와 해방의 뜻을 암시하려 두 팔을 넓게 벌리면서. 하지만 그러자마자 우리 둘이 서로에게서 해방되길 바란다는 뜻으로 그가 해석했을까 봐 걱정되어 소심하게 손바닥을 내밀어 보인

다음 가슴에 댔다. "당신 손이 내 심장에 닿는 느낌이 들어." 어느새 나는 그렇게 말하고 있었다.

그는 내게서 눈을 떼지 못했다. 음울한 매혹에 사로잡힌 듯했다. 어떤 대가를 치르더라도 그가 계속 내 생각을 하게 만들어야 한다는 걸 나는 알고 있었다. 사랑은 누군가를 기이한 빛깔로 계속 생각하는 행위였으니까. 그 빛깔을 우리가 어떻게 인지하는지는 매 순간 변화하며 때로는 혐오감이, 때로는 욕망이 되기도 하니까. 나는 후자에 가 닿기 위해 전자를 감수해야 했다.

마스터슨은 살짝 손을 흔들었다. 하지만 얼굴에는 나를 반가워하는 기색이 전혀 없었다. 그가 뒤로 고개를 돌렸을 때도 나는 계속해서 그의 표정을 해석하려 애쓰고 있었다. 그는 입술을 움찔거리더니 쓸쓸한 미소를 지으며 고개를 흔들었다. 방 안에 누군가 함께 있는 걸까? 그가 창가에서 멀어지자 두 개의 기다란 크라운 몰딩 막대를 직각으로 완벽하게 맞댄 새하얀 천장이 드러났다. 심오한 내면을 암시하는 그 구석을 바라보는 것만으로도 고통이 밀려왔다.

그때 갑자기 쾅 소리가 났다. 눈앞에 보이는 것은 창문 손잡이가 제대로 닫혔는지 확인하는 마스터슨의 비틀린 손목뿐이었다. 방금 전 무슨 일이 일어난 건지 이해하려 애쓰며 나는 눈을 힘껏 감았다 떴다. 흰 커튼이 펄럭이며 시야에 들어왔고 불이 꺼졌다. 나는 믿기지 않는 얼떨 떨함으로 비틀거리며 물러섰다. 여태껏 창문은 내내 활짝 열려 있었는데. 그가 저기, 바로 저기 있었는데. 그에게 말을 걸 수도 있었는데, 손을 뻗을 수도 있었는데. 길 건너편으로 뛰어가 발꿈치를 들고 팔을 뻗고 손을 집어넣는 것, 그와 다시 만나기 위해 필요한 건 그게 전부였는데.

문과 Y/N이 서울에 산 지도 반년이 되었다. 둘은 재외 동포 비자를 받아 한국에 머물 수 있게 되었다. Y/N은 부유한 사업가의 침울한 아들에게 영어 과외를 시작했다.

어느 날 저녁 퇴근길, Y/N은 좀 걸으려고 지하철 한 정거장 전에 내린다. 그녀는 공원 입구의 콘크리트 광장에서 한 청년이 춤을 추는 것을 본다. 주위가 어둑해 더 자세히 보려고 그녀는 눈을 가늘게 뜬다―문이다. 대부분 여성인 몇몇 사람들이 그를 둘러싸고 있고, 그녀는 격렬한 질투를 느낀다. 뒤쪽에 가서 선다. 이 야밤의 공연에 대해 왜 나한테 말해주지 않은 거지? 그가 숨기고 있는 또 다른 비밀들은 뭘까?

나른한 움직임에 몰두한 문은 그녀를 보지 못한다. 뼈가 부딪히는 소리가 똑똑히 들릴 만큼 팔꿈치를 서로 맞닿게 하고, 다시 쭉 뻗었을 때는 단추 모양의 멍 두 개가 새로 생겨나 있다.

Y/N은 슬픔에 휩싸인 채 집으로 걷는다.

침대에 누워 그녀는 휴대폰 속 문의 사진을 전부 삭제한다. 출근길마다 이 사진들을 들여다보는 데, 밤에 집으로 돌아가면 실물을 보고 만질 수 있을 거라는 기대감으로 자위하는 데 지쳤다. 사진을 보며 느끼는 좌절이 실재에 대한 관념을 강화하며 갖게 되는 즐거움이라는 사실을 깨달았던 것이다. 그러나 그 실재는 충분한 실재가 아니다. 문 자체도 충분한 실재가 아니다. 그녀는 그를 지나치게 원한다. 그녀의 욕망은 비정상적이다. 그가 지금보다 더 많이 주는 건 불가능하다. 그럼에도 그녀는 그가 아닌 모든 것, 그가 결코 될 수 없을 모든 것을 원한다. 음(陰)의 방식으로 존재하는 그─그녀는 그것까지도 원한다. 그러나 이 모순은 결코 넘어설 수 없다. 그녀는 절대로 그것을 가질 수 없을 것이며, 그렇기에 그것을 사랑한다. 그녀는 가질 수 없는 것을 사랑한다. 그러나 자신이 사랑하는 것을 가질 수 없다면 그녀는 죽을 것이다.

Y/N은 아파트에서 뛰쳐나와 파주로 향하는 택시를 잡아타야 할지 고민한다. 시간은 흐를 것이다. 그녀는 문에게, 문은 그녀에게 낯선 존재가 될 것이다. 그때가 와야만 그녀는 서울로 돌아갈 것이다. 그곳에서 몰래 그를 따라다닐 것이다. 그의 휴대폰을 도청하고, 계정을 해킹할 것이다. 그래, 그거다. 그녀는 스파이가 되어야만 한다. 그의

의식 세계에서 완전히 사라진 이후에야 그의 진짜 모습을 보게 될 거야.

그녀는 복도를 걸어오는 문의 발소리를 듣는다. 정말 그를 떠날 수 있을까? 자물쇠 구멍에 열쇠가 꽂힌다. 금속의 드르륵 소리가 파블로프 효과를 일으킨다. 아니, 나는 머물 거야. 그녀는 절반의 만족감밖에 선사하지 못하는 관계를 받아들이는 스스로에게 혐오감을 느끼며 휴대폰을 벽에 던진다.

그날 밤, 그녀와 문은 몇 시간 동안 키스를 나눈다. 좌절감에 빠진 채 그녀는 문을 밀어내며 말한다. "자기는 나한테 너무 잘해줘. 그건 너무 고마워, 근데 그다음은 뭐야?" 두 몸을 서로 포갠 채 위아래로 미끄러지듯 움직이기—이제 그녀에게 그 움직임은 진정한 합일의 불가능성에 대한 절박한 반응처럼 보이기 시작한다.

"우리 결혼하는 건 어떨까?" 문이 말한다.

"그건 당연히 할 수 있지." Y/N이 말한다. "10년 동안 매년 임신할 정도로 아이를 낳을 수도 있겠지. 그럼 그다음에는?"

"함께 죽을 수 있겠지……."

Y/N은 조바심으로 그의 가슴팍을 손가락으로 톡톡 두드린다.

"그다음엔?"

무기력이 그녀를 압도한다. 그녀는 무심결에 얼굴을 문의 목덜미로 파묻고는 치아로 살결을 부드럽게 깨물며 사정없이 키스하기 시작한다. 집에 돌아온 것 같은 안락함을 느끼면서. 그의 몸 한 귀퉁이에 너무도 몰두한 나머지 문이 여기 있다는 사실조차 잊어버린다.

다음 날 일하러 간 Y/N의 입술은 부어 있다. 침울한 학생은 펜을 내려놓더니 그녀에게 키스해도 되느냐고 묻는다. 그녀는 놀라서 소년을 올려다본다. 그의 얼굴은 이미 그녀 쪽으로 기울고 있다. 나는 고개를 돌리지 않을 거야, Y/N은 그 순간 알고 있다.

죄책감, 호기심, 심지어 야망까지 뒤섞인 감정이 가슴속에 똬리를 튼 채, 그녀와 학생은 단어 교재 위에서 키스를 나눈다. 두 입술이 뒤얽힐 때 라디오 잡음 같은 소리가 난다. 문이랑 같은 데오드란트를 뿌렸네, 그녀는 알아차린다. 그 또래의 소년들이 좋아하는 브랜드.

그날 저녁 집으로 돌아가는 길, Y/N은 문을 한 번 더 스치듯 보기 위해 한 정거장 일찍 내린다. 보랏빛 어스름이 내리고, 사람들 뒤쪽에 선 그녀는 눈을 크게 뜬다. 어젯밤의 키스 세례로 멍이 가득한 문의 목은 주위의 어둠과 잘 구분이 되지 않을 정도다. 마치 머리가 어깨 위에 둥둥 떠다니는 듯하다. 그녀가 어찌나 말끔하게 목을 베었던지, 저 머리는 아직 잘려 나갔다는 사실조차 감지하지 못한 듯 여태 굴러떨어지지 않는다.

도시를 배회하며 몸 어딘가가 막연히 아프다고 느꼈다. 숨 쉬기가 힘들었다. 강한 맛과 냄새에 대한 둔탁한 혐오감으로 배 속이 그득했다. 밤늦게까지 흥청거리는 이들의 무리를 따라 걷던 중, 낯선 사람 둘을 사이에 두고 나와 같은 방향으로 걷고 있는 리제를 발견하곤 화들짝 놀랐다. 내가 알아보자 그녀는 움찔했지만 계속해서 나를 못 본 척했다. 얄팍한 계략에 신경질이 난 나는 손을 뻗어 그녀를 사람들 바깥으로 끌어냈다.

한적한 골목의 가로등 밑을 나란히 지나며, 나는 흘깃 곁눈질을 했다. 그림자가 만드는 선명한 기하학무늬가 그녀의 얼굴을 아무렇게나 분할하고 있었다. 리제는 불안한 듯 줄곧 입꼬리를 찢었는데 그럴 때마다 번쩍거리는 어금니가 드러났다.

"무섭게 했다면 미안해요." 그녀가 말했다. "근데 당신 잘못이에요. 계속 한 장소에서 다른 장소로 자리를 옮겨 다녔잖아요. 도무지 한곳에 가만히 붙박여 자연스럽게 당신 배경의 일부가 될 기회가 없었다고요. 그래서 내가 지금 무례하게 도착한 깜짝 선물처럼 굴고 있는 거예요."

"나한테 원하는 게 뭐예요?" 나는 냉정하게 물었다.

"그러지 마요." 그녀가 말했다. "난 견딜 수 없을 거예요. 부디, 나와 함께 안전하다고 느껴주길 바라요."

"그만 좀 해요. 난 문이 아니라고요. 당신이 이 되도 않
는 환상에서 빠져나오게 도와주지 않을 거예요."

"안 돼요." 그녀가 말했다.

"뭐가요?"

"전부 다. 안 돼요."

리제의 턱이 덜덜 떨리기 시작했다. 피부가 주름졌다
펴지는 속도가 너무도 빨라서 저 불안한 움직임이 얼굴
전체로 퍼져나가는 건 아닐까 싶었다. 그녀는 내 어깨에
팔을 둘렀다.

"아, 당신 어머니한테 너무 화가 나요." 그녀는 내 어깨
에 머리를 기대며 말했다. "내가 당신 어머니였으면 절대
로 당신을 세상 밖으로 내쫓아버리지 않았을 텐데. 붙잡
을 곳도 없고 확실한 곳도 없는 이런 세상으로. 내가 죽는
한이 있더라도 최대한 오래 내 자궁 안에 두었을 텐데."

어쩐지 나는 한 번도 문의 어린 시절을 상상해본 적이
없었다. 그가 죽는다는 상상 또한 전혀 하지 않았다. 이미
완전한 채로 세상에 온 것 같았고, 사라질 때도 같은 방식
이길 기대했다.

"어머니의 배 속에서 당신은 완벽히 둥글게 말려 있는
존재, 스스로에게 완전한 존재였죠." 리제가 말을 이었다.
"당신은 아무것도 바라는 게 없었어. 그러다 태어나게 됐
고, 악몽이 시작됐죠. 당신 몸은 온 사방으로 당겨지며 펼

처졌어요. 팔과 다리, 목, 머리카락까지도—전부 이런 모습이어선 안 되었는데. 세상이라는 이 광대한 광장에서 뭐라도 붙잡아 정박하고 싶어 끊임없이 몸을 뻗다가 이렇게 길어진 거지."

나는 그녀의 어깨 너머를 바라보았다. 우리는 커다란 교차로에 서 있었다. 거대한 공공 시계가 시간을 일러주었다. 끔찍하리만큼 구체적인 숫자들.

"속이 안 좋아요." 내가 말했다.

"나랑 같이 가요." 리제가 내 손을 붙잡으며 말했다. "내가 하고 싶은 건 당신을 위해 요리하고 청소하고 돌보는 일뿐이에요. 어떤 요구도 하지 않을게요. 날 사랑할 필요도 없어요. 그냥 내가 당신 어머니가 되게 해줘요."

"아뇨." 나는 손을 빼내며 말했다. "그건 안 돼요."

나는 리제를 지나쳐 비틀거리며 주류 판매점에 들어가 형광등 불빛 아래 갑자기 밝아진 시야에 눈을 찡그렸다. 유리에 비친 내 모습이 거슬렸다. 이목구비가 터무니없이 투박하게 표면에 드러나자 나 자신이 스스로의 최소치처럼 보였다. 나는 유리 계산대 위로 엎어져, 달그락거리는 네온색 플라스틱 라이터를 상자에서 전부 꺼냈다. 계산대 뒤편 남자는 다 해서 20유로라고 말했다.

"저기—" 리제가 내 뒤에서 말했다. "괜찮아요?"

나는 눈을 감고 고통을 시각화하려 노력했다. 메스꺼움

에 혼미한 와중에도 바늘로 찌르는 듯한 충격이 선연했다. 아무런 색도 보이지 않았다. 뺨에 닿는 계산대 유리에서 손 냄새와 동전 냄새가 났다.

"남은 하루를 어떻게 보내야 할지 모르겠어요." 내가 말했다. "집에 돌아갈 건데, 그다음엔 뭐죠. 앞으로 펼쳐진 모든 시간 동안 내가 대체 뭘 해야 하느냐고요. 그런데 그 시간마저 충분하지가 않아요. 뭐에 대해서냐면, 나도 몰라요."

"간단해요." 리제가 말했다. "사랑하는 사람들을 찾아서 지구 끝까지 따라가면 돼요. 다른 건 하나도 안 중요해요."

"그런데 그 사람들이 돌아서서 나한테 침을 뱉으면요. 버림받은 개한테 하는 그런 몸짓을 취한다면요." 창가에 있던 마스터슨이 떠올랐다. "지구상에서 그 개를 쓸어버리려는 것처럼."

자기혐오에 몸이 떨렸다. 남자는 계산대에 손가락을 딱딱 두들기며 가격을 반복해서 말했다. 20유로. 그런데 그 순간 갑자기 한국어가 들려왔다. 계산대에서 몸을 일으켜보니 머리 위에 놓인 검고 투박한 플라스마 TV에서 서울의 뉴스 특보가 나오고 있었다. 빨간 오버사이즈 정장에 검은색 선글라스를 낀 음악 교수가 기자 무리 앞에 서 있었다. 공개 석상에 좀처럼 모습을 드러내지 않는 인물인데. 그녀는 무심한 톤으로 보이즈의 최근 공연을 끝으로 문이 은퇴했으며 회사 차원에서 더 자세히 말씀드릴 것은 없다고 발표했다. 그러곤 작별 인사 없이, 허리 숙여 인사하지도 않은 채 검은색 밴으로 미끄러지듯 탑승했다. 뉴스는 몇 주 전 파티 장면으로 넘어갔다. 내 얼굴 위에 나타날 거라곤 꿈에도 생각지 못한 너그러운 표정을 띠고서 어느 팬의 손을 잡고 있는, 분홍색 망토 차림의 내가 있었다.

라이터 더미 위로 토했을 때 남자는 다시금 가격은 여전히 20유로라고 말했다. 그의 말이 맞았다. 내 속은 비용을 지불할 대상이 못 되었다.

문의 은퇴 소식이 전해진 이후 후속 보도는 없었다. 보이즈는 대중의 시야에서 물러났고 다음 앨범 발매를 무기한 연기했다. 온라인에서는 엄청난 대혼란이 일었다. 문의 은퇴는 본인의 의지인가? 죽은 건가? 과학의 진보에 굴복하고 은유에 몸을 맡긴 채 달로 이주한 건가?

마스터슨에게서 마침내 연락이 온 것은 그 무렵이었다. 그러나 편지는 아니었다. 대신 도착한 건 연애를 할 가능성이 '음의 무한대'로 수렴하는 누군가와 사랑에 빠진 이들을 치료해준다는 회사의 홍보 팸플릿이었다. '이루어질 수 없는 사랑의 대상'이 내담자의 존재조차 모르는 유명인인 경우에 대해 전문적인 치료를 진행한다고 쓰여 있었다.

내면의 평화를 얻으려는 비겁한 욕망에 굴복하여 나는

치료를 받아보자고 결심했다. 로스앤젤레스 소재의 사무실에 있는 피시와이프 박사와 무료 입문 온라인 영상통화를 했다. 종종 그의 얼굴이 화면에 너무 가까이 다가오는 바람에 두 눈은 프레임 위쪽으로 실종되고 입만 보이곤 했다. 고립된 그의 보랏빛 입술은 비현실적으로 화려해 보였는데, 마치 소리를 뭉개기 위해 일부러 디자인된 것 같았다.

피시와이프 박사는 자꾸만 문더러 '최근 고인이 되신 분'이라고 불렀다.

"처음부터 죽은 사람과 사랑에 빠진 고객분들이 계세요." 그가 말했다. "가장 지독한 경우죠. 고객님은 운이 좋은 거예요. 실제로 일어난 죽음은 받아들이기가 더 쉽답니다."

"한 번 더 말해야 하나요?" 내가 말했다. "문은 죽지 않았어요. 은퇴한 거라니까요."

"죽은 거나 마찬가지죠. 그렇게 마음을 먹으면 더 빨리 회복할 수 있어요."

"망상을 가지고는 회복할 수 없는데요."

"지금 이 상황 전체가 전부 망상이라는 걸 모르시겠어요? 고객님 같은 사례는 너무 심각하기 때문에 이 시점에서는 망상을 아예 없애는 게 아니라 조금이라도 망상이 덜 심각해지는 쪽으로 가야 할 지경이라고요."

"돌아올 수도 있어요."

"그래서요? 그를 만날 가능성은 계속 0일 텐데요."

피시와이프 박사는 염려하는 태도를 갖추려 했다. 나는 영상통화 화면을 최소화했다.

"영영 못 만나도 괜찮은데요." 나는 천장을 빤히 바라보며 말했다. "그냥 우리가 함께 시간을 통과하고 있다는 느낌이 좋은 거예요. 거기 있는 그가 필요해요. 지금 이 순간에도 그가 세상 어딘가에서 자기 손을 내려다보고 있다는 걸 나는 알아야 해요. 내가 그를 완전히 잘못 알고 있을 수도 있고, 상상 속에서 우스운 캐리커처로 만들어버렸을 수도 있지만…… 그래도 내가 이런 온갖 잘못된 짓거리를 하는 게 전부 실재하는 무언가에 대한 반응이라는 걸 알아야 해요."

"고객님께는 그가 돌아올 필요가 없어요. 살아 있을 필요도 없고요. 그냥 고객님이 제일 좋아하는 영화 속 주인공이고, 그 영화는 이제 끝났다고 생각하세요."

"아뇨." 내가 말했다. "나한테 일어나는 것만으로 현실을 경험하는 건 지긋지긋해요. 내 미미한 삶은 모든 인간 경험을 다 아우를 수가 없으니까."

피시와이프 박사가 노트를 넘기는 소리가 들렸다.

"고객님 내력을 보면요." 그가 말했다. "가질 수 없는 사랑의 대상에 희생양이 될 위험이 굉장히 높아 보입니다.

스스로를 해칠 정도로 비정상적인 의지력을 지닌 문학 속 주인공 같은 대상 말이죠. 저와 상담을 계속하시면 여성학 교수처럼 소설 읽는 법을 알려드릴게요. 이상하고 몽상적인 애처럼 말고."

"문에 대한 책을 읽은 게 아니에요. 콘서트에서 직접 본 적 있다고요. 문과 함께 일하는 사람들도 있었고요. 그들 말로는 그에게서 비 내린 직후의 풀 냄새가 난대요."

"맞아요. 그는 실재해요. 그러니까 고객님이 그에게 느낀다고 주장하는 것들보다 더 나은 대우를 받을 자격이 있죠."

"뭐라고요? 저는 주장한 적 없는데요."

"고객님은 고통 없이 갈망만 할 수 있도록 그와 편안한 거리를 둔 거예요. 죄송하지만 사랑에 빠지신 게 아니고요. 고객님은 팬이세요. 지루해하고, 무기력하고, 넘치는 자극만 받는 팬이요. 그를 정말 사랑한다면 지금쯤 서울에 있어야죠. 밤낮으로 거리를 돌아다니면서 그를 찾아야죠. 그 엄청난 과업의 무게에 짓눌려 다른 장기는 전부 작동을 멈추고 심장만 남은 흐물흐물한 살덩이가 될 때까지 말입니다."

너무 경악스러워 말이 나오지 않았다.

"사랑에서 벗어나는 가장 좋은 방법은 말이죠." 피시와이프 박사는 말을 이었다. "빠질 만한 사랑이 애초에 존재하지도 않았다는 걸 깨닫는 거예요. 다음 상담 때는 유기농 프로바이오틱스 보조제를 처방해드릴 거고, 고객님의 중독 상태에 핵심인 자기 경멸에 대해 다뤄볼 거예요. 있지도 않은 사랑을 추구하고 자신을 낯선 사람으로 가장하는—"

영상통화를 종료했다. 그런 다음 세계 지도를 열고 서울을 확대했다. 가본 지 10년 된 도시. 새 탭을 열어 편도 항공편을 예약했다.

5

진짜 삶

바브라는 내가 마스터슨과 화해의 여행을 떠난 줄 알고 있었다. 그래서 내가 인천공항에서 전화를 걸어 마스터슨과 함께 온 게 아니며 적어도 한 달 동안은 아파트로 돌아가지 않을 거라고 말하자, 그녀는 마스터슨과 나의 관계, 내 일, 심지어 곧 있을 출입국관리사무소 방문 일정까지도 어쩔 거냐며 심각하게 추궁하기 시작했다. 가시적인 생활을 단번에 축약해버리는 바브라의 말에 기가 꺾인 채, 나는 수하물 컨베이어 벨트 위를 빙글빙글 외로이 돌아가는 캐리어를 바라보았다.

"아니면 혹시 너 거기 너 자신을 찾으러 간 거니?" 그녀는 갑자기 희망에 찬 목소리로 물었다.

"뭐? 아니." 내가 말했다.

서울행 버스에서는 출장을 마치고 돌아오는 남자 옆 자리에 앉았는데, 통화 내용을 들어보니 어그러진 게 많은 듯했다. 수화기 너머에서 아내가 달래는 소리가 들려왔다. "알아, 알아. 알아." 그가 말했다. "알아, 알아, 알아." 전화를 끊자마자 그가 너무도 깊은 잠에 빠져든 바람에 불편해지고 말았다. 내게 자신에 대해 너무 많은 것을 말해주는 것 같았으므로.

차창 커튼을 옆으로 걷었다. 풍경의 비율에 입이 떡 벌어졌다. 평균 30층쯤 되는 완벽한 직사각형 고층 아파트들이 줄줄이 늘어서 산등성이를 가리고 있었다. 온 가족이 산만큼 높은 가죽 소파에 앉아 있으리라. 고가선로 옆으로 한강이 나타났을 때는 그 너비에 충격을 받았다. 강은 근육질의 등을 가진 거대한 검은 뱀처럼 개발된 풍경 사이로 잔잔한 위용을 뽐내며 구불구불 흐르고 있었는데, 몹시 위협적으로 느껴졌다.

성수동 대교 밑에서 내렸다. 몇 년이나 보지 못한 삼촌이 차로 데리러 나와 있었다. 그는 매연으로 얼룩덜룩한 4층짜리 회색빛 기와지붕 건물까지 차를 몰았다. 1층에는 부대찌개 전문 식당, 칼국수 전문 식당, 앉아서 마실 수 있는 카페, 앉아서 마실 수 없는 카페가 있었다. 지하에는 담배 연기가 자욱한 당구장이 자리했다. 꼭대기 층 구석에는 막판에 허겁지겁 추가한 듯 보이는, 벽이 골슬레이트로 된 화물 컨테이너 꼴의 구조물이 있었다. 여기서 지내면 된다고 삼촌이 말했다. 군 입대로 집을 비운 삼촌의 사촌의 아들이 임시로 내놓은 원룸이었다. "평화." 나는 먼 친척이 군 복무를 수행하며 혼잣말로 투덜거리는 모습을 계속해서 상상했다. "내가 원하는 건 평화."

전자 회사에 근무하는 삼촌은 사무실로 돌아가야 했는데도 내가 머물 방에 함께 들러 살펴봐주었다. 6월이었다. 믿을 수 없을 만큼 날이 심하게 덥다고 우리는 계속 뇌까렸다. 불신은 외부성이라는 괴물 같은 힘에 대항하는 우리의 마지막 방어선인 듯했지만 전혀 쓸모가 없었다. 둘 다 땀을 뻘뻘 흘리고 있자니 민망했다. 우리는 서로를 잘 몰랐지만, 몸은 무심하게도 스스로를 폭로했다. 내가 안 보고 있다고 여긴 삼촌은 허리를 굽혀 휴지 뭉치로 바닥에 뚝뚝 떨어진 땀을 닦았다.

삼촌이 떠난 후, 산책을 하려고 밖으로 나섰는데 두 블록을 겨우 지났을까, 웬 중년 여자가 다가왔다.

"눈동자가 아주 밝으시네요." 여자가 말했다.

답을 해야 할지, 이어질 말을 더 기다려야 할지 망설여졌다. 여자의 외모에서 앞선 말의 의도를 유추할 수 있는 요소가 전혀 없었기 때문이다. 화장기 없이 수수한 옷차림이었고, 오래도록 인내하다 황달에 걸린 어머니 같은 기운을 풍겼다. 나는 감사하다고 말한 뒤 걸음을 옮겼지만 여자는 옆으로 따라왔다. 여자가 다리를 절뚝인다는 걸 그때 알았다.

"눈에 친절이 들어 있네." 그녀가 말했다. "근데 슬픔도 있고."

"그게 무슨 뜻이죠?" 나는 경계하며 물었다.

"어디 가서 얘기 좀 하자고."

"뭐에 대해서요?" 호기심에 누그러져 다시 묻고 말았다.

용기를 얻은 여자는 내 팔을 붙잡고 놀라운 힘으로 끌어당겼다.

"이쪽으로 와. 조용한 데로 들어가서 설명해줄게."

나는 여자의 손아귀에서 간신히 빠져나와 다시 원룸 쪽으로 몸을 돌렸다. 방금 전 만남에 마음이 온통 혼란스러워 계속 걸을 수가 없었다. 뒤로 슬쩍 돌아보니 여자는 나를 따라잡겠다는 기대라곤 전혀 없는 듯 알랑거리는 미소를 띤 채 절뚝이면서 따라오고 있었으며, 바로 그 점 때문에 언젠가 나를 다시 찾아내리라 확신하고 있구나 싶었다.

그 이후 남은 하루 동안 이웃이랄 사람은 한 명도 보지 못했다. 저녁에 퇴근하고 집으로 돌아가는 이들의 빠른 발걸음 소리와 전자 도어록의 우쭐대는 삐 소리만 들렸다. 다만 바로 맞은편에 사는 남자만은 지팡이처럼 생긴 사물에 의지해 절뚝이며 여러 번 집 밖을 들락거렸다. 그의 발걸음은 굳은 결의, 어떤 용맹함까지도 표현하고 있었다. 분명 그는 젊은 시절 아주 열성적인 연인이었으리라. 남자는 커다란 플라스틱 김치 통을 세워 현관문을 열어둔 채 지냈는데 그로 인해 담배 연기와 저녁 뉴스 방송 소리가 내 방으로 항상 흘러들어왔다. 한번은 베토벤 5번 교향곡을 쩌렁쩌렁하게 틀어두기도 했다.

훨씬 더 남쪽에 사는 삼촌이 전화해 지낼 만한지 물었다. 나는 우그러진 한국어로 자잘하게 불편한 게 꽤 많다고 말했다. "제가 너무 무식해서 그렇죠, 뭐." 나는 추상적으로 요약했다. 삼촌은 내가 스스로를 그렇게 칭하는 데 몹시 놀라 절대로 남들 앞에서 그런 말을 하면 안 된다고 했다. '무식하다'는 한국어는 내 생각보다 훨씬 더 심한 표현인 듯했다. 수십 년 동안 그 단어를 쓰며 특별히 경멸적인 의미로 여긴 적은 없었고, 삼촌이 충고하긴 했어도 과연 내가 앞으로 안 쓸지 확신이 없었다. 더 황망했던 건, 삼촌은 이 도시에 대한 내 질문들에 충격을 받은 건지 당황한 건지는 몰라도 직접 대답하기보다는 주제별로 적절히 반응하는 듯했다. 전화를 끊고 나서야 내가 예/아니요 형식의 질문을, 선언적인 문장을 연상시키는 단조로운 억양으로 말했다는 걸 깨달았다. 확신이 없는 모든 것들에 대해—내가 엄청난 확신을 가지고 표현한다고 그는 생각했던 것이다.

진짜 삶

다음 날, 데뷔 전 보이즈가 단골이었다던 강남의 한 식당을 떠올리며 나는 성수역에서 지하철을 탔다. 양쪽으로 열리는 문 근처에 서서 갔다. 오른쪽에는 어떤 여자가 노란 리본으로 예쁘게 묶인 피자 박스를 무릎 위에 올려둔 채 앉아 있었다. 여자의 머리 위에는 성형외과 광고가 걸려 있었는데, 환자들의 수술 전후 사진을 보니 무릇 이상적인 인간이라면 치정 범죄를 저지를 수 없을 것처럼 생겨야 한다는 함의가 읽혔다.

전철은 고가선로를 따라 달렸다. 차창 밖으로는 전부 똑같은 쨍한 녹색으로 칠한 사각형 옥상들이 끝도 없이 이어졌고, 그래서 마치 비옥한 땅이 판구조론에 의해 깔끔하게 분할된 것처럼 보였다. 한 옥상에서는 웬 남자가 빨랫줄 앞에 쭈그리고 앉아 담배를 피우고 있었다. 다른 손에는 라이터를 든 채 계속해서 불을 붙였다. 하얀 침대 시트가 등 뒤로 펄럭이는 와중, 남자는 풍선처럼 팽팽히 부푼 순수한 파랑의 연속체를 올려다보고 있었는데, 그가 라이터를 들어 올리는 순간 온 하늘이 펑 터질 것만 같았다.

강남의 지하철역을 빠져나오자 보이즈가 곳곳에, 포스터며 광고며 스크린이며 심지어는 교복 입은 여학생들의 가방에 달린 단추까지 그야말로 모든 곳에 보였다. 문의 얼굴은 프라이드치킨, 놀이공원, 안마 의자, 은행 예금 등 온갖 상품들에 어지러이 뒤섞여 활용되는 중이었는데, 이

모든 사례는 '문은 춤추고 있지 않다'는 명제를 나타낼 뿐
이었으며, 동시에 부조리하게도 사람들이 그것들을 돈 주
고 사기를 기대하고 있었다. 이런 식으로 그를 보는 게 달
갑지 않았다. 오히려 도시 풍경과 내 사적인 열정이 저속
한 우연의 일치를 이루었다는 사실이 분했다.

식당은 조용한 골목에 있었다. 평범한 손님은 없었다.
좌식 테이블 자리에 앉아 보이즈의 사진으로 뒤덮인 벽
이며 천장을 잔뜩 찍어대는 팬들만 있었다. 마침 내가 도
착한 시점에 보이즈가 자주 앉던 테이블에서 한 무리가
자리를 뜨는 중이었는데, 신성함을 보존하고자 그 테이
블은 바닥에 꽉 고정되어 있었다. 식당에 있던 모든 사람
들이 보이즈가 앉곤 했던 테이블을 담겠답시고 계속해서
내 사진을 찍어댔다. 내 고약한 개성을 사진에서 제거해
주려고 얼굴을 가릴까 생각도 했지만 그들은 해맑게 찰
칵거렸다.

나는 그저 문케이크 스튜를 먹는 데 몰두했다. 문이 식
당을 자주 찾던 시절에는 없었던 메뉴였다. 매콤한 핏빛
국물 속에 누군가의 관절 구멍에서 막 튀어나온 듯한 동
그런 찹쌀떡이 둥둥 떠다녔다. 나는 문이 된 것처럼 굴어
보았다. 연습에 지쳐 머리가 헝클어진 무명의 지망생이
허겁지겁 음식을 먹어치우는 상상. 그러나 그릇에 코를
박고 먹다가 고개를 들 때마다 벽에 붙은 사진들과 눈이

마주치고, 이미 스타가 되어버린 스스로를 발견하는.

갑자기 파란 머리의 외국인이 내 맞은편에 다가왔다.

"앉아도 될까요?" 그는 한국어로 말했다. "우리 보이즈 가 여기 앉았다는 게 어떤 느낌일지 궁금해서." 그는 내 그릇을 들여다보며 웃었다. "그럴 줄 알았어. 그쪽도 문을 좋아할 줄 알았어요. 문이 앉던 자리에 앉아 있네."

"여기 앉을 거면 나랑 문을 혼동하지 말아요." 내가 말했다.

"기분 나쁘게 하려는 건 아니었어요. 근데 문이랑 헷갈 릴 일은 전혀 없을걸요. 특히 요즘 같은 시기에는."

남자는 음모를 꾸미는 듯한 눈길을 보냈다. 얼굴 표정을 쓸데없이 이리저리 바꾸는 데 능했다. 나는 문이 갑작스럽게 은퇴한 일을 말하는 거냐고 물으며, 그 일은 지도에서 한 나라가 사라지는 것과 맞먹는 심각한 상황이라고도 덧붙였다. 남자는 자신과 내가 문을 사랑하는 '파벌'˙에 속해 있다는 사실을 확인하자 기뻐했다.

"즐길 수 있을 때 즐기는 게 좋을 겁니다." 그는 벽을 가리키며 목소리를 낮춰 말했다. "소문에 따르면 시에서 문의 모든 이미지를 다 없애버릴 거래요. 조만간 문은 존재하지 않았던 것처럼 될 거예요. 그래서 우리 팀원들과 저

˙ '파벌'이라는 뜻의 faction은 사실fact과 픽션fiction이 결합된 텍스트를 의미하기도 한다.

는 죽는 날까지 문을 기억하기로 맹세했죠. 안 그래도 지금 같이 점심 먹고 있어요. 같이 먹겠어요? 당신이 좋네요. 문을 좋아하는 방식이 맘에 들어요."

나는 남자를 따라 식당 반대편으로 갔다. 그의 '팀'은 외국인 커플이었는데 내 존재를 알아차릴 상태가 아니었다. 남자와 여자는 서로 마주 보고 다리를 꼬고 앉아서 스무 개의 손가락을 꽁꽁 얽어 그들 사이에 하나의 공을 만드는 중이었다. 한 사람이 '문'이라고 말하면 다른 한 사람이 잠시 생각에 잠긴 뒤 '문'을 발음하는 식으로 계속 이어졌다. '문' 소리를 하도 많이 듣다 보니 단어가 프리즘처럼 쪼개져 비슷한 소리들로 들리기 시작했다.

"모안."•

"모운."••

세 사람은 문에 관한 온라인 모임에서 알게 됐다고 파란 머리 남자는 말했다. 처음 오프라인에서 만났을 때 저 두 사람이 곧장 사랑에 빠졌다고도. 서로를 만나기 전, 문을 향한 그들의 열정 때문에 각자의 연애는 줄줄이 종말을 맞았다. 전 연인들은 어떻게 문과 자신을 동시에 사랑할 수 있느냐며 이해하지 못하는 '이교도'들이었다. 저 남자와 여자 역시 그것을 이해하지 못하긴 마찬가지였다.

• Moan. '신음'이라는 뜻.
•• Mown. '풀을 벤'이라는 뜻.

진짜 삶

그만큼 지금까지의 낭만적 사랑이란 실망스러운 것이었다. 연인을 만족시킨다는 건 곧 문을 배신한다는 뜻이었고, 그건 자기 배신에 이르러 분노와 정신 옭아매기로 이어졌다. 가지 하나가 꽃을 피우자마자 다른 가지는 시들고 마는 식이었다. 그런데 서로를 만나자마자 남자와 여자는 그들이 문을 사랑하는 사람만을 사랑할 수 있음을 깨달았다. 사실, 두 사람은 서로를 향한 가장 최소한의 사랑을 유지하기 위해 상대보다 문을 더 사랑해야 했다. 저 커플은 서로의 진짜 이름조차 알지 못했다. 대화에 필요한 건 오직 '문'이라는 단어를 발화하는 것뿐이지만, 그들은 서로를 결코 '문'이라고 부르지는 않는다고 파란 머리 남자는 엄중히 덧붙였다.

문의 실종은 이 커플에게 치명적인 사건이었다. 균형을 잃은 둘은 서로의 어깨에 매달려 비틀거리며 놀라울 정도로 잔인한 욕설과 악담을 서로에게 퍼부었다. 문이라는 중력이 사라지며 그들의 몸을 이루는 물은 혼돈 속으로 빠져들었다. 파란 머리 남자는 행동 방침을 세우고 중재에 나서야 했다. 그렇게 해서 이제 삼인조는 다가올 '전멸'에 대비해 문의 존재에 관한 모든 흔적을 보존하는 데 전념하게 되었다. 수십 개의 외장하드 드라이브를 각자의 집에 나누어 가지고 있다고 했다.

"그런데 가장 큰 의문은 아직도 남아 있어요." 남자가 말했다. "애초에 문은 왜 사라진 걸까요? 왜 우리를 비춰 주던 불빛을 꺼버린 걸까?"

처음 소식을 들었을 때 그들은 '진짜로 솔직히 말해서' 문에게 화가 났다. 그러나 세 사람은 그를 진정으로 사랑한다면 이유를 따져 묻지 않고 그의 사라짐을 받아들여야 한다고 결심했다. 남은 과제는 문을 격렬히 기억하는 일이었다. 하지만 어떻게? 멀어져간 친구들, 당신의 마음을 부서뜨린 연인 ― 그런 사람들에 대한 관심은 하루가 다르게 줄어들기 마련이었다. 그렇다면 당신은 어떻게 사라진 사람에게 점점 더 많은 관심을 기울일 수 있을까?

"모온."* 사랑에 빠진 여자가 말했다.

"모론."** 사랑에 빠진 남자가 말했다.

파란 머리 남자는 집에 손님을 들이는 일이 거의 없다고 했다. 이유를 알 것도 같았다. 벽과 천장이 온통 문의 포스터로 뒤덮인 그의 펜트하우스 침실에는 우리 둘뿐이었다. 남자는 벽을 따라 걸어 다니며 사진들이 더 잘 붙어 있도록 주먹을 쥐고 쓱 밀었다.

"빈 벽은 이제 없답니다." 그는 선언하듯 말했다.

문의 존재로 빽빽하게 채워진 이 방은 오늘 하루의 불

---

* Mourn. '애도하다'라는 뜻.
** Moron. '멍청이'라는 뜻.

가피한 정점을 찍는 것으로 여겨졌다. 하지만 어느 정도 거리가 필요하다는 생각이 새삼스럽게 들었다. 문의 이미지는 루터교 교회 예배당에 있는 유물처럼 놓여 있어야 했다. 너덜너덜한 신념 체계를 둘러싸고 서서히 생겨나는 견고하고도 난해한 대상처럼.

남자와 나는 편의상 영어로 바꾸어 대화했다. 회사의 미국인 제품 관리자가 한국어로 말할 때면 같은 억양을 썼기에 남자는 내가 미국 출신임을 알 수 있었다고 했다. 남자 역시 1년 전 서울로 이사 온 이후 한국인이 되기 위해 노력하며 억양을 없애는 중이라고 했다. 그가 어느 나라 사람인지 나로서는 알 수 없었고, 별로 궁금하지도 않았다. 내가 궁금한 것은 그의 회사가 무엇을 파는지였다.

"우리 회사는 사회에서 가장 높은 수준의 성취를 이룬 사람들이 공감 능력을 키울 수 있도록 돕는 글로벌 기업이에요." 그는 답했다. "구독자들에게 매달 과일 바구니를 보내주는 회사 들어봤어요? 저희 아이디어도 비슷해요. 고객들에게 하루 동안 자신이 절대 되고 싶지 않은 누군가가 된 척할 수 있는 기회를 매달 한 번씩 제공하죠. 저는 조건을 설정하는 일을 담당하고 있어요. 예컨대 고객이 집에서 쫓겨난 상황을 연출하기 위해 울부짖는 아이 세 명을 보내서 확률을 끌어 올리죠. 그중 한 여자아이는 얼굴에 점이 많이 났는데 루푸스일 수도 있겠죠. 다음 달이 되면, 저는 고객들이 하루 동안 노숙을 하게 해요. 논리적인 전환이죠. 또 하루 동안 코카인 중독자가 되어보는 체험도 제공하는데, 이미 많은 분이 하고 계시긴 하지만, 저희는 문화 잡지 구독도 중단해드려요. 그 차이가 얼마나 큰지 안 믿기실 겁니다. 여성 고객들에게는 구타하는 남편을 두는 하루를 제공해드리기도 해요. 하루가 끝날 때쯤 되면 상대적으로 훨씬 더 온화한 모습을 선보이는 배우에게 놀라며 많이들 사랑에 빠지시죠. 고객들은 우리 프로그램을 극찬해요. 메마른 인간성의 우물에 수분을 보충해준다고 말이죠. 본인들 어머니한테 전화를 건다니까요. 입술갈림증 아동들에 대한 기부가 급증하는 데는 우리 공이 가장 크다고 할 수 있어요."

남자의 입술을 보니 만약 그에게 음순이 있다면 바싹 마르고 냉하겠다 싶었다. 어떻게 그가 나와 같은 대상을 사랑할 수 있는 건지 의아했다. 문을 향한 사랑은 인간 보편의 감정인 걸까? 누군가 '사랑해'라고 말한다면, 그때마다 사실은 '나는 문을 사랑해'라고 말하는 걸까?

"어쨌든 일은 제 우선순위는 아니었어요." 남자가 말했다. "서울에 이주한 진짜 이유는 문을 만나기 위해서예요. 다들 저더러 미쳤다고 하죠. 하지만 고국보다는 여기가 더 만날 가능성이 높다는 건 확실하잖아요. 그리고 혹시 모르죠—지금은 문에게 시간이 넘쳐서 우리 회사 프로그

램을 구독하게 될지도."

"그러네요." 나는 천천히 말했다. "그럼 그를 만나서 뭘 얻고 싶어요?"

"저…… 저는……." 그는 불안한 침묵에 빠져들었다. 신념이 그의 얼굴에 다시금 활기를 불어넣었다. "진짜 삶이요. 그래, 그게 내가 원하는 거예요." 그는 침대 옆에 놓인 실물 크기의 플라스틱 문 마네킹 쪽으로 걸어갔다. "키는 똑같을지 몰라요. 얼굴도 그렇고. 하지만 이건 한심한 가짜예요." 그는 마네킹의 팔을 붙들더니 바닥에 내리쳤다. "문이 날씨 얘길 하는 걸 들으면서 하품하는 것, 그게 진짜 삶이죠. 문이 현관문을 열고 들어올 때 고개를 들 필요도 못 느끼는 것, 그게 진짜 삶이에요. 문과 단둘이 방에 서 있는 건, 이렇게―" 그는 내 어깨를 꽉 잡더니 가까이 끌어당겼다. "그게 진짜 삶이에요. 모든 걸 떠나서 내가 그를 오롯이 사랑할 수 있도록, 그가 정말 하찮고 지루한 인간이기를 내심 바라요."

"문을 길들이고 싶다는 거군요." 내가 말했다. "개처럼."

"네." 그는 내 어조를 잘못 이해한 듯했다. "그만한 경력을 쌓았으니 이제 문에게 필요한 건 평화와 휴식 아니겠어요?"

매우 가까워진 남자의 이목구비는 새로울 것 하나 없이 확대되었다. 감정을 잔뜩 불어넣어 말을 늘어놓지만 그의 거대한 눈은 죽어 있는 것처럼 보였다. 내가 한 발짝 물러서려 하자 그는 내 어깨를 붙든 손에 힘을 주었다. 고분고분한 내 살결을 떠올리자 불안해졌다. 왜 남자와 함께 집에 오겠다고 한 건지 알 수가 없었다.

"당신도 문을 만나고 싶지 않아요?" 그가 말했다. "우리 서로 도와서 찾아보는 거 어때요? 그가 몰래 왔다 갔다는 소문이 도는 곳들을 전부 표시한 서울 지도가 저한테 있어요."

"글쎄요……."

"문을 만날 기회가 있는데도 안 만나겠다는 건가요?"

"당연히 만나죠."

"그럼 같이 찾아봐요. 문도 우리를 좋아하지 않겠어요?"

"그건 상관없어요." 나는 그의 어깨 너머를 바라보며 말했다. 침대맡 협탁 위에 쌓아둔 만화책에는 어디까지 읽었는지 일러주는 두툼한 지폐 뭉치가 사이사이에 꽂혀 있었다. "아니요, 혼자 찾으세요. 저는 방해만 될 거예요. 저는 진짜 삶을 원치 않아요. 로맨스도 바라지 않고요. 문과 결혼한다는 생각만큼 끔찍한 건 없어요. 저는 다른 게 필요해요. 날카로운 인식이요. 형이상학 같은 거. 비잔틴 도상학 같은 거. 저는 문을 만나고 싶지 않아요. 아주 오랫동안 그를 알고 싶은 거지."

남자는 멋대로 부드러운 표정을 지어 보였다.

"다른 사람 몸에 이렇게 가까이 다가간 게 진짜 오랜만이네요." 그가 말했다. "문을 찾지 못하더라도 우리는 서로를 가질 수 있을 거예요."

"죄송한데 —" 나는 그의 손아귀에서 몸을 비틀어 빼며 말했다. "이 문제에 있어선 아차상 같은 건 있을 수가 없네요."

Y/N의 과외 학생은 공상을 펼치기 시작했다. 다음 과외는 교토의 기오지 절에서 하자고 했다. 어떻게든 도움이 되려는 그의 부모는 교사와 학생을 위해 왕복 항공권을 예매해주었다. 이번이 Y/N의 첫 일본 방문이 될 터였다.

둘은 공항에서 곧장 절로 향한다. 이끼로 뒤덮인 정원을 마주한 Y/N은 꿈을 꾸고 있는 것 같다고 생각한다. 황갈색으로 희미하게 변한 부분도 있지만, 이끼의 빛깔은 광택이 나는 매끈한 나뭇잎의 녹색보다 훨씬 더 풍부하고 진실하다. 소년은 나무 바로 옆, 부드럽게 움푹 팬 곳으로 그녀를 이끈다. 둘은 그 우묵한 구덩이에 함께 앉는다. 무릎을 꿇고 앉은 채 Y/N은 배낭 지퍼를 열어 교재를 꺼내려 하지만 소년의 손이 팔을 붙든다. 그런 다음 손을 그녀의 등에 얹고 부드럽게 밀어 배를 대고 엎드리게 한다. 소년의 손은 그녀의 머리 뒤쪽으로 미끄러지듯 올라가더니 이끼 안쪽으로 쑥 밀어 넣는다. 머리 위에서 짧은꼬리원숭이 한 마리가 꽥꽥 소리를 지른다. 두 인간은 고요하다. 소년은 Y/N의 곁에 무릎을 꿇는다. 불타는 물처럼, 다가올 새로운 매질 속에서 살아남는 법을 가르쳐주듯이.

Y/N은 숨을 쉬기 위해 입술을 벌린다. 혀를 내밀어 두터운 이끼의 곱슬 다발 사이로 흙을 더듬는다. 벌레들이 그녀의 미뢰 위로 기어오르고, 아무 맛도 나지 않는다. 그녀의 눈은 녹색의 어둑한 암시라고밖에 설명할 수 없는 것을 향해 열려 있다. 이끼가 너무 가까워 제대로 살펴볼 수 없지만 그녀는 이 한계를 즐기고 있다. 그녀는 자유에 지쳤다. 자유가 너무 많은 탓이다. 그녀는 작은 방에 사는 작은 사람이며, 엄청난 사건이 그녀를 덮쳐 납작하게 짓뭉개버릴 수 있도록 계속해서 작게 살아간다. 이끼는 그녀의 얼굴에 대고 쉿 소리를 낸다. 점점 더 숨 쉬기가 힘들다. 한자리에 갇혀 있다는 걸 알지만, 동시에 새로운 곳으로 가고 있음을 느낀다.

그녀는 이끼에 푹 잠겨 더는 이끼를 볼 수가 없다. 바로 이 방식으로 문을 알아가야 한다. 더 이상 그를 볼 수 없을 때까지 그에게 몰입해야 한다. 이따금 피부와 피부를 맞댄 성적 분투가 이루어질 때면, 그녀는 어둡게 소용돌이치는 추상들로 가득한 시야 속에서 문에게 푹 잠겨 있다고 생각하지만, 연인은 필연적으로 몸을 뗄 수밖에 없고,

매트리스 위에서 발생하는 이별의 찰나에 그는 몹시 기이하게도 문을 향해 나아가는 그녀의 길을 방해하는 존재가 된다. 그녀에게는 다른 종류의 몰입이 필요하다. 문이 그녀를 완전히 에워싼 세계, 그녀의 모든 속세적인 추구가 굴절되어 보다 높은 관념으로서 문이 존재하는 세계. 그녀는 자신의 존재의 평면 위에서 문을 찾으려는 노력을 멈춰야 한다.

그녀는 눈을 꽉 감고 이끼 속에서 얼굴을 비틀어 빼내며 숨을 헐떡인다. 일렁이는 빛의 물결이 눈꺼풀에 부딪히며 들여보내달라고 간청한다.

Y/N은 통찰의 열기에 그슬린 채 교토에서 돌아온다. 문은 춤을 춰야 하고, 그녀는 그의 팬이 되어야 한다. 그녀는 집단적 숭배의 거대한 차원을 통해 그를 만나야 한다. 오직 그때에만 그녀의 사랑은 적절한 크기를 찾을 수 있을 것이다. 그녀는 서울에서 가장 큰 연예 기획사에 전화를 걸어 스카우트 담당자와 약속을 잡는다.

어느 날 저녁, Y/N과 문은 대구 두 마리를 사서 프라이팬에 나란히 올린 다음 쉭쉭 소리와 더불어 퍼져나가는 그 냄새가 제삼자의 영혼처럼 조그만 아파트를 가득 채울 때까지 기다린다. 지글대는 소리가 잦아들자, Y/N은 문이 여태껏 울고 있었다는 사실을 깨닫는다. 그는 떨리는 손으로 얼굴을 가리고 있다.

"우리가 함께하는 마지막 식사가 될 거야." 그가 말한다. "난 당신과 같은 사람들을 위해 춤을 추러 자정에 배움의 여정을 떠날 거야. 특별해지는 법을 배우기 위해 나는 자정에 떠나야 하고, 당신은 여기 그대로 남아 있어야 해. 이름 없이, 미미하게."

Y/N은 관대한 태도를 보인다. 그를 위해 남은 대구를 싸주고 작별 인사를 건넨다.

"우리가 군중 속에 묻혀 미미한 두 사람으로 헤어지는 게 더 나빠." 길가에서 그녀는 그를 꼭 껴안은 채 말한다. "하지만 당신은 특별해질 테고, 유명해지기까지 할 테니, 내가 당신을 다시 찾을 거야."

집으로 돌아온 그녀는 아파트에서 느꼈던 제삼자의 존재가 바로 스타가 될 태세를 갖춘 문임을 깨닫는다. 모든 인간의 육체는 그로부터 분리된 영혼을 지닐 수 있다. 그러나 그 영혼이 육체보다 더 진실한지 아닌지, 그녀는 알 길이 없다.

6
우주의 중심에서

　서초구의 한 극장에서 문이 예전에 속했던 발레단의 공연이 열리고 있었다. 극장으로 가는 길, 건너편 길가에서 웬 젊은 여자가 다가왔다. 나는 미간을 찌푸리고 의아한 표정을 지었지만 그녀는 알아채지 못한 듯했고, 코앞에 멈추고 나서야 그녀의 눈길이 내 얼굴보다 훨씬 아래를 향해 있다는 걸 깨달았다.

　"그 신발이요." 여자가 말했다.

　여자의 시선을 따라 나도 밑을 내려다보았다. 값싼 흰색 에나멜가죽이 두 겹 덮이고 윗부분에 반짝이는 버클이 달린 로퍼. 언젠가 걷던 중 낡은 운동화가 다 떨어졌을 때 트럭 뒤에 신발을 쌓아놓고 팔던 남자에게서 강매당한 신발이었다.

여자는 쭈그려 앉았다. 그러더니 내 왼쪽 신발의 앞코를 잡아 길바닥에서 곧장 들어 올렸다. 한 발로 서게 된 나는 휘청대다가 여자의 정수리를 붙들었다. 별로 개의치 않는 듯했다. 여자는 내 신발 아래를 살펴보려고 고개를 기울였다. 흙과 슈크림 덩어리가 참호를 가로막았다. 여자는 거기서 끝도 없어 보이는 머리카락 한 올을 뽑아냈다. 기괴한 발견들이 거듭될수록 흰색 에나멜가죽은 점점더 껄끄러워하는 듯 보였다.

"내 밑창 신은 사람이랑 마주칠 날을 몇 년이나 기다려 왔어요." 여자가 나를 올려다보며 말했다.

"밑창 뭐예요?" 내가 물었다.

내가 외국인임을 곧장 직감한 여자는 내 신발 바닥을 가리켰다.

"이거." 그녀가 말했다. "신발 만드는 기계를 제어하는 일을 하거든요. 신발 공장에서 일해요. 근데 곧 문 닫을 거예요."

여자는 내 발을 바닥에 내려놓은 다음 몸을 완전히 일으켜 세웠다. 키가 너무 커서 영원히 몸을 일으킬 것만 같았다. 고개를 낮춰 나를 내려다보았을 때, 여자의 연한 갈색 홍채에 박힌 검은 반점들이 보였다. 검은 머리카락은 허리께까지 내려왔고 눈썹은 몇 센티미터가 짧았다. 열네 살일 수도 있고 마흔 살일 수도 있었다. 지나치게 좋은 냄새가 났다.

"당신이 발바닥으로 밑창 누를 때 어떤 느낌인지 내가 정확히 아는데, 어떻게 당신이 어디로 가고 있는지는 전혀 모를 수가 있을까요?" 그녀가 말했다. 마치 내가 몇 주 전, 지구 반대편에서 그녀가 존재하는 줄도 몰랐던 때에 그녀에게 내 계획을 미리 알리기라도 했어야 한다는 투였다.

"극장 가는데요." 내가 말했다.

"사랑하는 사람 만나러 가나요? 거기서 그분이 기다려요?" 그녀는 숨을 헐떡이며 눈을 부릅뜬 채 끈질기게 물었다. "지금부터 가는 길 내내 가슴에 손을 얹고 기대감으로 불타는 마음을 느낄 건가요?"

문은 결코 나를 기다릴 리 없었다. 알지도 못하는 사람을 기다릴 순 없는 노릇이다. 세상의 수많은 거리와 시간대 중 딱 어느 한 시점, 한 길모퉁이에서 나를 기다려주는 사람들이 여태 있었다는 사실이 믿기지 않을 만큼 기다림은 이제 몹시 귀한 행운처럼 여겨졌다.

"네." 내가 말했다. "날 기다린대요."

"같이 가요." 여자가 말했다. "내가 만든 밑창이 당신을 어디로 데려가는지 보고 싶어요. 그게 어떻게 당신의 삶을 바꿔놓는지 볼래요."

여자는 극장까지 따라와 옆자리 표를 구매했다. 내내

옆에서 호들갑스럽게 걸으면서, 운명적인 재회를 단 1초도 늦출 수 없다는 듯이, 로비를 가로지르며 우리의 행로를 방해하는 이들을 사납게 쏘아보았다. 어둑한 극장에 자리를 잡고서 나는 주위를 둘러보았다. 문은 당연히 어디에도 보이지 않았다.

붉은 커튼이 걷히고 공연이 시작되었다. 발레 무용수들의 굉장한 우아함과 정확함을 바라보며, 문이 한때 이 세계에 속해 있었던 이유를 깨닫게 되었다. 하지만 왜 떠났는지도 이해할 수 있었다. 문은 춤을 출 때 항상 해체라는 위협을 담지한 채 통제력을 발휘했다. 모든 동작이 지배적인 힘에서 비롯되는 게 아니라 필멸성이라는 위치에서 시작됐고, 바로 그 점이 그의 춤에 서사시적인 생존의 의미를 가득 불어넣었다. 그러나 발레 무용수들은 무소음 합성고무로 된 매끄럽게 움직이는 기계에 지나지 않았다. 어느 순간, 한 무용수가 옆으로 쓰러졌다. 다른 무용수들은 눈 하나 깜짝하지 않았다. 쓰러진 남자는 재빨리 다시 자세를 갖추었고, 단원들은 그의 주변을 에워싸며 난공불락의 완벽함으로 굳어졌다. 절대 다시는 이런 나쁜 일이 발생하지 않도록 하겠다는, 소리 없는 맹세가 느껴졌다.

인터미션이 시작되자마자 여자는 내게로 고개를 돌렸다.

"사랑하는 사람 어딨어요?" 여자가 물었다.

"여기 없어요." 내가 말했다.

"당신을 기다리고 있는 줄 알았는데."

"사실, 그 사람 내가 누군지도 몰라요."

"지금 어디 딴 데서 당신을 기다리고 있을지도 모르잖아요."

"방금 말했어요, 내가 누군지도 모른다고."

"당신을 기다리기 위해 당신이 누군지 알 필요는 없어요. 그를 찾아야 해요. 온전한 상태로 마주하게 되면, 그제야 그는 당신을 기다리고 있었다는 걸 깨닫게 될 거예요. 당신의 모습으로 그 앞에 나타나서 그의 운명과 마주해야죠."

나는 여자를 빤히 바라보았다. 여자는 웃음기 가신 멀뚱한 얼굴로 나를 마주 보았다.

"직접 그렇게 한 적 있어요?" 내가 물었다.

"이제 당신과 함께 해야죠." 그녀가 말했다.

"저기, 이렇게 행동하는 이유를 모르겠네요…… 그…… 껌처럼. 나한테 딱 달라붙어서." 한국어가 생각을 따라가지 못하는 순간이었다. "나 알아요?"

여자의 얼굴에서 점점 웃음기가 사라져갔다. 그러나 얼굴을 찌푸리는 건 아니었다. 어떻게 그 호들갑을 싹 걷어낸 건지 도통 알 수가 없었다.

"물론 당신이 누군지 전혀 모르죠." 그녀가 말했다. "그리고 당신이 어떤 사람이어야 하는지도 잘 모르겠고요. 나한테 당신은 알 수 없는 사람들의 연속일 거예요. 당신이 연속된 사람임을 알 수 있는 유일한 척도는 도무지 알 수 없다는 것뿐이죠. 만약 내가 당신을 안다면, 내가 아는 걸 활용해서 당신에게 어떤 영향을 미치고 싶을 거예요. 그런데 난 당신이 내가 생각하는 누군가가 되길 바라지 않아요. 어쨌든, 너무 헛된 일이라고 여기진 말아요. 나는 당신보다는 내가 만든 밑창을 더 믿으니까. 그 밑창이 저한테 당신을 따라가라고 하네요."

공연이 끝난 뒤에도 우리는 자리에 앉아 있었다. 나는 여자에게 쇄골과 평행을 이루는 긴 흉터가 뭔지 물었다. 여자는 셔츠 깃을 잡아 내리곤 어깨까지 죽 이어지는 상처를 보여주었다. 그 상처가 꼬리처럼 떨어져나갈 때까지 여자의 몸 전체를 도는 상상을 했다. 달리는 오토바이에서 떨어졌을 때 생긴 상처였다. 여자는 언젠가 익숙한 도로에 들어서는 순간 뒤에 탄 남자에게 자신의 눈을 가려달라고 했는데, 모든 게 이미 너무 익숙하다는 사실에 질렸었기 때문이라고 했다. 그는 여자가 진심으로 사랑한 마지막 사람이었다.

"온갖 일을 다 겪었는데도, 아직도 외로움이 무슨 캐릭터 만들기의 프롤로그 같은 거라고 생각해요. 그 끝에 함께하는 기쁨이 반드시 기다리고 있는." 여자가 말했다. "웃기지 않아요?"

나는 웃고 싶은 마음은 전혀 들지 않았으나 진심으로 고개를 끄덕였다.

그녀의 흉터는 두꺼워서 근육처럼 단련하면 운동선수 같은 기량을 발휘할 수 있을 것 같았다. 쇄골 뼈의 움푹 팬 부분에 구슬 같은 땀방울이 반짝였다. 한 방울이 가장자리로 흘러 또르르 떨어지다 흉터에 닿은 다음 머뭇거리더니 솟은 부분을 따라 되돌아갔다.

"당신 고통은 3차원이네요." 내가 말했다.

"본론으로 들어가죠." 그녀가 말했다. "사랑하는 사람에 대해 말해봐요. 다만 부탁인데 ─ 단순한 사실들은 빼고요. 내가 듣고 싶은 건 그의 실존적인 색채예요. 좋아하는 노래를 들을 때 몸이 어떻게 변화하는지, 그가 근처에 오면 아이들은 어떤 놀이를 함께 하고 싶어 하는지. 실컷 떠들어봐요. 방해 안 할게."

내가 이어간 이야기는 대부분 혼란스럽고 허무한 것들이었으며, 매우 세세한 디테일이 갑자기 등장하곤 했다. 10분 정도 지났을까, 내가 뱉은 부적절한 말들이 일으킨 수치심에 좌절하며 나는 배낭에서 30일 스킨케어 요법이 담긴 상자를 꺼냈다. 상자 앞면에는 보이즈 다섯 명의 얼굴이 꽉 차게 들어 있었다. 네크라인이 깊게 파인 검은색 셔츠를 입고 있어 흰 피부의 광채가 더욱 도드라졌다. 심지어 흰자위조차 피부만큼 새하얗지는 않았다. 나는 문을 가리켰다.

"이 사람 본 적 있어요." 여자가 말했다. "여기저기 다 있잖아요."

"그래서? 어떻게 생각해요?"

"불가능하게 생겼던데요."

상자 안에는 두 종류의 시트 마스크가 들어 있었는데, 하나는 피부 탄력을 높여 사용자의 얼굴 표정 범위를 더욱 다채롭게 확장해주는 알로에 베라 성분 마스크였고, 다른 하나는 사용자의 얼굴을 검게 덮었다가 어느 때보다 더 하얗게 만들어주는 숯 성분 마스크였다. "당신은 당신의 건조함이 아니랍니다." 보이즈가 상자에 쓰인 작은 카피 문구 속에서 말했다. "당신은 당신의 피지가 아니랍니다." 보이즈는 세상을 더 나은 곳으로 만들고 싶어 했고, 그 첫걸음은 바로 내 피부의 커다란 모공에서 시작된다.

"마스크를 하고 나면—" 내가 말했다. "더 깨끗해지고 가벼워진 느낌이 들어요. 편집된 거죠. 한 달 만에 죽은 피부 세포들이 다 떨어져나가면 그 아래 있던 촉촉한 세포들이랑만 남게 돼요. 그러면 진정한 내 모습에 더 가까워질 거예요."

여자는 상자를 들어 내 얼굴 옆에 가져다 댔다.

"이분들보다는 훨씬 나이 들어 보이는데요." 여자가 말했다.

"나는 내 주름이 아니에요." 내가 중얼거렸다.

여자는 나를 위해 문의 사진은 제쳐두고 다른 보이즈의 사진을 샅샅이 들여다보았다. 마치 성공적으로 스킨케어 프로그램을 마치면 그들 중 누구와 가장 닮게 될지 가늠해보려는 듯했다. 나는 마스크 두 장을 뜯어 그녀에게 숯을 건네고 나는 알로에 베라를 가졌다. 마스크에는 두 눈과 입, 그리고 코 쪽에 구멍이 뚫려 있었다. 여자는 고개를 뒤로 젖혔고, 나는 검은색 마스크를 그녀의 얼굴에 붙인 다음 마법의 화학 공식이 구석구석 스며들도록 모서리를 잡아당겼다.

우리는 마스크가 움직이지 않도록 입을 최대한 작게 움직이며 텅 빈 극장에 앉아 계속 이야기했다. 여자는 자신을 O, 그러니까 '알파벳으로' 불러달라고 했다. 한국 이름의 첫 음절이 '오'였는데 이름 전체를 알려주진 않겠다고 했다. 몸과 마음이 무한대로 확장되길 바라는 희망을 담아 이미지적으로 표현한 글자가 O라고 했다. 내게 어떤 글자가 되겠느냐고 물었을 때 나는 N을 선택했다. M의 두 갈래가 두 발로 걷는 문의 안정성을 완벽하게 표현한다면, N은 한 발로 비틀거리는 나여야 했다.

"어쨌든―" O가 슬픈 목소리로 말했다. "얼굴도 없는데 당신 이름을 알아서 뭐 하겠어요?"

여자의 흰자위가 숯에 새까맣게 탄 바위의 깊은 곳에서 휙휙 돌아가는 듯했다.

"속지 말아요." 내가 말했다. "이 밑에 얼굴이 있어요."

"가면무도회 같네요." O가 말했다. "그럼 좀 더 로맨틱해야 하는데. 근데 마스크 하니까 솔직히 흉측해 보여요. 그 안에서 얼굴 밖을 내다보고 있는 것 같네."

"얼굴 밖을 안 내다보는 때도 있어요?" 내가 물었다.

"마스크가 한 겹 벗겨진 피부 같다는 믿음이 생겨나기 시작했어요. 그 밑은 날것 그대로고. 피부가 자라서 탄탄해질 때까지 기다려야겠죠. 그래야 당신 뺨에 키스할 수 있을 테니까. 지금 당장 당신 입술에 키스할 수도 있을 것 같아. 그런데 어쩌면 입술은 언제나 날것인지도 몰라요. 그래서 분홍빛에다 찢어지기도 쉬운 걸 테지."

O는 자신의 이론을 시험하기 위해 몸을 기울여왔다. 얼굴이 내 코앞에 이르렀을 때 멈췄다. 그러더니 헉 하고 입을 다물었다.

"당신한테서 사랑스러운 나무 같은 냄새가 나요. 그런데 당신은 꼭 이전으로 절대 돌아갈 수 없는 응급실 환자처럼 생겼네."

O의 흰색 오토바이를 타고 어두운 밤의 도시를 내달렸다. 우리는 둘 중 한 명이 상대의 등을 칼로 찌르기 전까지 서로의 곁에 자주 있자고 결심했다.

"만약 당신이 나를 찌르게 된다 해도, 그럴 만한 이유가 있을 거다 생각해요." 나는 그녀의 어깨 너머로 외쳤다.

"저도 마찬가지." O가 외쳤다. "등 뒤에서 찌를 수 있을 만큼 우리가 서로를 믿는다는 게 기뻐요. 저를 등 뒤에서 찌를 수 있는 사람은 많지 않거든요. 그러길 바라긴 하겠지만."

나는 그녀의 허리를 꽉 잡고 오른쪽 어깨 너머를 바라보았다. 우리는 여전히 마스크를 붙이고 있었다. 조그만 백미러를 통해 보니 O의 바싹 마른 마스크 가장자리가 말려 올라간 바람에 턱이 드러나 있었다. 그러나 마치 얼굴은 마스크 뒤에서만 존재할 수 있다는 듯, 내게 더 많이 보이는 것은 그녀의 얼굴보다 목인 것 같았다.

우리가 어디에 있는 건지 전혀 알 수 없었다. 저녁을 먹을 수 있는 곳까지 오토바이가 빠르게 달리는 동안 도시는 무자비한 번식력을 훤히 드러냈다. 사람들이 빽빽히 몰려 있는 골목이 현란한 구체성을 뽐내며 덤불처럼 끝없이 이어졌다. 손바닥 아래서 O의 배가 허기에 움찔거리는 걸 느꼈을 때, 피부에 직접 맞닿은 또 다른 차원의 구체성이 내 인식 안으로 들어왔다. 나는 아무것도 이해하지 못했다. 그 순간의 혼란은 나를 흐트러뜨리고 약하게 만드는 사악한 외부의 침입이 아닌, 내 몸 안을 생생히 통과하는 혼란이었다. 반대편 도로의 헤드라이트는 점점 더 강렬해졌는데, 삶은 달걀이 된 내 눈자위가 더는 견딜 수 없다고 생각한 순간 갑자기 획 사라졌다. 불빛은 엄청난 존재감을 드러내다 완전히 사라지기를 반복했다.

"진짜 빨리 움직이네." 내가 외쳤다.

"오토바이 운전이 세상에서 제일 쉬워요." O가 외쳤다. "지평선의 한 지점에 시선을 고정하면 돼요. 딴 데는 전혀 보지 말고. 트럭이 들이받으려고 달려들면 무시해요. 비행기가 하늘에서 떨어지더라도 무시하고. 정면을 똑바로 보고 힘을 쥐어짜요. 경로를 바꾸지 말고. 날 위해 세상이 바뀌어줄 테니까. 당신은 우주의 중심에 있는 거예요. 잘못된 움직임 같은 건 절대로 없어요."

우리는 헬멧을 쓰지 않았다. 만약 오토바이가 턱에 걸려 우리가 미사일처럼 튕겨 나가게 된다면 시멘트 바닥에 부딪혀 그냥 폭발하기로 했다. 북적이는 거리에 마스크를 한 두 명의 라이더가 들어서자 사람들이 입을 떡 벌리고 쳐다봤다. O는 오토바이를 세우고 마스크를 뗀 후 도끼눈을 하며 돌아섰다. 마치 탄광에서 일하다 온 것 같은 모습이었다. 숯칠된 얼굴은 정상적인 피부 빛깔과는 거리가 더욱 멀었지만, 지나가던 행인들은 얼굴이 드러나 있다는 사실만으로도 안도하는 표정이었다.

거리에는 옷 가게와 노점상이 즐비했다. 상품들이 도로 위로 쏟아질 듯 꺼내져 있었다. 어딜 가나 완전히 똑같은 것들이 너무 많았다. 하지만 시선을 막연하게 놓아두자 거리는 다채로운 무질서의 스펙터클이 되었다. 누군가 자신의 동행에게서 눈길을 떼고 휴대폰 화면으로 향하려는 찰나의 순간 생겨나는 신비로운 공허감 같은 우연한 디테일이 불쑥불쑥 나타났다.

나는 오토바이에서 내려 길을 건넜다. 길바닥에는 문이 서서 손 흔들고 있는 실물 크기의 골판지 피겨가 넘어져 있었다. 그 주변으로 나머지 네 명의 보이즈 피겨가 화장품 가게 입구를 지키듯 세워져 있었는데, 모두 나와 같은 파스텔 톤 가디건을 입고 얼굴에 흰색 시트 마스크를 붙이고 있었다. 물론, 누워 있는 동시에 서 있는 신체 변증법을 구사하는 건 문밖에 없다.

"저거 누구예요?" O가 옆으로 다가와 물었다.

"문." 내가 말했다.

"그걸 어떻게 알아요?"

내가 말릴 새도 없이 그녀는 몸을 구부려 문의 머리 옆을 꽉 집더니 골판지 위쪽을 그대로 뜯었다. 그러자 그의 얼굴이 거의 다 사라졌다. 내부에는 울퉁불퉁한 갈색 골판지뿐이었다. 스스로가 행한 짓에 겁을 먹은 O는 문의 얼굴을 두 손가락으로 집어 들고, 섬뜩해하면서 차마 놓아버리진 못한 채 나를 돌아보았다. 그 순간, 제복을 입은 남자가 가게에서 나와 골판지 피겨를 낚아채더니 도로변에 주차된 화물 트럭 뒤쪽으로 던졌다. O와 나는 그 안을 들여다보았다. 찢어진 포스터와 기름진 피자 박스 등 죄다 문의 이미지가 담긴 것들과 함께 문의 골판지 피겨가 가득 쌓여 있었다.

"완전히 말살되고 있군." 어안이 벙벙해진 O가 말했다. "저기 봐요, 문을 테마로 한 내년 달력도 있잖아요. 미래에서조차 쫓겨나고 있다니. 무슨 일이지? 왜 더는 못 보는 거예요?"

"은퇴했어요." 내가 말했다. "다시는 사람들 앞에 안 나타날지도 몰라요."

"그럼 당신은 더 이상 사랑할 사람이 없는 거예요?"

"난 이런 식의 문은 한 번도 사랑한 적 없는데요."

"그럼 뭐가 남는데요?" O가 따졌다. "어떤 식의 문이 맞는 거죠? 저것마저도 지워지기 전에 당신에게 맞는 걸 찾아야 할 거 아니에요."

오토바이를 타고 빠르게 달리는 동안, O의 어깨 너머로 바라본 백미러 속에 흰색 마스크를 붙인 내 얼굴이 있었다. O의 겨드랑이로 얼굴을 밀어 넣고 퍼석해진 시트를 쓱 문질러 떼어냈다. 자유로워진 마스크는 머리 뒤로 휙 날아갔다. 나는 뒤를 돌아보았다. 번쩍이는 헤드라이트에 환히 빛나며, 으르렁대는 기계들의 연이은 움직임이 이루는 공기 터널 속을 둥둥 떠가는 마스크는 자그마한 유령이었다. 나는 다시 고개를 돌리고 상체를 쭉 뻗어 내 끈적끈적한 뺨을 O의 뺨에 댔다. 그녀의 집에서 배달 음식을 먹기로 한 참이었다. 우리는 뭘 먹고 싶은지 서로에게 소리쳤다. 서로 다른 색의 뭉개진 얼굴들, 한 덩어리로 뒤얽혀 휘날리는 머리카락, 목청 높여 토의하는 두 개의 입이 백미러에 비쳤다. 빠른 속도로 달음질치며 진입하는 검은 밤과 더불어 활기찬 토론의 한 면을 우리가 만들고 있구나, 나는 상상했다.

O는 고층 아파트의 6층에 살았다. 현관으로 들어서면 집의 한쪽 끝이 보였는데 거기에 베란다가 있었다. 흰색 민소매 내의가 빼곡하게 걸린 건조대가 겨우 들어갈 정도로 비좁은 너비였다. 베란다로 통하는 미닫이 유리문은 열려 있었다. 이쪽도 저쪽도 아닌, 기이한 장소. 한순간 그곳은 외부 세계의 소름 끼치는 침입처럼 여겨지다가 다음 순간에는 아파트가 이 작은 공간을 추방하듯 구석으로 천천히 밀어내는 것처럼 느껴지기도 했다. 바깥의 어둠 속으로 건너편 아파트의 불 켜진 창문들이 보였지만 건물 자체의 윤곽은 전혀 보이지 않았다.

매미들이 붕붕대며 합창하고 있었다. 섬세하면서도 불가해한 그 소리는 쇠사슬 갑옷처럼 내 감각을 친친 감았다. 소음의 세례 속 미세한 패턴을 구분할 수 있었다. 콧소리처럼 치솟는 상승, 세 번의 짧은 반복, 그리고 위잉 하는 하강. 매미 수백 마리가 아파트 건물 밑에 모여 선 나무들에 달라붙어 있었다.

"이런 소리가 나는 곳에서 살아본 적 없어요." 나는 경탄하며 말했다.

"이젠 매미 소리도 별로 인지가 안 돼요." O가 말했다. "하도 들으니까. 사실 매미 소리가 갑자기 사라지면 한밤중에 화들짝 놀라 잠에서 깨기도 해요."

아파트 안쪽으로 더 깊이 들어가자 가죽 소파에 눈 감은 채 길게 누운 여자가 보였다. 검은색 플라스마 TV 화면에서는 음 소거된 저녁 뉴스가 흘러나오고 있었다. 여자는 헐렁한 검은색 원피스 차림이었는데, 밀랍처럼 매끄러운 어깨가 드러나 있었다. O가 소파 가장자리에 앉더니 여자의 팔을 살짝 흔들었다. 마스카라가 잔뜩 뭉친 여자의 속눈썹은 눈이 뜨이며 엉겨 붙은 자리에서 떼어나려 몸부림쳤다.

"종일 잤잖아." O가 나무라듯 말했다.

여자는 O의 입을 유심히 지켜보고 있었다.

"그럼 할 걸 주든가." 여자가 말했다. 목소리에 외줄타

기하는 발처럼 위태로운 섬세함이 묻어났다. "중요한 거. 미안한데, 난 취미가 끔찍하게 싫어…… 일은 구했니?"

O는 고개를 저었다.

"좋은 일을 찾아야지." 여자가 말했다. "남들 돕는 일 같은 거."

"난 도움이 되는 사람 아니야." O가 말했다.

"내가 저렇게 다 죽어가는 얼굴 하고서 도움도 안 되는 딸을 뒀네." 여자는 혼자 중얼거렸다. "가끔은 네가 좀 냉혈인간처럼 아무나 죽여줬으면 싶다. 그래야 내가 널 사랑한다는 걸 증명할 수 있지. 감옥에다 골루아즈*도 갖다 줄 거고……."

"다시 잠들고 있잖아."

O의 어머니는 일어나서 원피스를 매만졌다. O보다도 훨씬 더 큰 키였다. 여자는 화장실로 빨려들듯 사라졌다. 창문 여는 소리가 들려왔다. 다시금. 그러자 매미 떼의 울음소리가 새로운 차원을 덧입었다. 큰 소리로 말해야 했다.

"저 사람 뭐 하는 기예요?"

"몰라요." O가 불안한 표정으로 화장실 문을 바라보며 말했다. "미안하지만 소음을 참아줘야겠어요. 작년에 사

---

* 프랑스의 궐련 담배 상표.

고를 당해서 아무것도 못 듣거든요. 엄마 유일한 소원이 매미 소리 다시 듣는 거예요. 한때 그 소리를 경멸했다는 게 믿기지가 않아요. 도무지 익숙해지질 못했거든요. 매년 여름이면 기진맥진해서는 멍하게 늘어져 계시다가 밤에는 한숨도 못 자고 뜬눈으로 지새우시곤 했어요. 뭐, 이제는 하루 종일 자고 있지만." O가 내 팔을 붙들었다. "이리 와요, 내가 어떻게 사는지 보여줄게."

그녀의 방은 창문 없는 직육면체형이었고 좁았다. 사실상 침대가 놓인 복도나 다름없었다. 벽에는 완성 상태가 제각각 다양한 그림 수십 점이 걸려 있었다.

"그림 그리네." 나는 놀라며 말했다.

"아뇨." O가 말했다. "나한테서 마지못해 그려진 거죠. 그만큼 절박하게 존재하는 그림들이에요."

방 안의 가장 큰 캔버스는 천장에 닿을락말락했고 두꺼운 검은 선들로 이루어져 있었다. 가까이 다가가 들여다보자 계속해서 되풀이되던 꿈이 떠올랐다. 어둠 속의 자유낙하. 너무도 절대적이고 모든 것을 아우르는 어둠이라 내가 움직이고 있다는 것조차 감각할 수 없었던, 그래서 아무런 두려움도 느끼지 못했던 꿈.

"그림을 그리기 전에는―" O가 말했다. "딱 세 가지만 하면서 시간을 때웠어요. 주의를 분산하거나, 상황이 더 나빠지는 걸 막거나, 내게 아무 의미도 없는 사람한테 친절하게 굴거나. 대체 뭘 위해 나 자신을 보호하고 있었던 걸까요? 나는 내 삶을 엄청난 신념의 발판 위에 올려두고 싶었어요. 종교나 정치 운동처럼 명백하게 거대한 신념 말고. 난 어떤 대의명분에도 끌려가길 거부했어요. 내가 원했던 건 다른 누구도 가질 수 없는 아주 온전한 나만의 열정이었어요. 내가 존재하지 않으면 그 자체도 존재할 수 없을 정도로 고유한 열정. 가장 본질적인 '네'를 원했던 거예요."

"본질적인 '네'." 나는 반복했다. "누구한테 네, 하는데요?"

"매미를 떠올려봐요." O가 말했다. "음파의 물리적인 현상으로서 매미의 붕붕거림이 있죠. 그리고 그 소음의 신비, 맹렬한 형태 없음이 있고요. 둘 다 그림으로 표현할 순 없어요. 난 그 사이에 존재하는 걸 그려요. 그림을 그린다는 건 동의할 수도, 동의하지 않을 수도 없는 무언가에 대해 '네'라고 말하는 거예요."

"당신의 '네'는 오랜 시간 들여 말하는 '아니요'네요." 내가 말했다.

"문Moon을 거꾸로 읽으면 아주 긴 아니요no가 되죠. 문은 당신의 본질적인 '네'고요."

그림에서 뒤를 돌았을 때 O가 코앞에 서 있어서 나는 화들짝 놀랐다.

"어떻게 확신해요?" 내가 말했다. "이상해요. 나보다 더 확신하는 것 같아."

"그렇게 말하지 마요." O가 말했다. "난 당신보다 더 확신하진 않아요. 당신만큼 확신할 뿐이지. 이거 경고예요. 스스로 약속 안 지키면 난 당신과 영영 눈을 마주치지 않을 거예요."

"무슨 약속? 내가 무슨 약속 했어요?"

"알면서 모르는 척하네. 스스로의 진지함을 못 견디죠? 봐요, 지금도 달콤한 나른함에 빠져들고 있잖아요. 내 방에 당신이 너무 과하게 존재하고 있어요. 난 조심해야 해요. 당신을 멀리해야겠어. 당신 안에는 약점이 있어요. 그리고 그 약점이 매혹의 고문에 지친 당신을 구해주기 위해 내가 이성의 차원에서 말하게 될 거라는 희망을 솟게 해요."

"근데 내가 뭘 어떻게 해야 한다는 거예요? 문을 어떻게 찾을지 모르겠어요. 지금 이 나라에 있는지도 확신이 없는데."

"어떤 의미에서 당신은 이미 그를 찾은 거예요." O가 말했다. "바로 그게 당신이 이해하지 않으려는 거죠. 당신은 그가 어딘가 멀리 떨어진 다른 데 있는 척하면서 더 큰 일, 제일 어려운 일인 그와의 결합을 피하고 있어요. 그걸 깨달아야만 마음을 비워 그가 온전히 채울 수 있을 거예요."

"이미 그를 찾았다면 내가 느끼는 이 분리된 느낌은 뭐
죠? 이 불만족은?"

"당신이 찾은 것으로 뭘 해야 할지 모르는 괴로움이죠.
상황을 통제하려는 사악한 충동이에요. 당신이 해야 할
건 그저 완벽하게, 참을성 있게 복종하는 건데."

"그를 보기 위해서는―" 나는 갑작스러운 명료함으로
말했다. "믿어야 해요. 항상 그를 찾을 거라는 걸 알고 있
었으니 찾을 거예요. 이렇게 찾아다니는 건 내 믿음의 작
은 결과일 뿐이에요. 나는 지금 그가 내내 날 기다려온 문
뒤를 두드리고 있는 것뿐이에요."

O의 어머니가 방으로 들어왔다. 방금 누군가에게 힘
차게 '아니요'라고 말하기라도 한 것처럼 귓불에 달린 황
금빛 고리를 찰랑거리면서 다가오더니, 나더러 옆으로
비키라고 손짓했다. 그녀는 검은색 그림을 들어 올려 다
른 벽에 기대놓았고, 그러자 놀랍게도 그림이 있던 자리
에 창문이 드러났다. 그녀가 창문을 열자 매미 소리는 아
파트 안을 가득 채우는 걸 넘어서서, 마치 두꺼운 골판지
상자 옆면을 발로 차듯 쿵쾅대며 모든 것을 뒤집어엎기
시작했다.

O가 입을 움직이고 있었지만 무슨 말을 하는 건지 들
리지 않았다. 못 듣는 귀로 무덤 같은 정적 속에 살아온 그

녀의 어머니와 달리, O와 나는 그릇된 소음에 짓눌려 귀가 먹었다.

문이 연예 기획사 연습생으로 떠난 지 세 달이 흘렀다. Y/N은 그의 데뷔 콘서트에 가서 관중들 속에 서 있다. 문은 전투에 참전하듯 양 볼이 상기되어 무대로 뛰어오르고, 그 양옆으로는 소년이 한 명씩 따라붙는다. Y/N은 문을 소리쳐 부른다. 전철에서 내린 그가 플랫폼의 낯선 이들 사이에서 기다리던 그녀를 발견하지 못할 때면 언제나 그러했듯이. 그러나 이제는 그의 이름을 부르는 것이 그녀만이 아니며, 다른 사람들과 똑같은 방식으로 그를 부르고 있다는 사실을 깨닫는다―자신을 알아주길 바라는 소망 따위 전혀 없는 순수한 발산으로써.

그녀는 문의 팬이 된다. 기부 단체에 보낼 문의 헌 옷을 포장하며 그의 음악을 듣는다. 함께 휴가 갔을 때 찍은 사진을 떼고, 대신 그 자리에 업소용 냉장고의 내부처럼 만지면 차가울 것 같은 옷을 입은 문의 포스터를 벽에 붙인다.

오랜 친구들은 전화를 걸어 이별 후에 '마음이 다 찢어졌는지' 혹은 '속이 다 죽어버렸는지' 묻고, 그녀는 아니라고 답하며 이유를 설명한다. 실제로 존재하는 현실 속 성인인 연인과 그녀가 존재하는 줄도 모르는 소년 스타를

맞바꾸는 건 사리분별 못 하는 행동이지 않냐고 친구들이 말하고, 그녀는 답한다. "사랑 없이는 못 사는 인간으로서 이 안타까운 행성에서 내가 택할 수 있는 선택지가 전부 소진되었다는 걸 난 잘 알고 있어. 문제는 더 이상 '내 기이한 사랑을 받아줄 사람이 누굴까?'가 아니라 이거야. '어떻게 하면 내 사랑을 더 기이한 것으로, 더 받아들일 수 없는 것으로 만들 수 있을까?'"

친구들은 입속에 쓸쓸한 맛을 느끼며 전화를 끊는다.

다음 날, 누군가 문을 두드린다. 새로운 친구인 O가 온 거겠지 싶다. 하지만 복도에 서 있는 건 낯선 사람이다.

"나야, 문." 그가 말한다.

그녀는 곧장 문을 닫으려 하지만 그는 신발로 문을 고정하고선 신경질적인 웃음을 터뜨린다. Y/N은 불안에 휩싸인다. 서울에서 혼자 사는 여성들을 찾아다니며 우리 알지 않느냐고, 나를 사랑하지 않느냐고 사기 치는 미친 남자에 대한 기사를 여럿 읽었던 터다. "어둠 속에서 오래 키스하던 날, 우리도 모르게 각자 팔에 입 맞췄던 거 기억나?" 대개 이런 식으로 구체적이다. 미친 남자는 꿈과 현실을 구분하지 못하는 여성들을 먹잇감으로 삼는다. Y/N은 문에게 경의를 표하며 자신이 현실, 즉 문과 영원히 먼 영역에 단단히 뿌리를 내려야 한다고 스스로에게 말해왔다. 열렬한 팬으로서, 문이 집 앞에 나타나 환심을 사려 한다는 착각에 빠져선 안 된다.

Y/N은 점심 식사의 잔열이 남은 팬을 들고서 남자를 치겠다고 위협한다. 남자는 두 손을 들고 공포에 울부짖는다. 그러고는 얼굴을 돌린다. 고요한 흐느낌은 패배를 드러낸다. 연인의 역할을 너무도 간절히 수행하고 싶은 나머지 여자라면 누구든 응해줄 거라 믿는 이 남자, Y/N은 그가 안쓰러워진다.

O가 복도를 걸어온다.

"세상에." 그녀가 말한다. "돌아왔네."

"이 남자 알아?" Y/N이 묻는다.

"정신 나갔어?" O가 남자의 어깨를 붙들고 Y/N에게 가까이 끌어온다. "문이잖아."

당황한 Y/N은 두 사람 얼굴 앞에서 문을 쾅 닫는다.

다음 날, 문의 소속사이기도 한 연예 기획사로부터 그의 메이크업 아티스트 일을 제안하는 편지가 도착한다. 그녀는 곧장 거절한다. 그녀는 문의 일거리가 되고 싶지 않다. 솔직히, 그 생각에 흥분되지도 않는다.

대신 그녀는 자신만의 프로젝트를 시작한다. 이 연예 기획사는 최근 장난감 회사와 협업해 문의 인형을 대량 생산하는 라인을 구축했다. Y/N은 인형 하나를 산다. 그녀는 책상 위에 플라스틱 인형을 올려놓고 공구 세트를 연다. 인형의 머리카락을 한 올 한 올 핀셋으로 잡아 뽑고, 사포로 얼굴을 문지르고, 옷을 벗긴다. 그런 다음 진짜 작업이 시작된다. Y/N은 새로운 머리카락을 꽂고, 새로운 얼굴을 그려 넣고, 새 옷을 바느질해 입힌다. 모든 작업을 다 마치고 나자 문은 실제보다 더욱더 문처럼 보인다.

7
지구의 달 아이들

어느 날 오후, O를 만나기 위해 밖으로 나서려던 중 나는 불을 끄고 마지막으로 방을 한번 둘러보았다. 창가에 비치는 선명한 이미지, 햇살이 내리쬐는 광장에서 담배를 피우는 직장인들이 보였다. 내가 창문을 내다보는 게 아니라 그저 바라볼 수밖에 없다는 묘한 기분이 들었다. 그 풍경은 컴퓨터로 복제된 듯 납작했다.

한 사람이 흡연자 무리에서 떨어져 나와 길거리로 떠내려가듯 향했다. 주머니에 손을 찔러 넣고 입술에 담배를 문 O였다. 쌍안경을 목에 걸고 있었다. 내가 문을 찾는 걸 도와주고 싶다더니.

우리는 먼저 내 동네의 대로를 따라 걸었는데, 지저분한 작업복 차림의 남자들이 자동차 정비소 앞에 쭈그리고 앉아 건너편 길가에서 멋부린 젊은 커플들이 일부러 구멍 뚫은 청바지를 입고 이 카페에서 저 카페로 옮겨 다니는 모습을 바라보고 있었다. 내가 가장 마음에 들어 하는 노동자도 지나쳤다. 늘 동료들과 함께 정비소 앞에 주차된 픽업트럭 뒤칸에 앉아 있는 중년 남자. 그의 갈색 머리카락은 무수한 작은 생명체가 하늘을 향해 뻗은 양 엄청난 볼륨감을 자랑했고 마치 왕관처럼 머리통 위에 씌워진 듯했는데, 남자는 아무런 미소 없이 그 아름다운 손길을 비장하게 받아들이고 있었다. 매번 오지 말라고 해도 주기적으로 다가와 말을 걸곤 하던, 절뚝이는 여자도 지나쳤다. 오늘은 내게 동행이 있어서인지 나를 거들떠보지도 않는 눈치였다. 나는 O에게 여자 얘기를 했다.

"당연하지." O가 말했다. "저런 사람은 너 같은 사람을 찾아다녀."

"무슨 뜻이야?" 내가 물었다.

"눈 밑에 영원히 가방을 달고 다니잖아." 그녀가 말했다. "태어난 뒤로 여태껏 잠이란 걸 자본 적이 없는 것 같아 보여. 그런데 나머지 얼굴은 전부 신생아처럼 뽀얗지. 저 여자는 네가 뭔가를 믿기 위해 평생을 기다려왔다고 생각하는 거야. 그게 뭔지 알려주려고 하는 거지."

우리는 성수동이 한강과 맞닿는 남쪽 강변으로 향했다. 물가를 향해 경사진 콘크리트 둔치 쪽으로 O를 이끌었다.

보통 저녁때 노을이 질 무렵이면 여기에 등을 대고 누워 내 기준으로 동쪽, 서쪽, 남쪽, 북쪽 중 어딘가에 문이 반드시 있으리라는 생각에 잠기곤 했다.

잠시 몇 분 동안 우리는 말을 나눌 수가 없었는데, 휴대폰에 나오는 대기질 지수가 '위험'이 아닌 '좋음'으로 뜬 드문 날이라 과호흡을 하는 중이었기 때문이다. 그럼에도 나는 원룸에서 공기청정기를 켜지 않았다. 기계 자체에서 엄청난 독소가 뿜어져 나올 텐데 어떤 효과가 있다는 건지 상상이 안 되었고, 그렇게 사치스럽게 우회적인 죽음은 불쾌했다.

"차라리 길에 공기청정기 수천 개 내놓고 한꺼번에 트는 게 낫지 않아?" 내가 말했다. "이 세상 공기가 다 나쁜데 공기 좋은 방에 사는 건 의미 없어."

"그래서 나 같은 골초들이 존경스러운 거야." O가 말했다. "내 몸 자체를 나쁜 공기가 가득한 방으로 만드는 거니까."

"공기청정기 안 써?"

"쓰지." 그녀는 한숨을 내쉬었다. "인간이 이렇다."

나는 O의 시선을 서쪽으로 돌려 몇 킬로미터 떨어진 산꼭대기에 우뚝 솟은 남산타워를 향하게 했다. 서울에선 어디를 가든 높은 건물이 시야에 없으면 저 멀리 산이 보이곤 했다. 산이 보이지 않을 때도 나는 산을 기억할 수 있었다. 주변 차량들과 건물에서 뿜어져 나오는 인공 불빛으로만 강변의 경계를 구분할 수 있는 늦은 밤마다 여기서, 남산타워에 도착할 때까지 계속 걸어갈 용기를 내보려 애썼다고 O에게 말했다. 내가 그것을 볼 수 있다면, 분명 닿을 수 있다고. 거기서 낯선 이를 발견하고 함께 타워 밑에 누워 뒹굴 거라고. 실패한 복서 타입의 남자. 그는 내 위에 올라타 해가 뜰 때까지 내 얼굴 양옆 땅을 주먹으로 계속 칠 거라고―내가 원하는 건 그거라고.

O는 눈을 가늘게 뜨고서 쌍안경으로 타워 쪽을 바라보았다. 그러곤 내렸다.

"음―" 그녀가 말했다. "한 번도 못 간 게 당연하네."

O에게 단서가 있었다. 신발 공장 상사가 언젠가 이상한 이야기를 들려줬다고 했다. 어린이대공원 경비원으로 일했던 그의 아들 말에 따르면, 어지러이 뻗어나가는 이 공원에는 부모를 잃어버린 아이들을 보호하는 센터가 있었다. 문이 은퇴한 다음 날, 스스로를 '문의 찌꺼기'라고 칭하는 남자가 센터에 들어왔다. 실종아동쉼터라고 불리는 그곳의 직원으로 일하던 여자는 남자가 대체 무슨 소리를 하는 건지 전혀 이해할 수 없었다. 하지만 연민이 들어 새처럼 미미한 그의 식욕을 채워주려 매일 쌀과 고기를 조금씩 주었고 침낭도 내주었는데, 거기서 남자는 밤마다

물음표 모양으로 웅크리고 잤다. 아이들 대부분은 하루가 끝날 때쯤 발견되므로 여기서 밤을 날 필요가 없었지만 직원은 남자를 길거리로 내보내는 건 너무 잔인한 처사라고 여겼다. 게다가 그는 쉼터에서 가장 얌전한 '아이'였다. 눈물 뚝뚝 떨구며 부모를 그리워하지도 않았고, 부모와 떨어졌다며 시끄럽게 날뛰지도 않았다. 그저 몇 시간이고 미동도 없이 앉아 있을 뿐이었다.

O는 걸어서 공원 곳곳을 구경시켜주었다. 커다란 동물원이며 다채로운 놀이기구며 젊은 가족들로 가득했다. 실종아동쉼터는 공원으로 들어서는 입구 중 하나를 지나면 보이는 작은 건물에 있었다. 알록달록하게 꾸며진 방에 들어서자마자 그 남자가 보였다. 높은 나무받침대 위에 놓인 의자에 앉아 창밖을 내다보고 있었다. 아이들 셋이 그의 발치에서 봉제 토끼인형을 가지고 노는 중이었다. 그는 아이들보다 약간 더 키가 컸으며, 가늘고 창백한 두 팔은 최근 단번에 쑥 자라난 듯한 인상을 주었다. 그런데 얼굴만은 성인의 것으로, 내 또래 같았다. 그는 두 손으로 의자 가장자리를 붙든 채 등을 깊이 수그린 자세로 앉아 있었다.

나는 받침대 위에 올라 의자 한 개를 끌어와 남자의 맞은편에 앉았다. 그의 시선이 내 얼굴에 닿자마자 홍채가 커졌다. 낭랑한 목소리를 들으니 그의 깡마른 몸이 소리굽쇠처럼 느껴졌다.

"당신이 여기 온 이유를 알아요. 내가 얼마나 미쳤는지 보러 왔다고 생각하겠죠. 하지만 마음 깊은 곳에선 문의 찌꺼기가 되는 게 어떤 기분인지 알고 싶은 거예요. 나한테 질투가 나는 거죠."

"그 말 맞을 수도 있어요." 나는 느리게 말했다. "하지만 '찌꺼기'라는 게 무슨 뜻인지 알려주세요. 하수구에 처박힌 음식물로만 알고 있어요."

"간단해요." 그가 말했다. "신은 문을 창조하던 중 예상치도 못하게 야망에 사로잡혔어요. 보통 인간을 창조하는 데 쓰는 재료로는 만족할 수 없었던 거죠. 그래서 다른 존재를 창조할 때 사용하려던 뼈와 피부, 장기 더미를 향해 손을 뻗은 거예요. 그 더미에서 한 움큼을 집어 문을 만드는 데 사용한 다음, 남은 찌꺼기로는 나를 만든 거죠."

남자는 확고하게 진지했고, 심지어 가상의 전투를 벌이느라 토끼 인형을 짓뭉개는 중인 아이들을 무시할 만큼 평온했다.

"그런 일이 있었다고 어떻게 알아요?" 내가 물었다.

그는 의자에서 한쪽 손을 떼고 자신의 다리를 가리켰다. 성근 소재로 만든 바지는 마치 그 안에 허벅지가 들어 있지 않은 듯 구겨진 채 느슨히 놓여 있었다. 그러나 천을 스칠 듯 말 듯 한 작은 무릎마디 두 개를 감지할 수 있었다. 의자 밑에는 빨간 플라스틱 목발이 놓여 있었다. 남자의 상체가 한 손으로 균형을 잡기엔 위태로울 정도로 흔들렸다.

"내가 태어났을 때 의사들은 내 다리가 젤리처럼 흐물거린다면서 겁에 질렸어요." 그가 말했다. "몇 년 뒤 과학 책에서 어떤 그림을 봤는데, 물에서 육지로 나오는 생명체의 진화 과정이 담겨 있더라고요. 그때 내가 그 중간 단계에 놓인 존재구나 싶었어요. 오랫동안 자긍심이랄 게 없이 살아왔어요. 그런데 문이 춤추는 걸 본 순간, 모든 게 명확해졌죠. 신은 문을 빚을 때 내가 지닌 가장 좋은 것을 접목한 거예요. 근사한 생명을 주려고요. 둘 중 한 사람이 대단한 재능을 가졌고 다른 한 사람은 장애가 있는 게 둘 다 평균적인 능력을 가진 것보다는 훨씬 낫잖아요. 공평한 건 없어요. 문이 콘서트에서 몇천 명에게 기쁨을 선사하는 걸 본 순간, 그 환호성 중 일부는 나를 향한다는 걸 알았어요. 지금 그가 사라진 상황에서 드는 생각이 있는데, 신이 문을 창조하는 데 더미 전부를 썼으면 더 좋았겠다 싶어요. 불멸의 존재로 그를 엄청나게 강력하게 만들고 대신 나한테는 이 반쪽짜리 존재도 면해주었다면 어땠을까."

방 안에 기쁨의 울음소리가 터져 나왔다. 한 아이가 엄마의 품을 향해 달려가고 있었다. 남자는 잇몸이 훤히 드러날 정도로, 비죽비죽한 아랫니가 다 보이는 미소를 띤 채 재회의 순간을 지켜보았다. O가 주장한 대로 이 남자가 단서가 맞다면, 그가 나를 어디로 데려가고 있는지 알 수 없었다. 두 팔을 활짝 벌려 그를 안아야 할까? 우리가 뭘 함께할 수 있을지 의문이 들었다. 휠체어에 탄 남자를 밀면서 사람들의 간사한 동정의 시선을 견뎌야 할까? 화장실 가는 것도 도와줘야 할까?

"어디 좀 드라이브하러 갈래요?" 내가 말했다. "택시 부를게요."

"날 어디로도 데려가선 안 돼요." 그가 말했다. "문이 사라진 이상, 나는 여기 남아 있어야 해요."

"내가 문을 찾을 계획이라면요?"

"정말 그럴 거예요?" 그의 목소리에는 고마움이 아닌 깊은 상처가 담겨 있었다. "그가 원해서 사라졌다는 걸 모르겠어요? 나는 그것 때문에 제일 괴로운 건지도 몰라요. 문조차도 더는 견디지 못했다는 게……."

또 다른 울음소리가 터져 나왔다. 더 많은 아이들이 되찾아졌다.

남자에게 무슨 말을 해야 좋을지 몰랐다. 그래서 내 손길이 위로를, 심지어 애정까지도 전달할 수 있길 바라며 그의 무릎을 향해 손을 뻗었다. 그러나 느껴지는 것은 내 손아귀의 극악한 힘뿐이었다. 내 손가락 사이로 그의 작은 무릎뼈가 떨리자, 닭 날개 연골을 입 가득 물고 살덩이를 뜯던 촉감의 기억이 떠올랐다. 남자는 벽에 등을 대며 몸을 움츠렸고, 나는 그 눈에서 두려움을 알아차리곤 심란해졌다. 어쩌면 내가 정말 하고 싶었던 건 그를 으스러뜨려 바닥에 내동댕이치는 것, 이미 충분히 호사스러운 문에 대한 내 꿈을 광적으로 장식할 쇠락의 장면을 연출하는 것이었는지도 모른다.

　나는 손을 뗐다. 피가 세차게 돌며 온몸으로 퍼졌다. 뇌가 약한 감전 증상을 보였다.

　바짝 따라오는 O를 뒤로하며 문을 열고 나와 아버지들, 어머니들, 아들들, 딸들, 사생아들이 뒤섞인 인파 속으로 미끄러지듯 들어갔다. 한 실종아동쉼터를 나와 또다른 쉼터로 들어서는 것 같은 직감에 사로잡혔다. 단지두 번째 쉼터는 좀 더 크고, 스스로가 아이인 줄 모르는사람들이 있었을 뿐.

　O의 아파트에 놓인 TV가 최대 볼륨으로 요란하게 울려 퍼지고 있었다. 소파는 비어 있었다. O의 어머니는 방문을 닫은 채 침실에 있는 듯했다. TV를 끄려고 다가가던O는 리모컨을 손에 쥔 채 얼어붙은 듯 멈춰 섰다.

　"지금 이 소리 들려?" 그녀가 말했다.

　나는 포장 음식을 풀다 말고 식탁에서 고개를 들었다. 플라스마 TV 화면에서 흘러나오는 불쾌한 소음이 인간의 언어라는 걸 깨닫기까지 몇 초가 걸렸다. 팩 오브 보이즈가 침묵을 깨고 '어느 때보다도 유약한 상태로' 컴백할 거라고 아나운서가 말하고 있었다. 전국에서 추첨을 통해 뽑힌 열 명의 팬은 폴리곤 플라자, 그러니까 연예 기획사의 본사라는 전례 없는 공간에서 보이즈의 첫 컴백 행사에 참석할 수 있게 된다고 했다. 폴리곤 플라자가 어디에 있는지는 물론이고 어떻게 생겼는지조차 아무도 몰랐다. 보안은 엄격할 것이며, 참가자들은 입장 시 신분증의 복사본을 제시해야 한다. 아나운서는 덧붙였다. 문에 대한 새로운 정보는 없지만, 팬들 사이에선 그가 깜짝 복귀할 거라는 소문이 퍼지기 시작했습니다.

"절대 컴백 안 할 거야." 내가 말했다.

그 순간에 처음 떠오른 생각이었지만, 막상 내뱉고 보니 그게 진실이라는 확신이 들었다.

"그럴 수도 있지." O가 TV를 끄며 말했다. "그래도 추첨 행사엔 참여해야 돼."

"아니. 그가 다신 돌아오지 않을 게 확실하니까, 내가 틀렸다는 게 증명되길 바라는 비밀 희망도 가질 수 없어."

"그런 뜻이 아니야. 그 말엔 동의해. 그런 소문이 퍼진다는 것만으로 그가 돌아오지 않을 거라는 사실을 증명하니까. 문에 대한 소문은 정확할 수가 없어. 모든 추측에서 빗겨 가니까. 그래도 추첨에 참여해야 해."

"도대체 왜?"

"소문은 추첨 행사와 문을 연관 짓고 있어. 연결 고리가 될 수 있는 곳이라면 어디든 가봐야 해. 더군다나 거짓에 근거한 거면 더욱이. 그의 찌꺼기를 하나라도 내버려두면 안 돼."

"그래서 나를 쉼터에 데려간 거야?" 내가 물었다.

짜증이 숨겨지지 않았다. O는 전혀 개의치 않고 포장 음식 용기의 뚜껑을 하나씩 열기 시작했다.

"그동안 네가 문을 찾을 수 있는 가능성은 전혀 높아지지 않았지." 그녀가 말했다. "하지만 애초에 그와 더 가까워지기 위해 찾은 게 전혀 아니야. 그래, 문과 너 사이에는 수천 킬로미터의 거리가 있을지도 몰라. 그래도 계속해서 거리를 재다 보면 점근선에 가까워질 거야. 아니지, 하늘에서 손이 휩쓸고 내려와야지. 화학물질로 뒤덮인 황무지에서 오렌지 나무가 주렁주렁 열려야지. 넌 상처 입은 의지력과 엄중한 항복 사이에서 분열하면서 정확히 네가 있어야 할 곳에 있어야 해. 난 널 위해 새로운 틈새를 찾으려 애쓰고 있어. 벼랑 끝에서 끌어당겨주진 않을 거야. 네가 떨어지도록 내버려둘 거라고. 넌 나를 영영 떠나겠지. 난 처음부터 다 알고 있었어. 지금 난 나랑은 전혀 무관한 전망으로 너를 무장시키고 있는 거야. 고마워할 필요는 없지만, 그날이 올 때까지만이라도 내가 할 수 있는 유일한 방법으로 널 좀 도와주면 안 돼?"

우리는 말없이 소파에 앉아 식사했다. 어느 순간, 누군가 나를 지켜보고 있다는 불안한 느낌이 들었다. 고개를 들었지만 O의 어머니 방문은 여전히 닫혀 있었다. 나는 시선을 왼쪽으로 돌렸다. 열려 있는 O의 방문 너머로 바닥에 눕힌 캔버스가 보였다.

"저건 뭐야?" 내가 물었다.

O는 자리에서 일어나 방 안으로 걸어갔다. 그러고는 손을 대고 무릎을 꿇은 다음 캔버스의 가장자리를 연못 안쪽처럼 들여다보았다.

"싫어 하지 않았으면 해." 그녀가 말했다. "널 그리고 있어. 여름에 너를 만나서 정말 다행이야. 우리랑 함께 도시를 구석구석 돌아다녀도 네 무릎 뒤는 늘 매끈하고 하얗더라. 근데 자세히 들여다보니 섬세한 주름들이 그물처럼 얽혀 있는 거야. 무릎 뒤쪽에 사랑스러운 움직임의 역사가 고스란히 담겨 있는 셈이지. 그런 생각이 들었어. 완벽함이란 어쩌면 작은 오류들이 쌓인 거대한 덩어리에 불과한 걸까?"

나는 O의 어깨 뒤로 가서 섰다. 캔버스는 거의 비어 있었다. 반쯤 아래에 내 왼쪽 무릎 뒤쪽이 생생한 디테일로 그려져 있었다. O가 말해주지 않았더라면 그게 내 것인지도 몰랐을 것이다. 내 무릎 뒤쪽에 대해선 아는 게 많지 않았으니까. 반면 오른쪽 무릎 뒤쪽은 검은 선의 소용돌이로만 표현되어 있었다. 무릎의 크기와 위치를 보니 그림에 내 전신이 담기겠구나 싶었다.

"아직 그리는 중이야." O가 말했다. "나한테 너는 여전히 새롭거든."

그림의 존재만으로도, 어떻게 O의 상상력이 자궁경부처럼 갈라지고 벌어져 저토록 기이한 형상을 갖춘 인식의 정점에 이르렀는지 아득해졌다. 첫 붓질만으로도, 이 작품은 거울에 비친 내 어떤 모습보다 더 진실한 이미지가 될 것임을 알 수 있었다. 무엇이 드러날지 모르는 이 이미지가 품은 전망에 갑자기 공포가 엄습했다. 그보다 사실 O의 그림을 보니 아직 태어나기 전, 곧 가지게 될 몸의 한계에 대비해 마음을 단단히 먹었던 시절로 돌아가고 싶어졌다. 그러면 내가 감히 되고 싶은 존재가 되기 위한 갖은 방법을 미리 계획해둘 수 있을 텐데. 물론 얼토당토않은 환상이었다. 나는 이미 여기 있었다. 이 삶의 한가운데에, 놓친 기회들의 행렬 속에, *스스로의 평범함을 매 순간 힐난하면서.*

한쪽 무릎을 꿇고 다른 쪽 무릎을 구부려 뒤쪽을 살펴보려 했지만, 아무리 허리를 비틀어도 전체를 눈에 담을 수는 없었다. 이 애매한 피부 지대에 새로이 흥미가 돋은 나는 식사하느라 들고 있던 나무젓가락으로 주름을 더듬어보았다. 기이한 감각의 최면에 걸린 듯 더듬는 손에 점점 더 힘이 들어갔고, 어느 순간 피부가 찢어졌다. 말간 피가 터져 나왔다. 나직한 고통의 신음을 듣고 O가 뒤를 돌아보더니 다리에서 내 손을 탁 떼어냈다.

"그냥 내 무릎 뒤쪽이야." 내가 말했다. "그렇게 좋아하진 마."

"가끔 보면 진짜 바보 같다니까." 그녀가 말했다.

"내 무릎이야. 아무 의미도 안 가졌으면 좋겠어. 그 정도는 내가 결정할 수 있지 않아?"

O는 답하지 않았다. 물티슈로 무릎 뒤쪽을 닦아내느라 여념이 없었다. 내 몸의 한구석에 이렇게 가까이 다가온 그녀를 보고 있자니 그 둘이 힘을 합쳐 나를 대적하는 것처럼 느껴졌다.

너무 오래 멀리할 수 없었던 Y/N은 다시 콘서트에 문을 보러 간다. 그녀는 처음과 다름없이 압도된다. 이제 문은 네 달 동안 다른 소년들과 함께 투어를 떠날 것이며, 자신 또한 그를 따라 전 세계를 돌 수밖에 없게 되었다는 사실에 가슴이 무섭게 저려온다. 만족감에 비견될 상태에 이르려면 앞으로 넣 번이나 더 콘서트에 가야 할지 의문이 들기 시작한다.

어떤 만족감? 그녀는 스스로에게 묻는다.

짙은 푸른 빛이 무대를 가득 채운다. 문의 새 솔로 발라드곡이 나올 차례다. 그는 진짜 다이아몬드가 알알이 박힌 흰색 블라우스를 입고 있다. 보석들의 무게에 캐시미어 옷감이 축 늘어져 있어 아이처럼 작은 어깨가 한층 도드라진다.

그는 춤을 추기 시작한다. 노래 중간에 두 팔을 허공에 벌린다. 그러자 그때 그 동작, 몇 달 전 두 사람의 아파트에서 맞닥뜨린 형언할 수 없는 움직임이 펼쳐진다. 동작은 완전히 똑같지만 그녀는 알아차리지 못한다 — 무대, 관객, 혹은 변화한 상황 때문인지도 모른다. 동작을 본 모두가 열광적인 행복감에 취한다. Y/N조차도 신선한 기쁨의 물결을 경험한다. 그녀는 그가 자랑스럽다. 이 아름다운 순간을 마침내 세상이 볼 수 있다는 게 기쁘다. 그러나 동시에 상실감을 느낀다. 그녀만의 기쁨이 담겨 있던 비밀스러운 서랍에서 강탈해간 움직임이 모두가 볼 수 있는 무대 위에 내던져졌음에. 그녀는 멍하니 주위를 둘러본다. 한때는 지극히 내밀한 경험이었던 장면이 공공연한 동감을 얻는 모습에 그녀의 마음은 요동친다.

문의 노래가 계속되는 와중 그녀는 뒤를 돌아 공연장을 빠져나간다. 어둠 속에서 주차장을 향해 가던 중, 모기가 귓가에서 윙윙거리고, 발작적인 생존에서 비롯된 애처로운 사운드트랙에 짜증이 치민 그녀는 한쪽 귓가를 세게 내리친다.

너무 많이 걷다가 지쳐 넘어지는 것보다 더 좋은 죽음은 상상할 수 없다. 어느 날 오후, 나는 강변의 콘크리트 둔치에서 시작해 성수동을 통과해 북동쪽으로 걷다가 노점상이 즐비한 거리로 들어섰고, 대학을 지나 북서쪽으로 방향을 틀어 어린이대공원을 거쳐, 아버지가 자란 왕십리에 다다랐다.

　아버지가 어린 시절 살았던 집이 철거된 자리에 들어선 것으로 보이는 현대식 고층 건물을 발견했다. 이 땅에 살았던 아버지를 상상해보려 애쓰며 진지한 몽상에 빠져보았으나, 하늘에서 빌딩이 뚝 떨어져 그를 짓뭉개는 모습만 떠오를 뿐이었다.

　다시 한번 기나긴 산책길에 올라 이번에는 어머니가 자란 대치동 쪽으로 향했다. 주택단지를 떠돌듯 걷다 문득 이야기 하나가 떠올랐다. 어머니가 열 살이었을 때, 도둑이 들어 마당에 있던 개에게 독을 먹여 수월하게 집 안을 털었다. 다음 날 아침, 모로 누워 죽은 개를 발견한 삼촌의 비명 소리에 온 가족이 잠에서 깨어났다. 다른 삼촌이 문밖으로 뛰쳐나갔다. 어머니가 문밖으로 뛰쳐나갔다. 할머니와 할아버지도 문밖으로 뛰쳐나갔다. 그날 오후, 그들은 무엇이 도둑맞았나 살펴보려 집 안을 뒤졌다. 그러나 모든 테이블과 선반 곳곳을 전부 손으로 쓸어보았는데도 뭔가가 사라진 공간과 모든 게 제자리인 공간의 차이를 도무지 구분할 수가 없었다.

수년 뒤, 지금은 세상을 떠난 지 오래된, 내 어머니의 아버지이자 민속학자는 이 사건을 어느 문예지에 썼다. 아들이 마당에 누운 개를 발견했던 것, 다른 아들이 문밖으로 뛰쳐나갔던 것, 아내가 뛰쳐나갔던 것, 그 자신이 뛰쳐나갔던 것, 심지어 이웃들이 달려왔던 것에 대해 썼다. 어디에도 어머니에 관한 언급은 없었다. 언제나 자신이 아버지의 사랑을 가장 많이 받는다고 여겼던 내 어머니는 그 에세이를 딱 한 번 읽고 다시는 펼치지 않았다. 어머니는 문밖으로 뛰쳐나가, 개의 곁에 무릎을 꿇고, 온몸으로 개를 껴안았었다. 그 모든 행위를 어머니는 다 했다. 아니면 혹시, 그러지 않았던가? 무엇이 사라졌던 걸까? 어머니의 행동일까, 아니면 그녀를 향한 아버지의 사랑일까? 후자가 사라졌다는 것을 견딜 수 없었던 어머니는 그날 아침 열이 나서 침대에 머물러야 했다고, 문밖으로 결코 뛰쳐나가지 않았다고, 죽은 개를 껴안지 않았다고 믿기로 했다.

8

폴리곤 플라자

O는 나를 서울에서 먼 외곽으로 데려갔다. 해변 산책로처럼 넓지만 칙칙한 공업용 건물이 줄지어 늘어선 인도에는 우리밖에 없었다. 멀리서 덜그럭거리는 소리가 지속적으로 들려왔고 공기 중에는 고무 타는 냄새가 진동했다. 모퉁이를 돌면 우리가 바로 직전에 있던 골목이라고 확신할 수 있는 길이 나타났다. 그런데 그때, 공장들 사이로 우뚝 솟아 반짝이는 신비로운 건물의 꼭대기가 눈에 들어오기 시작했다.

모습을 드러낸 것은 이집트 피라미드 모양의 거대한 건물이었다. 공업이 한창인 지대로 둘러싸인 드넓은 잔디밭 한가운데에 자리해 있었다. 건물의 정면 전체는 반사 유리로 되어 있었는데 흐린 하늘을 어찌나 선명하게 반사하는지, 입구의 이중문이 확 열리기라도 하면 하늘에 구멍이 뚫린 것처럼 보일 지경이었다. 문턱에 검은 정장을 입은 남자가 초조한 듯 우리 쪽으로 손을 흔들고 있었다.

"가자." 내가 O에게 말했다. "우리 여기 있으면 안 될 것 같아."

O는 내 손을 붙잡고는 뭔가를 쥐여주었다.

"네가 추첨 행사에 참여 안 할 줄 알고 내가 했어." 그녀가 말했다. "그놈의 황소고집에 대한 대가로 폴리곤 플라자에 나인 척하고 들어가야 돼."

아래를 내려다보니 O의 신분증이 손에 들려 있었다.

"잠시만—"

"이렇게 되어야 했다는 걸 이제 난 알아." O가 말했다. "네 믿음의 순수성을 지키기 위해선 말이야. 행운이 내게 찾아온 건 그걸 스스로를 위해 쓸 마음은 조금도 없다는 걸 알아서니까."

뭐라 말할 틈도 주지 않고 O는 나를 잔디밭으로 떠밀었고, 나는 그대로 넘어지며 손과 무릎이 땅에 부딪쳤다. O가 나를 그렇게 대했다는 사실에 상처를 받았지만, 그 순간 더 괴로웠던 것은 그녀가 나를 떠나보내려 한다는 것, 문을 찾는다는 명분을 위해 내가 그녀를 잊길 바란다는 사실이었다. 다시 일어섰을 때 남자는 한층 더 조급하게 손을 흔들고 있었다. 여기서 그쪽을 향해 한 걸음이라도 떼고 나면 O에게 다시는 돌아갈 수 없으리라는 확신이 들었다. 획 뒤를 돌아보았지만—그녀는 이미 사라지고 없었다.

건물로 향하는 길 따위는 없었다. 잔디밭을 가로질러 걷기 시작하자마자 남자의 손이 허리께로 뚝 떨어졌다. 우뚝 솟은 유리 벽을 에워싸며 구름이 둥둥 떠갔고, 그러자 날카로운 윤곽선을 지닌 건물은 금방이라도 사라질 듯한 수증기처럼 보였다. 마침내 코앞에 다다랐을 때, 나는 남자의 내뻗은 손 위에 O의 신분증을 내밀었다. 그때 처음으로 제대로 들여다보았다. 사진 속 O는 귓불 옆까지 오는 짧은 머리카락을 귀 뒤로 넘기고 있었다. 진짜 이름은 오설. 남자는 나를 찬찬히 뜯어보더니 들어오라고 손짓했다.

건물을 빙 둘러싼 잔디는 정문을 지나 거대한 로비의 가장 먼 구석까지 뻗어 있었다. 햇빛이 비스듬한 유리 벽 사이로 스며들어와 실내 공간에 유령 같은 안개를 드리웠다. 다른 조명은 없었기에 공기는 시원하고 상쾌했다. 플라자가 몹시 거대해서 반대편까지 걷는 데만 몇 분이 걸렸는데 다른 당첨자 아홉 명은 이미 팽팽한 침묵 속에서 엘리베이터 문 앞에 모여 있었다. 더는 팬들을 만나고 싶지 않으므로 뒤쪽에 서 있던 사무실 근무자 차림의 중년 남자 옆에 가서 섰다. 팔짱을 낀 남자는 낯빛이 어두웠는데, 마치 무능한 공무원들에게 둘러싸여 괴롭다는 것처럼 보였다.

엘리베이터가 딩 하는 소리와 함께 열렸다. 선Sun이 걸어 나왔다. 주변에서 목 졸린 듯 꽥꽥대는 비명이 터져 나왔고, 실망스럽게도 회사원 남자는 조용한 승리감에 차서 자신의 허벅지를 주먹으로 쳤다. 선은 검정 드레스 팬츠와 얇은 솜털이 든 검정 폴리에스테르 재킷 차림이었다. 그가 허리를 깊이 숙여 인사하자 옷이 바스락거렸다. 머리카락에서 새치를 발견하고 나는 움찔했다. 고개를 든 선은 잠시 가만히 있다가 환한 미소를 지으며 앞으로 달려와 우리와 악수를 시작했다.

"좀 충격적이실 수도 있어요." 한 명씩 차례로 악수하며 그가 말했다. "하지만 이번 만남은 평소랑 다르게 하는 게 최선일 것 같더라고요. 대대적인 팡파르 없이."

내 손을 슬쩍 쥐면서 이미 그의 고개는 회사원 남자에게로 돌아가 있었다. 자기 차례가 되자 그는 선의 손을 놓아주지 않았다.

"부탁이에요." 소년은 최선의 상냥함을 담아 말했다. "이러시면 다른 분들께 폐가 돼요."

회사원 남자는 언짢은 표정으로 우리를 둘러보았다. 그런 다음 손을 놓았다. 선은 마음이 놓인 듯 남자의 옆에 서서 말을 이어갔다.

"폴리곤 플라자에 오신 여러분, 환영합니다. 보이즈와 저는 여러분을 모실 수 있게 되어 정말 기뻐요. 그래요, 다른 친구들은 어디 갔나 궁금하실 거예요. 걱정 마세요. 이 건물 안에, 각자 가장 좋아하는 곳 구석구석에 아늑하게 자리 잡고 여러분을 만날 준비를 하고 있답니다. 하지만 처음 한 시간 동안은 저랑만 있을 거예요. 그러는 편이 더 수월하고, 설명해드릴 것도 많거든요. 그리고―" 그는 다 안다는 듯 미소 지었다. "제가 누군지 여러분도 아시잖아요?"

잠시 침묵의 기운이 흐른 뒤 누군가 외쳤다.

"보스!"

유쾌한 기운을 지닌 세련된 노부인이었다. 다른 이들은 웃음을 터뜨리며 긴장을 누그러뜨렸다. 스스로를 반박하듯 고개를 절레절레 저으며 선도 함께 웃었다.

"그래도 시간이 지나면서 좀 나아지지 않았어요?" 그가 말했다. "제가 주피터한테 얼마나 야박하게 대했는지 기억하시죠? 요즘도 주피터는 똑같이 말썽을 일으키거든요."

"예전엔 진짜 한 성질머리 했지." 노부인이 말했다. "맞서려는 머큐리가 참 대단하다고 생각했어. 그런데 문은 먼저 저세상으로 간 내 여동생처럼 긴장성 분열증에 빠져서는―"

선이 손을 들어 말을 끊었다. 겁에 질린 적막이 일행을 뒤덮었다.

"계속해보죠." 그는 손을 옆구리에 쓸어내렸다. "폴리곤 플라자에는 열 개의 방이 있는데, 각 방이 한 층 전체를 차지한답니다. 지금 우리가 있는 곳은 1층인데, 보시다시피 외부 세계에 점령당해 있죠. 보이즈와 저는 세상을 잊어선 안 돼요. 세상이 늘 우리 발뒤꿈치에 붙어 끈질기게 따라온다는 것을 느낄 수밖에 없죠. 폴리곤 플라자에서 상대적으로 더 안전한 기슭에 다다른 뒤에도 말이에요. 세상의 위험에 대해 매번 새로이 인식해야만 긴박감을 품은 채로 다른 층에서 의미 있는 작업을 할 수 있는 거예요."

선이 엘리베이터 버튼을 누르자 문이 열렸다.

"그렇게 생각했어요. 그래서 한 번도 여러분을 여기에 초대하지 않은 거예요. 우리만의 작은 사회에서 은둔해야 야심 차고도 기이한 작품이 나올 수 있다고 여긴 거죠. 여러분의 영혼 가장 깊은 곳을 만지려면 세상에서 여러분의 곁에 있을 순 없다고 판단했어요. 우리는 여러분의 친구가 아니라 격벽의 대리인들이니까. 그런데 여러분이 저희를 마지막으로 본 순간 이후로 모든 게 변했어요. 이제는 이곳에 여러분이 필요해요. 그러니 자, 들어오시죠."

엘리베이터의 뒷벽은 건물의 피라미드형 구조에 맞추어 경사져 있었다. 다들 문 쪽으로 밀착해 서야 했고, 옆으로는 정사각형 버튼 열 개가 일렬로 늘어서 있었다.

"건물 어디에서도 곡선을 찾을 수 없을 거예요." 선이 말했다. "전구조차도 정육면체랍니다. 음악 교수가 즐겨 쓰는 말인데, '모서리들이 찌르게 하라'."

의도치 않게 나는 선의 바로 옆에 서게 되었다. 다른 쪽 옆에는 음울한 우월감으로 다른 사람들을 계속 살피는 회사원이 있었다. 그는 아버지인 동시에 아들인 것처럼 선을 맴돌며 보호하면서도 관심을 요구하며 안달하는 듯했다. 소년은 그 신호를 전부 눈치채고 있었고, 공평함을 기하겠다는 표시로 내 어깨와 그의 어깨에 두 손을 각각 얹었다. 조심하려는 긴장감조차 부재한 그의 손길엔 아무런 성의도 없었고, 그의 손가락과 내 어깨 사이에 존재하는 실낱같은 공허에 나는 어느새 익숙해졌다. 그가 5층을 누르기 위해 손을 뗀 순간 내게 느껴진 것은 해방감이 아니라 짓누르듯 빽빽한 공기였다.

일행은 사향 냄새가 진동하는 어두컴컴한 도서관으로 들어섰다. 책꽂이가 창자처럼 난잡하게 방 안에 구불구불 늘어서 있어 책장 사이의 공간이 들쑥날쑥했다. 각 책장의 위쪽에는 자그마한 금색 조명이 달려 있었는데, 불빛에 비친 책들은 저자 이름이나 제목 순서가 아니라 텍스트를 시작하는 첫 번째 단어순으로 나열되어 있다는 설명을 들었다.

유일한 예외는 음악 교수가 쓴 사회 비평서 수십 권이 늘어선 구역이었다. 선은 우리를 경사진 벽의 한가운데에 세워진 서가로 안내했다. 음악 교수는 음악이 자신을 깊이 감동시킨다는 점 외에는 음악에 대해 아무것도 몰랐고, 계속 그 상태를 유지하려 했다. 하지만 그녀는 히말라야와 갈라파고스에 관해선 전문가여서, 러시아어와 투르크멘어를 구사할 줄 알았으며, 고상한 엘리트들과는 물론이고 가난한 자들과도 함께 식사하는 법을 알았고, 40세에 회사를 설립할 때까지 자유로운 유목 생활을 영위해왔지만 자세한 내막은 대중에게 알려진 바가 거의 없었다. 그녀는 역설을 담아 스스로를 음악 교수라고 불렀는데, 선의 말에 따르면 현대 대학만큼 반감을 일으키는 곳은 없었기 때문이었다. 그녀에게 대학이란 생식기관뿐만 아니라 정신까지도 거세하는 시설이었다. 대학에 있는 사람들보다 더 멍청하고 섹시하지 않은 이들은 어디서도 찾을 수 없다면서. 보이즈가 조언을 구할 때마다 그녀는 그들의 문제와는 전혀 상관없는 책을 읽으라고 했다. 보이즈가 질문을 하면 최소 열 개의 질문을 도로 건넸다.

"너희는 인생 전체가 걸린 것처럼 책을 읽은 적 있니?" 그녀는 보이즈에게 묻곤 했다. "문장 하나하나가 진실일 수도 있다는 생각으로 읽어본 적 있어? 어느 책 한 권에 친근해지기 무섭게 또 다른 책이 자신만의 사유를 품고 다가오고, 이 책과 저 책은 서로 대립한다고 생각하자마자 다른 책 수십 권이 나타나고, 그중 일부는 다른 책들의 일부와 연결되면서 영혼에 혼란을 일으키는 걸 느껴본 적 있어? 너희가 아는 모든 것에 구역질이 날 때까지 책 읽어본 적 있냐고?"

도서관 구석에는 여드름이 잔뜩 난 청년이 녹색 모직 천을 덮은 책상에 발을 툭 올려놓고 앉아 있었다. 우리는 그 청년을 빙 둘러섰지만 그는 허벅지 위에 펼쳐둔 거대하고 두꺼운 책에 하도 몰입해 있어 알아차릴 기미조차 없었다. 젖가슴과 눈알이 불가해하게 같은 크기로 그려진 그림 위에 멈춘 참이었다. 선은 청년의 의자 등받이에 손을 얹으며 그를 사서라고 소개했다. 음악 교수는 보이즈가 다채로운 지성을 함양하길 바랐기에 서가에 놓이지 않은 분야의 책은 거의 없었다. 거부 기준은 딱 하나였다. 보이즈를 직접적으로 언급한 부분이 있는 책. 사서의 엄격한 감시하에 보이즈에 대한 전기, 르포, 학술 자료 등은 폴리곤 플라자의 벽을 결코 뚫을 수 없었다. 보이즈 스스로가 자신들의 정체성에 주인이 되어야 한다는 것이 음악 교수의 지론이었다. 그 누구도, 메이크업 아티스트들조차 보이즈가 거울에 비친 스스로를 바라보는 모습을 쳐다봐선 안 되었다. 보이즈 각자는 자신이 자아와 맺는 관계를 타인들이 어떻게 여기는지와 전혀 무관하게, 철저히 격리

된 채로 자신의 이미지를 혼자서 관조할 불가침의 권리를
지녔으므로.

보이즈는 음악 교수가 은퇴할 때까지 유일한 프로젝트
로 남을 것이었다. 그녀는 아무것도 묻지 않고 보이즈가
만든 모든 것을 공개했다. 뭘 하라는 식의 지시는 한 번도
하지 않았다. 학교와 가족, 돈이라는 의무로부터 자유로
워진 보이즈는 모든 예술가들이 꿈꾸는 것을 얻었다. 그
것은 바로 시간, 한도 끝도 없는 시간이었다. 게다가 전 세
계의 악기들이며, 한국 최대 규모의 음반 컬렉션, 다양한
연습실, 그리고 사운드를 무한대로 다룰 수 있도록 수백
개의 버튼과 다이얼, 스위치가 구비된 녹음실까지. 이 모
든 자원은 건물의 층마다 똑같이 있었다.

평범한 인생에 진실한 창조성이 불쑥 등장하는 일이 얼
마나 드문지 생각해보렴. 음악 교수는 종종 말했다. 만약
창조가 유일한 업이라면 무슨 일이 일어날까? 문화란 많
은 이들이 비교적 평화롭게 서로의 곁에서 살 수 있게 해
주는 합의된 가치들의 총체라고 할 수 있지. 그런데 만약
한 십대 소년이 수십억 명의 낯선 이들이 아니라 또래 소
년 몇 명과만 문화를 공유한다면 어떤 일이 벌어지겠니?
어떤 맥락, 특히나 생존에 대한 지독한 압박이 사라진다
면 무슨 일이 벌어질 것 같아? 신체적 안전, 창조적인 성
취감, 심지어 엄청난 성공까지 보장된다면 무슨 일이 일

어날까? 이런 목표에서 해방된 바깥에서 소년은 어떻게 자신의 인간성을 구축하게 될까?

그러나 지구상 어디에도 이런 실험을 할 수 있는 공간은 없었다. 가난한 이들에게는 생존이라는 기본 과제가 너무도 긴급했다. 부유한 이들은 수치심과 위선, 그리고 고등교육으로 착각한 프로파간다를 줏대 없이 앵무새처럼 흉내 내는 짓거리에 절여져 있었다. 음악 교수가 끼어든 건 바로 이 지점이었다. 폴리곤 플라자는 세상에서 점점 더 희귀해지고 있는 특정한 경험을 위해 출입이 통제된 공간이었다. 그녀는 이 공간을 수도원에 비유하길 좋아했다. 자아의 해체가 엄청난 자기표현의 순간을 만들어내는 장소.

전 세계 선진 사회에 사는 인간들은 빙글빙글 돌며 작고 귀여운 자유를 만끽하지. 이 옷을 입을지 저 옷을 입을지, 이 사람과 잘지 저 사람과 잘지 따위를 고민하면서 말이야. 사람들은 몹시 다양하고도 무의미한 선택의 연쇄를 개성의 표현이라 착각하며 방향성을 잃었어. 그러나 진정한 개성은 더 드높은 목적을 위해 자아를 비우는 것이나 다름없어. 그것이 그녀의 주장이었다. 언뜻 보면 자아를 말살하는 방식의 헌신은 괴이할 정도로 무미건조한 성격을 만들어내는 것처럼 보일 수 있겠지. 하지만 더 깊이 들여다봐, 그녀는 힘주어 말했다. 진정한 개인은 자신의 사적 욕망을 추상화함으로써 대담한 창조의 행위 혹은 신념을 수행하지. 그런 자들은 희생과 단련을 통해 자신이 살아낸 밀도 높고 한정된 경험의 재료를 숨 막히는 위도의 자유로 가득 채운단다. 그렇기에 그의 작품은 다른 이들의 영혼까지도 불태울 수 있는 거야.

그러니 오늘날 문화적 배설의 문제는 예술가의 특이성이 침식해서가 아니라, 오히려 충분히 침식되지 못해서 발생하는 거야. 음악 교수는 말했다. 예술에만 국한된 문제도 아니지. 연이은 소비와 대화에서 정신적 공허를 느끼고, 윤리적 사기를 합리화하려 매일같이 스스로를 고문하며, 사랑하는 능력을 구조적으로 마비시키는 세상에서 사랑에 대한 우리의 갈망은 점점 더 강렬해지는데, 이 황폐함 속에서 어떻게 자아의 견고한 벽 뒤로 물러나 완전히 단일한 개체가 되는 게 해결책이라는 생각을 안 할 수 있겠어? 사람들이 차별화된다는 양 정체성의 표식에 집착하는 건 바로 그 이유에서야. 차이를 나타내는 이름이 이미 존재한다는 것만으로도 그다지 차이가 없다는 걸 알 수 있는데도 말이지. 그래, 인간 정신의 비틀린 교활함은 모든 범주의 침식에 복종하며, 이름 없음과 집 없음과 아무것도 아님의 상태로 추락할 때 드러나는 거야. 오직 그때에만 보편성을 달성할 기회가 주어지는 거란다.

일행 위로 묘한 불안의 기운이 드리웠다. 선의 독백이 끝날 무렵 눈동자들은 게슴츠레해졌다. 그는 다시 엘리베이터에 올라타 7층을 눌렀다.

내린 곳은 연습실이었다. 빽빽한 도서관과 달리 이곳은 보이즈가 몸으로만 할 수 있는 모든 것을 보여주기라도 하듯 놀라울 만큼 텅 비어 있었다. 네 벽면은 전부 거울이었다. 선이 고개를 숙인 채 공간을 돌아다니는 동안 우리는 엘리베이터 안에 머물렀다. 유리에 무한히 비치는 그의 상들은 깊은 생각에 잠겨 있었다.

갑자기 그가 결연한 표정으로 우리를 향해 돌아섰다.

"여러분과 함께 이 방에 있으니 좋네요. 사실 저랑 다른 보이즈는 여기 온 지 한참 됐거든요. 이상한 충동이 우리를 덮쳤어요. 폴리곤 플라자 바깥으로 나가 몇 시간이나 도시를 돌아다니면서 뜨거운 콘크리트에 손을 댔어요. 우리는 단순한 감각의 진실을 갈망해요. 싸우고, 욕망하고, 좋아하는 것들을 가지고 싶어요. 세상의 묵직한 주먹이 우리 각자를 찍어 눌러 인격을 확고히 굳혀주길 바라요. 그런데 모든 게 다 멀리 있어요. 우리는 길거리에서 낯선 사람과 눈을 맞추는 법을 몰라요. 날씨를 즐길 줄도 모르고요. 벽에서 계속 빠져나오는 못이 바로 우리예요. 함께 있을 수가 없어요. 삶에 대한 원초적인 본능을 잃어버렸어요. 이젠 예술에 대한 본능까지도 사라졌어요."

한 젊은 여자가 나른함을 떨치며 격분한 표정으로 선을 노려보았다. 어떻게 감히 나를 지루하게 만들어? 네 존재에 경탄하는 것마저 잊어버리게 할 만큼? 긴박감에 찬 자신의 말을 일행이 전혀 이해하지 못하고 있다는 사실을 깨달은 선의 얼굴에 그림자가 드리웠다. 그는 목소리를 높였다.

"우리는 한때 음악 교수의 생각을 신성한 법처럼 여겼어요. 그런데 이제는 그분이 틀렸을지도 모른다는 생각이 들어요. 보시다시피 우리의 존재는 너무 얇게 퍼져버렸어요. 어디서부터 시작해야 할지 몰라서 여러분에게 어떻게 다가가야 할지도 더 이상 모르겠어요. 그래서 오늘부터 6일 동안 폴리곤 플라자를 개방하기로 결정한 거예요. 여러분은 10층을 뺀 모든 곳을 둘러보실 수 있어요. 10층은 보이즈와 저도 출입이 금지된 곳이거든요. 자유롭게 돌아다니며 저희 곁에서 창조를 함께 해주세요―여러분의 경험으로 저희에게 활력을 불어넣어주세요. 여러분이 누구인지 알려주세요. 어떻게 사는지도 들려주세요. 여러분이 공유해주신 모든 것을 저희가 통합된 하나의 예술 작품으로 표현할 거예요. 다른 보이즈도 곧 합류할 거랍니다. 비너스는 여러분의 얼굴을 탐구할 수 있게 되어 들떴대요. '그리스 조각' 같을 거라나. 머큐리는 여러분에게 들려드릴 말을 아끼기 위해 침묵을 지키고 있고요…… 어쨌든,

존댓말은 버리고 서로 자유롭게 얘기하도록 해요. 우린 결국 예술의 동지들이니까요. 자, 편하게 움직여봐요."

나는 바퀴벌레가 담긴 그릇을 정면으로 맞닥뜨린 기분으로 한 발짝 뒤로 물러섰다. 흥분한 이들이 웅성거리기 시작했고, 몇몇은 불안한 마음에 눈물을 흘릴 기세였다. 그러나 회사원은 여느 때와 다름없이 돌처럼 굳은 얼굴이었다. 그는 일행에서 떨어져 나와 선에게 한 걸음 다가섰다.

"이렇게 될까 봐 두려웠어." 그가 말했다. "지난 1년 동안 너만 바라봤어. 내 소년, 딱 너만. 넌 단순하지. 그게 네 성격의 아름다운 진실이야. 네 화려한 언변과 너그러운 변덕―거기에 깃든 거짓이 나를 괴롭게 해. 이젠 완전히 끝장났구나. 우리 단둘이서 네 미래에 대해 얘기해보는 건 어떨까? 여기선 조심해야 하거든. 이 사람들의 더러운 손을 네 몸에 닿게 두지 마. 혹시 몰라, 범죄자이거나 매춘부이거나 짐승일지도―"

나는 엘리베이터로 도망쳐 10층을 눌렀다.

도착한 곳은 탁 트인 전망을 지닌 작은 방이었다. 방금 내린 엘리베이터와 똑같은 모양과 크기였다. 두 공간은 각각 피라미드 모양의 반쪽을 이뤘다. 몇 걸음만 걸어가면 햇볕에 따스하게 데워진 유리 벽에 이마가 닿을 듯했다. 내가 서 있는 곳은 폴리곤 플라자의 꼭대기였다.

몇 킬로미터 앞에 세상이 펼쳐져 있었지만 어느 것 하나 아름다운 것이라곤 없었다. 죄다 같은 크기에 칙칙한 회색빛을 띤 아파트 단지 수십 개가 머리카락의 빳빳한 촉처럼 땅에서 솟아나 있었다. 높은 곳에 서서 보니, 정확히 일렬로 늘어선 건물들이 내 명령을 따라 그곳에 서 있는 것처럼 보였다. 아파트 너머에는 산업 발전소가 자리했다. 높은 굴뚝이 세 개나 있었다. 그 밑에 자리한 비계 구조물에는 빛이 어른거리고 있었다. 아파트 건물과 마찬가지로 사람이 없을 리가 없는데 단 한 명도 보이지 않았다. 세 굴뚝에서 각각 연기 기둥이 솟아오르더니 자체 무게로 인해 옆으로 스러져갔다. 그러면서 점점 두터워지고 색이 짙어지며 윤곽이 뚜렷해졌다. 스스로 활력을 되찾은 셈이었다. 풍경 속에서 움직이는 건 오직 연기뿐이었다. 다만 거기에는 생존을 향해 필사적으로 내뻗는 절박감과 자연의 순환에 수반되는 예측 불허의 잔혹함이 부재했기에 어딘가 아직 살아 있는 것이 방출되는 것처럼 보였다.

나는 아파트 단지를 훑어보았다. 그때 뭔가 움직였다. 건물 꼭대기 층에서 팔 하나가 튀어나와 손목을 느리게 흔들고 있었다. 내가 눈길을 주자마자 손은 움직임을 뚝 멈췄다. 그런 다음 사라졌다. 나는 그 손이 창가에서 어두운 방 안으로 미끄러지듯 들어가는 모습을 상상했다. 아마 이제는 설거지를 하거나 셔츠를 다림질하고 있을지도 몰랐다. 금속과 콘크리트로 이루어진 이 모든 방벽 안쪽에서 수백 개의 손들이 무언가를 향해 벌리고 움켜쥐고 치고 쓰다듬으며, 무용수의 것과도 같은 아름다운 몸짓에 닿기를 갈망하고 있구나, 나는 깨달았다. 그러다 곧장 건물이 무너지며 그 수백 개의 손들이 전부 쏟아져 나와 뭐라도 붙잡으려 허공을 향해 움켜쥐는 장면이 상상되었다.

문과 내가 드디어 같은 장소에 있다는 확신에 전율하며 나는 유리 벽에서 물러났다. 폴리곤 플라자도 아니고 서울도 아닌 훨씬 더 거대한 차원 속 장소, 개인들 간의 마주침이 깊이 무른 복숭아 과육처럼 풍성하고도 산화되기 쉬운, 헤아릴 수 없이 막대한 가능성의 장. 나는 저 멀리서 쿵쿵대는 그를 느낄 수 있었다. 나와 똑같은 황야를 배회하며, 나처럼 지도 없는 망명객인 그를. 드디어 제대로 찾아온 것이다. 그러나 이곳은 정확한 장소이기에, 바로 그 이유로 가장 무시무시하며, 길을 잃기도 쉬운 곳이었다.

등 뒤에서 엘리베이터가 열리는 소리가 들렸다. 나는 묵묵히 항복했다.

엘리베이터 안에서 검은 정장 차림의 남자는 위쪽과 아래쪽 버튼을 동시에 눌렀다. 두 개의 버튼이 불가사의한 동의의 표시로 두 번 깜빡이더니, 엘리베이터가 수직 하강하기 시작했다. 폴리곤 플라자의 로비를 지나 땅속 깊숙한 곳까지.

나는 끝이 어딘지 알 수 없을 정도로 거대한 방에 들어섰다. 방은 큼직한 구역들로 나뉘어 있었고 각 구역마다 천장에 매달린 등이 불을 밝혔으며 그 사이에는 어둠이 짙게 깔려 있었다. 어느새 나는 검은색 가죽 트렌치코트가 걸린 모자걸이만 덩그러니 놓인 작은 직사각형 불빛 아래 서 있었다. 바로 앞쪽에는 푸른 오버사이즈 정장 차림으로 책상 뒤에 앉은 음악 교수가 보였다. 등 뒤에는 책꽂이가 탑처럼 솟아 있었다. 오른쪽으로는 조명이 켜진 사주식 침대가, 왼쪽에는 주방이 있었다. 이 지하실은 벽 하나 없는 음악 교수의 아파트구나, 나는 깨달았다.

음악 교수는 책상 맞은편에 놓인 의자를 향해 손짓했다. 나는 입구를 지나 그녀의 사무실로 들어섰다.

"위층 멋지지?" 그녀가 말했다. "어렸을 때, 다락방에 살면서 가족들 머리 위 높은 곳에서 책 읽는 게 꿈이었어. 그만큼 멀리 떨어져 있고 싶었던 거지. 10층 방은 그 꿈을 뒤늦게 실현한 공간이야. 그 방이 없었다면 폴리곤 플라자는 존재할 수 없었을 거야. 나는 매사를 위에서 아래로 설계하거든."

그녀는 팔을 책상 위에 올려놓고 머리를 기울여 손으로 받쳤다. 화장기가 전혀 없는 얼굴에는 긴장이라곤 찾아볼 수 없었지만, 이목구비 자체는 공격적이고 날카로워 보였다—총알 없는 총처럼. 눈꼬리에서 돋아난 주름들은 계속되는 피로를 드러내면서도 섬세함과 강인함, 스스로의 모순 속에서 편안해하는 태도가 동시에 느껴지는 독특한 매력을 풍겼다. 언제나 자신이 원하는 걸 직접적으로 요구하고, 거절의 굴욕으로부터 스스로 자유로워진 사람임을 직감할 수 있었다.

"당신 좀 재밌네." 그녀가 말했다. "왜 일행에서 벗어난 거지?"

목소리에는 쌀쌀맞은 기색이 없었다. 전적으로 솔직하게 말해야만 한다는 것을 나는 알고 있었다.

"보이즈와 콜라보하고 싶지 않아요." 내가 말했다.

"하지만 팬이잖아. 아니라면 왜 추첨에 참여했겠어?"

"나는 문을 찾고 있어요."

그녀는 머리를 받치고 있던 손을 내렸다.

"아—" 그녀는 서글프게 말했다. "문을 사랑하는구나. 그런데, 말해봐요. 연습실에서 그를 만날 수도 있는 거 아니었을까? 소문은 들었을 텐데."

"한 번도 소문 믿은 적 없어요. 문이 컴백 안 한다는 거 알아요. 다른 보이즈는 끝났어요. 그들에겐 희망 없어요. 문은 이런 프로젝트에 절대로 동의 안 할 거예요."

"이런 식의 협업은 그 애로선 상상도 할 수 없는 일이었겠지." 그녀는 은은하게 놀란 기색이었다. "문은 타협을 모르거든. 근데 다른 사람들한테 뭘 요구할 줄도 몰라. 그 애의 작업은 훨씬 더 섬세하지. 문이 다른 애들 곁에 존재하는 것만으로도 각자가 지닌 가장 독립적인 영혼의 면면을 강화하는 화학물질 역할을 했지. 그래서 개개인 사이의 철학적인 융합이 탄생할 수 있는 깊은 갈등의 골이 만들어졌어. 하지만 이제는 문이 없으니 보이즈는 다시 개별적인 재능으로 흩어져버렸지."

"당신도 문을 사랑하네요." 내가 말했다.

"당신처럼은 아니고." 그녀가 말했다. "좀 달라. 시간이 너무 많았어. 비밀스러운 전환이 너무 잦았지. 가끔 보면 참 까다로운 애야. 자기가 지나온 과거의 삶들을 의식적으로 계속 품고 있었고 현재라는 얇은 봉투 안에서 그 기억들을 화해시키려 애썼지. 내 작업 방향이 바뀐 건 전적으로 그 애 때문이야. 문은 나를 소진시켰어. 그 애를 내 사무실에 못 들어오게 한 적도 여러 번이라니까. 상상이 돼요?"

"아뇨. 하지만 나는 도전하고 싶어요. 그를 새롭게 사랑하고 싶어요. 매 순간."

"난 더 이상 그럴 힘이 없어." 그녀는 의자에 등을 기대며 말했다. "한때는 분노만으로도 침대에서 손바닥 뒤집 듯 휙 빠져나올 수 있었지. 지금 내가 보이즈에 둘러싸여 사는 건 그 애들이 나보다 훨씬 더 강하고 아름답기 때문이에요. 마법처럼 온전한 조각들로 부서진 내 에너지가 바로 그 애들이지. 하지만 이제 내 작은 별들은 점점 소멸하고 있어. 10층 방을 그 애들이 언제 마지막으로 가봤는지 기억도 안 날 정도니까. 그런데 문은―마지막 날까지 매일 아침 올라갔지."

"선은 보이즈가 그 방에 못 들어갔다고 했어요."

"그렇게 표현하니 재밌네." 그녀는 눈을 번뜩이며 말했다. "아니, 내 규칙은 간단해. 그들은 반드시 10층으로 소환되어야만 한다는 것. 이 문제에 대해선 선택의 여지가 없는 것처럼 느껴야 한다는 것."

"거기서 무슨 일이 일어나는데요?" 내가 물었다.

"그건 내 권한 밖의 일이야." 그녀는 단호하게 말했다. "사람마다 자기한테 내려오는 걸 받아들이는 방식이 다르게 마련이지. 저 위에 있는 무언가에 도달하는 방식도. 그게 뭔지는, 누가 말할 수 있겠어?"

우리 사이에 침묵이 흘렀다. 그녀의 마지막 문장이 저 멀리 방의 구석에서 울려 퍼지고 있었다. 여기에는 그녀 혼자 사는 게 확실했다.

"아직도 이해 안 가는 게 있어." 음악 교수가 말했다. "문을 찾고 있다면서. 그런데 돌아오지 않을 거라는 걸 알면서도 왜 여기 폴리곤 플라자에 있는 거지?"

"그가 어디 있는지 몰라요." 내가 말했다. "내가 아는 건 그가 있었던 장소들밖에 없어요. 하지만 결국 찾을 걸 알아요. 10층 방에 있을 때 이상한 일이 있었어요. 한 장소를 떠나 다른 장소로 들어가는 느낌을 받았어요. 그 다른 장소에 문이 있었어요. 확실해요."

그녀는 나를 향해 눈을 가늘게 떴다.

"이상하네." 그녀가 말했다. "당신은 그를 닮았어. 하지만 세상엔 인간이 너무 많으니 그중 수백 명쯤은 문을 닮았다고 보는 게 타당하겠지. 당신은 슬픈 느낌으로 닮았어." 교수는 손을 뻗어 내 흰 머리카락 끝부분을 들어 올렸다. "이것 봐요. 머리카락이 도와달라고 소리 지르고 있네." 그녀는 내 스웨터에서 부스러기를 탁탁 털었다. "크래커 우적거리고 있었던 건가? 날씬해지게 해주는 크래커 따위가 있기라도 해요? 당신이 문과 닮지 않았더라면 더 좋았겠다 싶군."

"내가 실패하는 곳에서 그는 성공해요."

"있잖아." 그녀는 딱딱한 목소리로 말했다. "그 애도 그냥 인간이야. 세상에 나온 인간."

나는 허리를 펴고 앉았다. 문의 위치에 대해 뭔가를 들은 건 처음이었다.

"세상 어디요?" 내가 물었다. "제발 나를 거기로 데려가 주세요."

"당신 얼마나 운이 좋은지 모르겠어? 당신은 문을 몰라. 그러니까 알 수 있다고 생각하지. 한 번도 그를 만나본 적 없으니까 언제나 문은 실존적으로 온전한 상태로 당신을 기다리고 있다고." 그녀의 분노는 나를 넘어서는 전면적인 것이었다. "가끔은 문이 태어나지 않는 게 더 나았겠다 싶어. 그럼 여전히 가능한 존재였을 텐데. 완전히 소진되지 않았을 텐데."

"나는 온전함을 원하지 않아요." 내가 말했다. "나는 어려움을 원해요."

음악 교수는 잠시 말이 없었다.

"신분증 보여줘봐요." 그녀가 말했다.

나는 O의 신분증을 건넸다.

"늘 문이랑 닮았던 건 아닌가 보네." 그녀는 혼잣말하듯 말했다. "성형수술이라도 한 건가? 부끄러워할 거 없어요. 오히려 좋은 생각이지."

그녀는 재킷 안주머니에서 종이 한 장을 꺼내 내게 내밀었다.

"이게 문이에요." 그녀가 말했다.

나는 종이를 손에 쥐었다. 초음파 사진이었다. 그동안 문의 신체 내부가 담긴 포스터를 벽에 붙일 생각을 왜 못 했던 걸까? 하지만 무슨 배치인지는 전혀 읽어낼 수가 없었다. 어떤 신체 부위를 보고 있는 건지조차 알 수 없었다.

이 사진이 지도 역할을 한다면, 문은 외국의 낯선 도시에서보다 자신의 몸 안에서 길을 잃을 가능성이 더 높을 것이었다.

사진을 돌려주려 하자 음악 교수는 손사래를 쳤다.

"일단 가져가요." 그녀가 말했다. "신원 확인에 도움이 될 만한 다른 정보는 나한테 더 없는 것 같으니까."

나는 아무 말도 할 수 없었다.

"당신이 느끼는 걸 나도 느끼고 싶군." 음악 교수가 한 손으로 머리를 받치며 말했다. "문(門)이 열리는 느낌. 경험의 정점에 서 있는 듯한 느낌. 그걸 다시 느끼고 싶어서 죽겠어. 사실, 당신이 폴리곤 플라자에 남는 게 나았을 거라는 후회를 하게 된다 해도 난 놀라지 않을 거야."

"그게 무슨 말이에요?" 나는 불안하게 물었다.

그녀는 눈을 감았다.

"머릿속이 훨씬 낫잖아." 그녀는 말했다.

그런 다음 멀리, 멀리 떠났다.

9
생크추어리

검은 양복 차림의 남자는 폴리곤 플라자에서 나를 태우곤 맹렬한 속도로 차를 몰았다. 어디로 가는 거냐고 묻자 그는 내 말을 무시하고는 라디오 소리를 키웠다. 지지직거리며 연결된 통화에서 한 여자가 호스트에게 말하길, 우리 집 현관에 늘어선 신발들이 수치스러워요, 그중 어느 것도 나를 사랑하는 남자의 것이 아니어서요.

우리는 허물어진 건물들로 황폐한 소도시를 지나 텅 빈 도로로 들어섰다. 한 시간이 넘도록 인간의 흔적은 어디에도 보이지 않았다. 풀이 우거진 오르막길을 덜컹대며 오르자 푸릇한 산으로 둘러싸인 호수가 시야에 들어왔고, 그 순간 자연이 잘못된 종류의 문과는 어울리기를 거부한다는 깨달음이 짜릿하게 찾아왔다. 그의 얼굴이 무난하게 걸릴 만한 곳은 어디에도 없었고, 그가 광고할 만한 것은 아무것도 없었다. 풍경은 내가 도착할 것을 알고 값싼 복제품을 모조리 쓸어내며 그의 이미지를 전부 비워내고 있었다. 이제 머지않았다. 말끔한 풀이 주는 충격 사이로 온전한 모습의 그가 오만불손하게 몸을 쭉 내밀고 우뚝 솟은 모습을 보게 될 것이다.

차는 나무 기둥을 맞물려 지은 2층짜리 집 앞에 멈춰 섰다. 검은빛 굽은 기와지붕과 돌탑, 사방으로 길게 뻗은 한옥은 빅토리아 시대 대저택의 웅장한 위용을 뽐내는 듯했다. 현관에는 험악한 표정을 한 중년 여자가 기다리고 있었다. 문과 나 사이에 또 한 명이 서 있단 말인가? 나는 계단을 오르며 냉랭한 결의에 차올랐다. 그런데 이 낯선 여자는 우리가 몇 년 만에 만나는 반가운 사이인 것처럼 나를 끌어안았다.

"안 좋아하고 못 배기지." 여자가 말했다. "사랑 때문에 여기까지 온 사람인데."

너무 놀라 아무 말도 나오지 않았다. 꽃 내음이 진동하는 향수 냄새 때문에 더욱 역해져 버둥거렸다. 하지만 여자는 나를 놓아주지 않았다. 갑자기 극도로 피로해진 나는 안도의 한숨을 내쉬며 그녀의 품에 안겼다.

"우리 생크추어리는 방문객을 거의 허용하지 않는답니다." 그녀가 말했다. "문에게 딱 한 번 예외를 두었고, 이제는 당신을 위해 한 번 더 그래야겠네요." 여자는 뒤로 물러선 이후에도 내 어깨 위에 두 손을 올리며 몸을 가까이 유지했는데, 손가락에 주렁주렁 실린 자질구레한 반지들 때문에 많은 휴식이 필요해 보이는 손이었다. 사나운 붉은색으로 염색한 머리카락은 머리 위로 높이 말려 있었고, 실크 재질의 꽉 끼는 드레스는 여자의 아름다운 자태를 방조한다는 명목으로 견뎌야 하는 실존적 불안정성을 개탄하는 듯 통통한 몸이 움직일 때마다 쉭쉭 한숨을 내쉬었다. 얼빠진 듯 바라보지 않을 수가 없는 사람이었다. 이러나저러나 그녀 역시 관심받는 걸 좋아하는 게 분명했다. 드레스를 타고 내려가는 내 눈길을 호기롭게 따라갔으니까.

"날 기다리고 있나요?" 내가 물었다.

"난 아무 말도 안 했는걸. 슬레이트는 아직 깨끗해. 당신의 환상을 펼칠 무대와 대단한 사랑을 받는 귀한 가젤을 드디어 궁지에 몰아넣을 기회─그게 내가 도와줄 수 있는 전부예요."

"알겠어요." 나는 결연하게 고개를 끄덕였다. "모든 게 잘못되면 다 내 탓이 된다는 거죠."

"바로 그거지." 여자가 내 얼굴을 쓰다듬으며 말했다. "망아지처럼 떨고 있네. 한동안 아무도 자기를 안 만져줬나 보구나? 부끄러워하지 마. 사랑을 연습하는 거야말로 사랑을 망치는 일이거든."

그 말과 함께 그녀는 우아하게 몸을 빼낸 다음 그만하면 충분하다는 듯 내 뺨을 가볍게 때렸다. 나를 더 난폭하게 다루었다 해도 신경 쓰지 않을 거였다. 백 년에 한 번 나올까 말까 한 여자였으니까.

"준비됐어?" 여자가 물었다.

"당연히 아니요." 내가 말했다.

"나도." 그녀는 형언할 수 없는 감정이 깃든 눈으로 숨을 훅 들이마셨다. 다시 숨을 내쉬기까지, 덜컥 걱정될 만큼 오랜 시간이 걸렸다. 평정심을 되찾은 그녀는 당차게 현관문 쪽으로 향했다. "가까이 있어요. 여기선 길을 잃기 쉬우니까."

나는 여자를 따라 세련된 취향으로 꾸며진 방으로 들어섰다. 문은 어디에도 보이지 않았다. 대신 얼굴이 보이지 않을 정도로 등을 깊이 수그린 백발의 남자가 휠체어에 앉아 있었다. 그는 흥분한 포유류처럼 숨을 몰아쉬고 있었는데 그 바람에 바퀴가 바닥에 마찰하며 앞뒤로 삐걱거렸다. 그 옆에 놓인 긴 안락의자에는 눈썹을 만화처럼 그린 늙은 여자가 등을 기대고 있었다. 관자놀이를 타고 죽 흘러내리는 검은 선으로 보아 마치 그날 아침 거울에 비친 스스로에게 화가 나 있었던 듯했다. 여자는 입을 떡 벌린 채 정면을 바라보고 있었다. 부부일 수도 있고 아닐 수도 있는 두 사람은 우리가 들어온 걸 눈치채지 못했다. 어떤 대화도 오가지 않았다.

"저 사람들 왜 저래요?" 내가 말했다.

"뭐라고?" 여주인이 말했다. "내 환자들한텐 아무 문제도 없어. 본인들 잘못이 아니지만 다시금 아이가 된 거지. 사람들은 미래를 내다보면서 솔메이트를 찾느니 프랑스로 여행을 가느니 하지, 치매에 걸릴 거라곤 상상하지 않잖아?"

이곳에서 세 명의 치매 환자를 보살피고 있다는 여자의 설명이 이어졌다. 요양원도 아니고 병원도 아닌 생크추어리는 여러모로 법의 테두리를 벗어나 있었는데, 가장 큰 이유는 자칭 간병인이 한 번도 관련 교육을 정식으로 받은 적 없다는 사실이었다. 더군다나 그녀는 의료 장비를 일절 두지 않았다―"멋이 없잖아." 간병인은 이렇게 말했다. "재미도 없고." 일리가 있는 것이, 그녀의 환자들은 대학 병원의 첨단 장비에 연결된 채 꾸역꾸역 1년을 더 버틸 수는 있을지 몰라도, 여기서 사랑받는다는 기분을 거기선 100분의 1도 느끼지 못할 것임을 간병인은 마음 깊이 알고 있었다.

"남은 시간이 얼마 없으니 그동안 내가 꾸린 작지만 강렬한 낙원을 환자들이 실컷 즐겼으면 좋겠어." 그녀가 말했다. "감각적 쾌감을 극대화하기 위해 에어컨은 강풍으로 틀어놓으면서 바닥 난방은 따뜻하게 유지하지. 내 환자들은 왕처럼 식사해요. 오늘 메뉴는 랍스터 꼬리야. 난 절대 잊지 못할 활동을 기획하는 것도 좋아해. 리나 양이 말을 타는 것도 봤고……."

그녀는 휠체어 탄 남자의 옷깃을 매만져주고 머리를 쓰다듬으며 야단법석을 떨기 시작했다. 아직도 얼굴은 드러나지 않았지만 남자의 턱에서 침 한 가닥이 길게 늘어지고 있었다. 어쩌면 나에게 보내는 메시지일지도 몰랐다. 다른 방식으로는 전할 수 없는 생각을 끈적거리는 점성으로 담아 누설하는.

"문." 쉰 목소리로 나는 말했다. "당신이에요?"

간병인은 날 선 눈초리로 내 쪽을 돌아보았다.

"사랑에 콩깍지 씐 건 알겠는데, 제발 내 환자들을 자기 망상의 일화로 삼지 말아줘. 이분은 틀림없이 고운 씨라고. 애를 쓴다 해도 다른 사람이 될 수가 없어. 아무나 흉내 못 내는 영혼을 지녔으니까." 그녀는 목소리를 높였다. "그렇지요, 고운 씨?"

노쇠한 남자는 공룡 같은 힘으로 상체를 일으켜 세웠다. 얼굴에는 맨 위부터 맨 아래까지 주름이 새겨져 있었다. 평생을 격정적인 감정에 휩싸여 살아왔을 게 틀림없다. 그만큼 굉장한 사랑과 불의가 그를 덮쳤으리라. 간병인은 손수건으로 턱에 묻은 침을 닦아주려 허리를 굽히며 마치 키스를 요청하는 듯 입술을 내밀었다. 정말이지 되는대로 유혹하는 여자였다. 인간 한 명 한 명마다 매번 다르게 접근하는 게 아닌, 삶 자체가 굉장한 유혹이었으며 오직 죽음만이 그녀를 단념시킬 터였다. 침을 다 닦아낸 다음 그녀는 축축한 손수건을 브래지어의 레이스 컵 안에 집어넣었다.

"고운 씨, 문이 어딨는지 아세요?" 그녀가 물었다.

"나도 알고 싶어." 그가 중얼거렸다. "근데 정말 모르겠어."

웅성대는 소리에 안락의자에 늘어져 있던 여자가 부스럭대며 움직였다. 몸이 어찌나 얇은지 솜으로 감싼 정강이뼈 정도로 보일 지경이었다. 세상에 그 어떠한 영향력도 끼칠 수 없을 것 같았다.

"문?" 그녀가 꽥 외쳤다. "대체 문이 누구야?"

"리나 양." 간병인이 나무라듯 말했다. "문이 나타났을 때 어디 얼마나 차분하게 계시는지 보자고요. 어젯밤만 해도 그 애의 무릎 위에 앉아서 아주 편안해하셨잖아요."

간병인은 고운 씨의 휠체어 손잡이를 잡더니 모두에게 방에서 나오라고 손짓했다. 나는 어안이 벙벙한 채 그녀를 뒤따라 나섰다.

"근데 문이 왜 여기 있는 거예요?" 내가 물었다.

"내가 딱 하나 아는 건 그가 평화롭고 고요하게 살 수 있는 곳이 필요했다는 것뿐이야." 그녀는 어깨를 으쓱하며 말했다. "음악 교수는 인간에 대한 기이한 감각을 지녔지. 한 인간이 다른 인간에게 뭘 줄 수 있는가에 대한 거 말이야. 난 춤추고 노래하고 어쩌고는 아무 관심 없으니 그를 가만히 내버려둘 거라는 걸 알았던 거지."

그녀는 리나 양의 등을 힘차게 두드린 다음 몹시 못마땅한 표정으로 나를 돌아보았다.

"그건 그렇고, 어떻게 연예인이랑 사랑에 빠질 수 있는 건지 나는 정말 이해가 안 돼. 우리가 이제 그럴 나이는 아니잖아, 안 그래?"

간병인은 우리를 끝없이 이어지는 복도로 안내했는데, 여기저기로 뻗치는 생크추어리의 내부 공간들은 바깥에서 보았던 집의 크기와 도무지 일치시킬 수가 없었다. 내부에서 공간이 증식하는 것 같았다. 머리 위에서는 흥겨운 판소리가 나직하게 흘러나오고 있었다. 그 풍성한 음악으로 인해 생크추어리는 격식을 갖춘 역사박물관 같은 느낌을 풍겼는데, 어떤 역사를 모아놓은 것인지는 알 수 없었다.

학창 시절부터 알고 지냈다는 음악 교수처럼 간병인 역시 몇 년 전 삶의 행로를 완전히 틀었다. 생크추어리를 열기 전까지 그녀는 남편을 향한 '음탕한 욕망'을 가진 태평하고 빈둥대는 가정주부였다. "좋은 시절이었지." 그녀는 미간을 찌푸리며 한마디로 갈음했다. 그러나 남편의 정신이 저 멀리로 떠나가기 시작했고, 그녀는 한 사람의 인간성이 일궈온 방대한 역사가 벽에 난 조그만 구멍으로 빠져나가려다 굴욕적인 반죽이 되어 나오는 모습을 속수무책으로 지켜봐야 했다. 설상가상으로 그의 병은 그가 죽음을 맞이할 날, 스스로의 인생이라는 게임에서 얼마나 심각하게 패배했는지 깨닫는 데 필요한 실낱같은 의식 한 가닥만큼은 보장해주고 말았다.

"세상살이에 느낀 외로움 때문에 내 마음은 이상한 데로 뻗쳤지." 간병인은 말했다. "생크추어리를 여는 것 말고는 별다른 수가 없었어. 여긴 정서적 친족주의에 바친 내 필생의 역작이야. 치매에 관한 갖은 참혹한 사연이 담긴 지원서만 만 부 넘게 받았을걸. 그중 가장 마음에 드는 환자 세 명을 받고 나머지는 쓰레기통에 버렸지. 고운 씨, 리나 양, 수국 씨가 내 곁에 있으니 남은 평생을 지극정성으로 돌볼 계획이야. 다른 사람은 한 명도 받지 않고."

그녀는 늙은 것만으로도 충분히 나쁜데 거기에 제멋대로 구는 정신, 악동 같은 창의력, 그리고 점점 더 폴리에스테르화되는 문화의 해안가에서 그녀의 환자들처럼 썩어가는 혹투성이의 흉측한 잔해가 된 몸이라면 더욱 암담하다고 했다.

"모두가 받고 싶어만 하고 주려는 사람은 아무도 없어."
그녀가 말했다. "사람들은 손길을, 센세이션을, 깊이를 갈
망해. 하지만 아무도 그들을 충족시킬 순 없어. 그들이 애
원하는 사람들은 또 다른 사람들한테 애원하느라 바쁘거
든. 세상이란 뭐다? 애원의 사슬이다. 난 이 악순환의 고
리에서 내 환자들을 꺼내 온 거야. 그들이 바라는 대로 세
상을 만들지. 너무도 오랫동안 감내해야 했던 가혹한 불
균형을 상쇄하기 위해 삶에 과도한 에너지를 불어넣어주
는 거야."

뼈가 앙상한 손이 팔에 닿자 나는 소스라쳤다. 고개를
돌리자 리나 양의 텅 빈 회색 눈동자가 깜짝 놀랄 만큼 가
까이 있었다.

"내 남동생 소식 들었어?" 그녀가 물었다.

"죄송하지만 할머니 남동생이 누군지 저는 전혀 몰라
요." 내가 말했다.

"찾아야 돼. 지금 당장 가봐야겠어."

그녀는 일행에게서 멀어지려고 몸을 돌렸지만 그곳엔
벽이 있을 뿐이었다.

"어디 있는데요?" 내가 물었다.

"팔이 아파서 내가 내려놨거든. 근데 놓쳐버렸어. 주위
에 사람이 너무 많았어. 우리 다들 도망치느라 바빴거든.
내 팔만 더 튼튼했어도 모든 게 달라졌을 텐데…… 정말

소식 못 들은 거 맞아?"

"리나 양." 간병인이 끼어들었다. "앞장서주시면 어때요? 오설 양이 여기 새로 왔거든요."

노파가 비틀거리며 복도를 따라 걷는 동안, 간병인은 그녀가 '남동생' 얘기를 꺼내기 시작한 건 정신이 눈에 띄게 쇠하면서부터였다고 설명해주었다. 기이하게도 일상에서 가장 사소한 것들을 의식에서 놓치고 난 후에야 한평생 잊어버리려 애썼던 사실이 기억난 것이다. 남편과 자녀들은 그 남동생 얘기를 들어본 적도 없고, 그런 사람이 실존했는지조차 확실하지 않다고 했다. 그들의 의견이 중요한 건 아니었다. 가족들은 한 번도 리나 양을 방문한 적 없다고 간병인은 꼬집어 말했다.

기나긴 복도 끝으로 마침내 문이 세 개 달린 대기실이 나타났다. 환자들이 '무엇이든 할 수 있는' 방들로 이어지는 곳이었다. 간병인에 따르면 이 공간들은 메마른 현대적 풍경에 난 균열이자 환자들이 야생 꽃처럼 피어나는 '아틀리에'였다. 그녀가 보살피는 이들은 바깥세상에선 치매 환자로 불렸으나, 여기서는 칭송받는 예술가들이다.

간병인은 우리를 고운 씨의 아틀리에로 안내했다. 벽에는 정체를 알 수 없는 울룩불룩한 물체를 사소한 변주들로 반복해 그린 연필 스케치들이 잔뜩 붙어 있었다. 간병인의 설명이 없었다면 그 물체가 스틸레토 힐이라는 걸

꿈에도 짐작하지 못했을 것이다. 고운 씨는 더 이상 직선을 그릴 수 없었다. 그러나 여성들에게 다리가 길어지는 감각의 기쁨을 선사하는 신발 디자이너로 많은 사랑을 받았던 예전에는 달랐다. 그는 늘 자신의 이상적인 고객은 '도도한 아가씨들'이라고 말하곤 했다. 그의 작품 덕에 아름답고도 비틀거리는 건물로 변모한 여성들은 마침내 진정한 욕망에 굴복하고, 마땅한 남성의 품을 향해 전략적으로 무너질 수 있었다. 이것이 온 세상 러브 스토리를 설계하는 고운 씨만의 방식이었다.

간병인이 특별히 제작 주문한 최신 디자인 구두를 전시해둔 유리 진열장을 향해, 휠체어에 탄 노인이 놀라울 정도로 힘차게 움직이는 모습을 나는 지켜보았다. 신발은 구부정하게 왜곡된 형태였다—뒷굽은 애처로운 몽당연필처럼 좁았고, 앞코 밑창은 그 네 배쯤 넓었다.

"한번 신어볼래요?" 간병인이 물었다. "자기한테 잘 어울릴 것 같은데."

"넘어질 것 같아요." 나는 허망하게 말했다. "누구 품에도 못 안기고."

대기실로 돌아왔을 때 리나 양은 허공에서 무언가를 감지한 듯 주변을 둘러보며 빙빙 돌고 있었다. 나는 의아한 눈길로 간병인을 돌아보았지만 그녀는 나에게 조용히 하라는 신호를 보내고 두 번째 문에 귀를 가져다 댔다.

그곳은 내가 아직 만나지 못한 수국 씨의 아틀리에였다. 치매 환자치고는 '약간 괴짜'라고 했다. 뭐가 치매의 영향이고 뭐가 본래의 그인지 알 길이 없었다—어쩌면 태어날 때부터 치매가 있었던 건지도. "그럴 수도 있고." 간병인은 애정을 담아 말했다. 삼십대가 끝날 무렵 그는 그간 써온 시를 단 한 편도 발표하지 못했고 두 차례 이혼을 마친 상태였다. 결국 그는 '특이한' 수업으로 악명을 떨치던 고등학교 지리 교사 일을 때려치웠다.

수국 씨는 생크추어리에서 작업을 계속했다. 매일 아침 아틀리에로 가서 학생들이 도착하기를 기다렸다. 그의 교육철학 기조는 모든 학생이 외국에 있는 또래와 장기간 편지를 주고받게끔 하는 것이었다. 내용은 무엇이든 상관없었다. 다만 그의 요구 사항은 절대로 사진을 주고받지 말 것, 전화 통화를 나누지 않을 것, 그리고 펜팔 친구를 만나기 위해 비행기에 오르지 않을 것. 학생들은 수업 시간에 자신이 받은 편지를 소리 내어 읽어야 했다. 우리의 '탐구' 결과를 발표할 준비가 되어 있지 않다면 수국 씨를 방해하지 않는 게 최선이라고, 간병인이 문에서 물러나며 말했다. 노인은 이 과제를 가볍게 여기지 않았다. 애들 장난 따위가 아니었다. 그는 '영적인 서신들', 이러한 '생경한 방문'을 통해 학생들이 완전히 변화하기를 바랐다. 그런 게 정확히 무엇을 의미하는지 간병인은 알 수 없었는데 — 개인적으로는 수업 시간에 가만히 앉아 있기가 힘들다는 게 그녀의 의견이었다.

"고대였다면 수국 씨는 왕국에 이름을 떨친 음유시인이었을 거야. 아주 중요한 인물이었을 거란 말이지." 그녀가 말했다. "하지만 이 시대에는? 아무도 아니야."

마지막으로 간병인은 세 번째 아틀리에로 향했다. 문을 열자 가느다란 빛줄기가 찬란하게 쏟아져 들어왔고, 리나 양은 우리를 밀쳐내며 문틈 사이로 필연적인 액체처럼 스르르 빠져나갔다.

흐드러지게 꽃을 피운 벚나무 수백 그루가 빽빽하게 심겨 있어 아틀리에의 천장이 보이지 않을 정도였다. 다섯 개의 꽃잎이 달린 아름다운 벚꽃 사이로 햇살이 반짝거리며 바닥에 어른어른한 다각형 빛을 뿌려놓았다.

저만치 앞에서 리나 양은 나무 사이를 휘감듯 돌다가 시야에서 사라졌다. 그러는 내내 간병인은 한참 뒤편에서 여유로이 거닐며, 손을 뻗어 노파를 위해 자신이 심은 나무들을 어루만졌다. 나무들이 하도 가까이 붙어 있어 분홍빛 풍성함의 경계를 알 수 없었다. 한없는 뭉게구름이 머리 바로 위에 둥둥 떠 있는 것 같았다. 그러나 때때로 햇살이 그 틈새를 뚫고 쏟아지면 꽃봉오리들은 정열적인 보랏빛으로 타올랐다. 그 순간 꽃들은 종기 난 피부 같은 견고함을 얻었고, 나는 거대한 폐 속에서 고동치는 세포가 된 듯했다.

어느 나무 아래 서 있는 리나 양이 눈에 들어왔다. 내겐 뒷모습만 보이는 채로, 눈물의 사나운 힘에 사로잡힌 어깨가 사시나무처럼 떨리고 있었다. 혼자 있는 줄 알았지만 문득 창백한 형체 두 개가 그녀의 허리를 슬그머니 감싸기 시작했다. 그것은 다름 아닌, 천천히 서로를 향해 뻗어가더니 이윽고 그녀의 작은 등을 꽉 움켜쥐는 두 손이었다. 누군가 몸을 일으켰고, 검은 머리카락이 언덕처럼 노파의 머리통 위에 드리웠다.

"찾는 데 너무 오래 걸렸지. 미안해." 리나 양이 말했다. "여기까지 오느라 얼마나 많은 사람들이며 장소들을 마주해야 했는지 상상도 못 할 거야. 널 잃어버리자마자 내 삶은 널 다시 찾는 것에서 최대한 멀어지려고 애를 썼어. 어떤 사람들은 여기 있으라고 하고 다른 사람들은 저기서 내가 필요하다고 하고…… 근데 무슨 힘으로 혼자 다 버텨낸 거니? 어디 보자. 세상에, 다 컸구나. 이제 네가 날 업고 다녀야겠어. 네 얼굴도―얼마나 영롱하니…… 날 용서해줄 거지? 그렇지?"

"용서하고 말고 할 게 없어요. 평생 누님을 기다려왔을 테니까."

심장이 세차게 뛰었다. 두 번째 목소리가 종처럼 맑게

울려 퍼졌다. 인간의 목소리라고 할 수 없는, 다른 모든 목소리를 우둘투둘한 일탈로 만들어버리는 비현실의 절정과도 같은 목소리였다.

소년은 리나 양의 어깨에 뺨을 댔다. 문과 똑같이 생긴 소년. 통제된 상황 속 연구를 위해 스스로를 바친다는 듯 그는 흰색 리넨 바지에 흰색 티셔츠 차림이었다. 내가 사랑해온 사소한 세목들이 거기 있었다. 도톰한 입술, 너른 뺨, 가느다란 눈동자. 그러나 그가 문과 똑같이 생겼다는 사실로부터 그가 문이라는 생각까지 나아갈 수는 없었다. 사실, 저렇게까지 닮았다는 것 자체가 그가 문이 아니라는 사실을 증명하는 건지도 몰랐다. 유사성은 등가성을 불가능하게 했다. 만약 저 소년이 문이 맞다면, 문과 닮았다는 말을 나는 결코 하지 않을 것이었다. 내가 나를 닮았다고 말하지 않는 것처럼.

발밑에 작은 나뭇가지가 차였다. 무슨 일이 벌어질지 보기 위해 발에 힘을 주었다. 소리가 나자 소년은 고개를 돌렸다. 우리의 삶을 통틀어, 처음으로 문이 나를 바라보고 있었다. 닿을 수 있는 거리에서 마주하게 되면 그에게 사랑한다고 고백할 수밖에 없게 되리라, 언제나 그렇게 생각해왔다. 그러나 나는 그를 향해 뛰어가지도, 한마디 말도 내뱉지 않았다. 우리가 같은 방에 있는 지금, 나는 본능적인 확신을 토대로 그를 사랑할 줄은 모른다는 사실을 깨달을 뿐이었다. 여태껏 이 사랑을 너무도 먼 거리에서, 갈망을 통해 경험해왔으므로. 내 감정에 대한 확신은 여전했지만, 그것은 즉각적인 경험의 손길이 닿을 수 없는 높은 선반 위에 자리한 것 같았다.

내 존재감이 나무 한 그루만큼이나 놀랍지 않다는 듯 그는 표정 하나 변하지 않은 채 눈길을 거뒀다. 몸을 떨며, 그가 나를 보기는 했을까 의구심이 들었다. 하지만 세 걸음만 내디디면 나 역시 그를 품에 안을 수 있다는 데는 의심의 여지가 없었다. 불현듯 돌풍이 불어와 아틀리에 안의 꽃 수천 송이가 우아한 마찰음을 일으키며 흩날렸다. 이 숲을 통과해 내가 결코 경험해본 적 없는 생태계까지 넘나드는 그 소리에 휩싸인 채, 우리가 정말 같은 공간에 있다는 사실이 믿기지 않았다.

"한 번만 더 보자." 리나 양이 말했다. "진짜야? 너무 보고 싶었는데 이렇게 널 찾았다는 게 믿기지 않는단다."

피부 밑에 숨겨진 종양을 찾아내기라도 할 것처럼 그녀는 그의 얼굴을 한껏 쓰다듬었다.

"스스로를 의심하지 마세요." 문이 말했다. "저는 누님이 생각하는 바로 그 사람이에요. 다른 사람이 되는 법은 몰라요."

손님용 방 침대에 누운 채, 아기 천사들이 두꺼운 포도

덩굴에 코와 입을 비비적거리고 있는 장식으로 풍성하게 양각 세공된 천장을 바라보았다. 방이 너무 더워서 속옷만 빼고 전부 벗어 던진 상태였다.

몇 시간 전, 나는 저녁 식사를 하러 가는 대신 방 안 거울 앞에서 멍하니 빈둥대고 있었다. 문이 내 얼굴, 그 날것의 디테일, 내 눈에만 깃든 전매특허 감정을 보았다는 사실에 몹시 들뜨다가도 오싹 소름이 끼쳤다. 간신히 아래층으로 내려갔을 때, 식사실 문 너머로 숨죽인 목소리들이 들려왔다—모두 이미 모여 있는 듯했다. 하지만 나는 도무지 들어갈 수가 없었다. 식사하면서 문에게 "안녕하세요, 만나서 반가워요" 따위의 말을 재잘거릴 생각에 속이 뒤틀렸다. 대체 무슨 이야기를 나눈단 말인가? 입이 헐렁한 기자처럼 왜 은퇴한 거냐고 물어볼 수는 없는 노릇이었다. 내게 필요한 것은 수수께끼 같은 의미로 가득하며 휘뚤휘뚤한, 그러면서도 그에게 풀어 설명해달라고 요청할 만큼 모호하지는 않은 시구절이었다. 내 서툰 드라마에 문을 연루시키고 싶지 않았다. 대차게 패배한 나는 슬금슬금 빠져나와 내 방으로 돌아왔다.

스스로의 어리석음에 얼얼한 충격을 받은 나는 후회로 옴짝달싹 못 하며 등을 대고 누워 있었다.

마침내 잠이 슬쩍 들려는 찰나, 발소리가 들렸다. 나는 화들짝 깼다. 위층에서 누군가 일직선을 그리며 천천히 건고 있었는데, 한 발짝 뗄 때마다 바닥이 삐걱거렸다. 문이다, 나는 직감했다. 조용한 결심, 관능적인 무기력—그여야만 했다. 내 방의 문지방을 넘어가자 소리가 약해졌다. 하지만 다시 돌아왔다. 그는 내 오른쪽 약 1미터 지점에서 불현듯 멈춰 서더니, 발걸음을 옮겨, 이번에는 반대 방향으로 걷기 시작했다. 다락에 머물고 있는 걸까? 만약 그렇다면 그의 방은 아이에게 맞춘 내 방의 두 배 크기인 것 같았다. 내 방은 위쪽 그의 방에 의해 감싸여 있는 셈이었다.

나는 숨을 참고 가만 누워서 이곳에 도착한 이후로 처음 느껴보는 열정의 힘에 생생히 깨어났다.

그는 내 방 위를 왔다 갔다 하면서 내가 있는 위치 가까이에서 점점 더 많이 멈췄다. 내 천장과 그의 바닥을 가르는 나무판자는 우리가 맹렬한 욕망에 서로 부딪히지 않도록 하기 위해 저기 놓여 있는 거였다. 모든 물질의 최종적 균형에 관한 둔탁한 규칙으로 움직이는 세계는 우리의 에너지 축적이 멋대로 되어가도록 결코 방치하지 않을 터였다. 우리는 항상 이렇게 떨어져 있어야 할까? 그래도 우리는 서로에게 의미를 부여했다. 나는 그의 지옥, 그는 나의 천국. 우리는 떨어져 있는 상태로 서로에게 없어서는 안 될 존재였다. 이렇게 그 어느 때보다 가까운 거리에 있으니 이 사실을 새삼스럽게 깨달을 수 있었다. 우리를 갈라놓기 위한 게 분명한 저 나무판자가 어쩌면 우리 관계의 강한 힘을 지지하는 유일한 방법일지도 모른다. 그런데 저걸 영영 파괴해버린다면 무슨 일이 일어날까?

문은 내 머리 바로 위에서 우뚝 멈췄다. 행주 두 개가 서로 맞비벼지는 듯한 먹먹한 소리가 났다. 몸 전체를 내 몸에 더 가깝게 만들려고 바닥에 누운 것일까?

나는 속옷을 벗었다. 턱 밑으로 놓인 내 몸을 바라보았다. 이 몸에는 무슨 일이든 벌어질 수 있었다―어둠 속에서 칼이 날아들 수도 있고, 천장이 예고도 없이 무너져 내릴 수도 있다. 나는 감탄과 연민을 동시에 느끼며 내 배를 손으로 쓸었다. 내 손은―이제 어디로 가야 할까? 낯선이에게 간청하듯 팔뚝을 날카롭게 움켜쥐었다. 나는 나 스스로에게 충분하지 않았고, 내 몸도 내게 충분하지 않았으나 나는 그것이 필요했으며, 그것 없이는 무한한 것을 생각할 수도 느낄 수도 없었다. 나는 빠르게 수축하듯 몸을 옆으로 휙 웅크리고 울음을 억누르려 주먹을 입안에 쑤셔 넣었다. 그러나 울음은 내 목구멍이 아닌 문의 방에서 흘러내려와 나를 압도하며 나를 도구 삼아 튀어나오려는 듯했다.

생크추어리 193

10

연

나는 평소와 다름없이, 세계 어딘가에서 문을 찾아야 한다는 막중한 임무에 직면한 채 낙담하며 깨어났다. 그런데 잠의 몽롱한 안개가 서서히 걷히자, 임무는 생크추어리 어딘가에서 찾으면 된다는 훨씬 더 달성 가능한 것으로 좁혀졌다. 몇 분 동안은 침대에서 빠져나오기 어려울 정도로 정신이 혼미했다.

불현듯, 문이 나 없이 집 안을 돌아다니고 있다는 생각을 견딜 수 없어져 침대에서 일어나 서둘러 옷을 입었다. 아니, 어쩌면 그는 아직 자고 있을지도 모른다. 나는 이 가설을 몇 초 안에 판별할 수 있다는 유리함, 그 순수한 잠재력을 느끼며 들뜬 채로 계단을 성큼성큼 내려갔다.

그러나 문은 식사실에 없었다. 다만 드디어 수국 씨의

모습을 엿볼 수 있었다. 갸름한 얼굴에 매부리코를 지닌 남자로, 남달리 큰 손을 무릎에 가지런히 깍지 낀 자세였다. 그는 자신의 손이 스스로 의도한 것보다 더 많은 것을 성취해버릴까 봐 두려워 세상으로부터 손을 지키고 있는 듯했다. 그의 앞에 놓인 음식은 식어가고 있었다. 리나 양이 소매를 잡아당기자 그는 천천히, 마치 아득히 먼 곳에서 신호를 받은 듯 그녀를 돌아보았다.

"내 남동생 어딨는지 알아요?" 리나 양이 물었다.

"당신은 걱정이 너무 많소." 수국 씨는 덤덤히 말했다. "당신 생각보다 가까이 있을 겁니다."

테이블 저만치에서 간병인은 고운 씨의 식사를 돕고 있었는데, 그는 연신 음식을 뱉어내며 시각을 물었다. 이런 행동이 평소에는 꼿꼿한 저 여자의 심기를 거스른다는 걸 알 수 있었다. 그래도 그녀는 단념하지 않고 그에게 매번 초까지 정확하게 답해주었다.

"내가 어떻게 먹겠어?" 리나 양이 울먹이기 시작했다. "내가 감히 어떻게 먹어?"

"저도 그렇게 자문하곤 하죠." 간병인은 진중하게 고개를 끄덕이며 말했다. "그래도, 여러분 모두가 계속 살아나가시길 바라는 마음이에요. 적극 권장드려요. 삶이 즐거워서는 아니에요. 우리는 절망이 얼마나 압도적인지, 얼음 결정체의 구조처럼 얼마나 완벽히 무의미한지 남들보

연

다 잘 알잖아요. 하지만 우리는 비참한 경험들을 끝까지 바라봐야 해요."

나는 문을 찾아 집 안 곳곳을 배회했지만 이상하게도 다락으로 향하는 계단은 찾을 수 없었다. 그때 돌탑이 떠올랐다. 밖으로 나가자마자 정신병에 걸릴 듯한 태양이 사방으로 수 킬로미터 뻗은, 공작용 점토로 빚은 질감의 호수 표면 위로 작열하고 있어 머리가 핑 돌며 방향감각이 사라졌다. 생크추어리 안에 안온하게 머무는 동안 밖에서 이런 일이 벌어지고 있었다는 것이 믿기지 않았다. 집 주변을 따라 걸으며 돌탑의 위치를 속으로 파악했다. 하지만 다시 안으로 들어가 그 방향으로 움직이려 할 때마다 부엌에 다다르기만 했다. 생크추어리는 명백하게 내 뜻을 거부하고 있었다. 요리나 해, 그것이 말했다. 사랑은 잊어버리고.

리나 양의 아틀리에에서는 벚꽃이 빠르고 체계적으로 썩어가고 있었다. 갈색 덩어리들이 품위 없이 질벅거리며 사방에서 후두둑 떨어져 내렸다. 축축한 죽음들이 잔뜩 쌓인 땅은 햇볕을 받아 모락모락 김이 났다. 이 아틀리에가 계절의 변화에 따르지 않으며 그와 정반대로, 다이얼을 0으로 되돌리는 방향으로 운행되고 있다는 생각이 들 정도로 쇠락은 무자비했다. 그러고 보니 문은 나무 밑에서 나를 기다리고 있지 않았다.

그때 멀리서 발소리가 들렸다.

문이 나를 데리러 와 다른 곳으로 데려가줄 거라는 생각을 그 스스로 의심하지 않기를 바라며 나는 최대한의 매력과 우아함을 그러모아 자세를 바로잡았다. 그러나 내게 다가온 것은 리나 양이었다. 미처 사과의 말을 건넬 새도 없이 그녀는 나를 와락 끌어안더니 전날 문에게 했던 말들을 똑같이 반복했다. 그리고 나는 문이 말한 대로 똑같이 답했다. 어쨌든 리나 양이 나를 남동생으로 믿는 편이, 내가 그녀를 문이라고 믿는 것보다는 더 쉬웠다. 그녀가 몸을 떼고 내 얼굴을 찬찬히 바라보았을 때, 그녀의 눈이 휘둥그레진 것은 믿기지 않는 마음이 아니라 기쁨 때문인 것 같아 보였다. 아마도 나는 그녀의 기억 속 얼굴과 똑같았을 것이다.

어디를 가든 문이 내가 방금 떠나온 곳에 있을 것 같다는 걱정에 초조했다. 그래서 다시금 식사실로 향했다. 거기서 새삼스러운 열정으로 식사하고 있는 수국 씨를 발견했다. 처음 보는 젊은 여자가 리나 양 자리에 앉아 있었다. 낯선 이의 옷차림은 몹시 난잡했다. 밤 문화의 즐거움을 연상시키는 패스트 패션 티셔츠에 카키색 카고 팬츠, 검은색 고무 안전화까지. 차림새에서 느껴지는 격한 혼란의 낌새는 모든 시도를 무색하게 만들었다. 특별한 무언가를 입었다는 생각이 전혀 들지 않았다.

노인은 소녀를 훈계하는 중인 듯했다.

"여기서 나와 함께 있거라. 이미 뛰어난 정신을 더욱더 단련한다면 넌 금방 최고의 자리에 오르게 될 거야. 네 안에는 놀라운 사색가의 씨앗이 보인다. 길 잃은 자들을 위한 타오르는 횃불 같은 존재 말이다."

"저한테는 희망이 없어요, 스승님." 소녀가 말했다. "저는 다른 사람들처럼 평범한걸요. 결정에 직면할 때마다 미적지근한 선택지 두 개를 두고 고민할 수밖에 없어요. 그러면 저는 지쳐 떨어진 채 침대에 쓰러져 누워선 꿈 없는 잠을 자죠."

"네 영혼은 대중을 뛰어넘어야 해."

"제 영혼은 오늘 밤 일터로 다시 돌아가야 해요. 제 영혼은 돈이 필요해요. 더 큰 아파트도요."

나는 소녀에게 매료된 채 두 사람의 맞은편에 앉았다. 작고 강인한 몸은 선원의 것 —밧줄을 당기는 단단한 팔, 절대로 균형을 잃지 않는 자세— 같았다. 하나로 두껍게 땋은 검은빛 머리카락은 목 옆을 휘감으며 배까지 내려왔다. 피부는 곤충 날개처럼 투명했지만, 그 투명함에 순진함은 전혀 존재하지 않았다. 대신 어떤 보호막도 없이 반항하듯 삶을 헤쳐나갔으면서도 다친 데 하나 없는 고요한 영웅의 기운을 품고 있었다. 유백 광으로 빛나는 피부 사이로 검은 눈동자가 이리저리 움직였다.

"무슨 일 하는데요?" 나는 호기심을 참지 못하고 물었다.

"해산물 식당에서 일해요." 소녀가 말했다. "주로 주방에서 일하는데요, 한 손으로는 죽은 홍어를 칼로 가르고 다른 손으로는 코를 잡고 있는 식이죠. 홀에는 못 나가게 금지당했어요. 제가 서빙할 때마다 당장이라도 토할 것 같은 얼굴이었다고 손님들이 엄청 불평했거든요."

"장사에는 안 좋았겠네요." 나는 수긍하며 말했다.

"그냥 냄새에 민감할 뿐이에요. 잠깐이라도 냄새 맡았다간 홍어를 절대 못 만져요. 그래도 익숙해져야겠죠. 조만간 저한테도 그 냄새가 날 테니까."

"그게 무슨 말이에요?" 내가 반박했다. "아직 어리잖아요. 아직 아무것도 결정 안 됐어요."

"저 몇 년 내내 소년원을 들락거렸거든요." 그녀는 재미있다는 미소를 띠며 말했다. "제가 세상과 마주한 논리적인 결과는 그거에요. 다시 소년원에 보내질 거라는 거. 뭐, 지켜봐야겠죠. 나온 지 이제 몇 달 됐으니까."

어린 손님을 적나라한 연민으로 바라보고 있는 간병인의 얼굴을 발견하고 나는 소스라치게 놀랐다. 저 소녀는 무슨 범죄를 저질렀을까. 어쩌면 불을 질렀을 것이다. 저 애에게는 자신이 저지르는 폭력에 전적인 권한을 내어주는 데 필수적인 자기 인식, 즉 나르시시즘이 결여된 상태

연 199

가 느껴졌다. 퍼져나가는 불이 자신의 통제 범위를 벗어나더라도 개의치 않을 것이다.

"처음 보는 분인데." 소녀가 말했다. "누구랑 연이 있어서 왔나요?"

"누구랑도 없어요. 나는 문을 보러 왔어요."

"문." 기억을 더듬듯 그녀가 말했다. "오랜 친구인가요?"

"그렇지는 않아요. 어제 처음 만났어요. 하지만 오랫동안 만나고 싶었어요."

소녀의 눈이 가늘어졌다.

"팬이구나." 그녀가 야멸차게 말했다.

"그렇진 않고……."

"정확히 뭐이긴 한 거예요?" 그녀가 말했다. "조심해요. 그런 식으로 회피하면 문이 마음을 다칠 수도 있으니까. 나는 팬과는 정반대의 존재라고 문의 눈을 똑바로 보고 말하고 싶어요. 하지만 그는 기분 나빠하지 않을 거예요. 나는 누구를 받들어 모실 능력이 없거든요. 모두에게서 최악의 면을 보니까."

소녀가 눈을 깜빡일 때마다 그 시선은 수국 씨의 몸 어딘가로 계속 옮겨 갔다. 나는 그 움직임을 한 번도 포착할 수가 없었다. 노인은 물 한 잔을 꿀꺽꿀꺽 삼키며 눈에 띄게 기운을 차리는 중이었다. 축 처진 입가에 냅킨을 가져다 대자 그는 순식간에 우아한 노년의 영화배우로 변했다.

"우리 아빠 한창때를 봤어야 하는데." 소녀가 말했다. "아빠가 가는 곳마다 섹스 상대로 진지하게 받아들여졌다는 사실을 말하는 게 난 전혀 안 부끄럽거든요."

"선생님이 아닌가 봐요." 내가 말했다.

"예전엔 그랬죠. 엄청 좋은 선생님. 항상 아빠보다는 내 선생님이 되고 싶어 하신 것 같아요. 뭐, 그 꿈이 이루어진 셈이네요. 우리 사이가 이렇게 좋았던 적이 없는 걸 보면 뭔가 알아내셨나 봐요."

그녀는 아버지의 뒤통수에 손을 얹었다.

"스승님." 그녀가 말했다. "이제 가요."

고운 씨의 고개가 홱 들렸다.

"어디로?" 그는 테이블 저 끝에서 외쳤다. "어디로 간다는 거야?"

"우린 세상을 여행할 거다." 수국 씨가 힘차게 의자에서 일어나며 말했다.

"나도 세상을 여행하고 싶어." 고운 씨가 말했다.

"미안하네, 친구." 수국 씨가 말했다. "하지만 자네는 너무 망가졌어."

고운 씨는 고개를 뒤로 젖히고 눈을 감았다.

"난 망가진 게 아니야." 그가 말했다. "그냥 너무 피곤해."

우리는 수국 씨의 아틀리에에서 혼자 있는 문을 발견했다. 남학생용 곤색 교복을 입은 그는 칠판 앞에 서서 지도를 내리고 있었다. 나무 책상이 구불구불하게 늘어선 교실의 퀴퀴한 분위기와 그가 몹시 잘 어울려서 나는 놀랐다. 소녀는 인사도 없이 문을 휙 지나쳐 맨 마지막 줄에 앉은 다음 당돌하게 한숨을 내쉬며 팔짱을 낀 채 그와 눈을 마주치려 하지도 않았다. 나는 문이 무슨 짓을 했기에 저 애가 저렇게까지 화가 난 건지 짐작해보려 궁리했다. 한편 수국 씨는 소년을 보고 반가운 기색을 보였다.

"학생 회장 친구." 노인이 말했다. "모든 업무를 잘 정리해뒀을 거라 믿네. 금고와 출석부, 언젠가 내 학생들이 받게 될 상의 목록까지 말이야."

문은 허리를 깊이 숙이는 것으로 답했다. 수국 씨가 교실 가장자리에 놓인 자신의 책상을 향해 걸어가는 동안 나는 입구에 덩그러니 혼자 남았다. 앞으로 나가서 외국에서 새로 온 교환학생이라고 소개를 해야 하나 고민이 되었다. 하지만 문은 내 불안을 감지하곤 따뜻한 미소를 지으며 나가왔다. 그가 무슨 말을 하든 귀하게 받아들일 준비가 과도히 된 나는 모든 생각을 머릿속에서 떨쳐냈다.

"안녕하세요, 오설 씨." 그가 말했다.

숨이 멎을 듯했다. 우리는 두 번째로 만나는 사이가 되었고, 이제 나는 그가 알아보는 사람이었으며, 그건 그가 나를 만나길 기대했을 거라는 뜻이었다. 그의 입에서 발음될 수 있도록 내 진짜 이름을 알려주고 싶었다. 하지만 내가 입을 열기도 전에 방 뒤쪽에 있던 소녀가 소리쳤다.

"저 여자, 식사실에서부터 여기까지 우리 따라왔다." 소녀가 말했다. "가라고 말할 용기를 못 냈어. 냄새가 다 났거든. 자기 삶에 만족 못 하는 여자가 풍기는 전 내ㅡ"

"매화." 문이 말했다. "그만해."

"네가 나한테 명령할 때 너무 좋아." 매화가 눈을 감으며 말했다. "더는 스스로 생각하고 싶지 않거든."

나는 충격에 눈을 깜빡였다. 둘은 반말을 쓰고 있었다. 심지어 억양까지 변화했다ㅡ더 빠르고 활달하게. 그건 언젠가 서울 지하철에서 관찰했던 고등학생들, 잔뜩 흥분한 채 비밀 마녀 집회에 옹기종기 모여 앉은 무리에게서 들었던 말투였다.

"내가 나가는 게 더 나으면 그냥 말해요." 나는 불쑥 내뱉었다.

그러고는 움찔했다. 혼란스러워진 바람에 진부한 클리셰에 의지하고 있었다.

"아뇨, 계세요." 매화가 말했다. "당신 같은 사람으로 산다는 게 어떤 기분인지 알고 싶거든요. 누군가를 전혀 모르는데도 진짜 안다고 착각하는 기분."

"하지만 나는 문을 평생 알고 지낸 것 같다고ㅡ"

"아름답게 느껴질 지경이네." 그녀는 건조하게 말했다. "그거 알아요? 아빠랑 나는 서로를 알아갈 시간이 차고 넘쳤어요. 그런데도 오랫동안 우리를 이어준 건 같은 핏줄이라는 사실밖에 없었어요. 우리가 서로를 알아가기까지 많은 일이 일어나야 했죠. 나는 내 이름을 잃고 완전히 다른 사람이 돼야 했어요. 그러니까 당신이 문을 안다고 말하는 건, 솔직히 진짜 개소리 같네요."

그 순간 수국 씨가 모두의 주의를 돌리려고 박수를 쳤다. 문은 첫 번째 줄에 앉았지만 나는 비참함에 휩싸인 채 방의 뒤쪽으로 가서 벽에 기대 웅크렸다. 피를 나눈 것도 아니고, 시간의 흐름과 더불어 경험을 공유한 것도 아닌 두 사람을 묶어주는 '많은 일'이란 무엇일까? 그것이 무엇이든, 매화의 말은 아버지뿐만 아니라 문과도 '많은 일'을 겪었다고 암시하는 것 같았고 그래서 불안했다.

수업이 시작되었다. 수국 씨는 칠판 위에 걸려 있는 지도를 가리켰다. 괴랄하게 만들어진 지도였다. 그는 세계지도책을 가느다란 세로 조각 수십 개로 잘라 새로 배치했다. 결과는 경련하는 듯한, 푸른색과 녹색 파편의 혼종이었다. 어떤 국가도, 어떤 바다도 알아볼 수 없었다. 차분하게 굽어드는 만의 곡선들과 기교 없는 땅덩어리는 사라졌다. 그 무엇도 뻗어나가지 않았다. 군데군데 녹색 파편 몇 개가 덜거덕대며 불굴의 의지로 뭉쳐 나아가려는 듯했지만 이내 푸른색 파편에 의해 끊겨버렸다.

"깊이 살면 세계가 이렇게 보인다." 수국 씨가 말했다. "다른 건 전부 내팽개치고 물리적 경험의 즉각성만을 우선시한다면 지리학이 무슨 소용이겠나? 여러분의 펜팔 친구들은 여러분이 여기에만 있지 않다는 증거다. 여러분은 그들이 있는 곳에도 있는 것이다. 그리고 그들 역시 여러분이 있는 곳에 있다. 학생 회장, 오늘은 자네부터 읽어 보도록 하지."

문은 공책에서 거칠게 찢어내 끄트머리가 너덜거리는, 학대받은 형상의 종이 쪼가리를 들고 자리에서 일어났다. 그걸 책상 위에 올려놓고 편평하게 편 다음 그는 입을 뗐다.

"문에게." 그는 낭독했다. "너에게 부메랑을 보내. 내가 호주 어디에 사는지는 묻지 마. 내가 사는 마을 이름도 기억을 못 하거든. 일하느라 엄청 바빴어. 식당이 문을 닫으면 얼마나 좋을까! 식당 말고 들어설 법한 건 엄청 많아. 마구간, 복싱 체육관, 전망대 등등. 넌 뭐가 제일 맘에 들어? 네가 여길 방문하는 날 그게 존재할 수 있도록 힘써 볼게. 대신 넌 청소년 센터에서 내 남은 사회봉사 시간 채우는 걸 도와주면 되겠다. 고아들이 나보단 널 훨씬 더 좋아할 거야. 호주 사람들은 좀 특별하게 먹거나 춤추거나 생각하거나 숨 쉬냐고 물어봤었지? 아쉽지만 떠오르는 게 없어! 부메랑만 빼고. 돌려보내지 않았으면 해. 이번은 특별히 부메랑이 제대로 기능하지 않았으면 좋겠으니까……."

문은 극도로 진중하게 편지를 끝까지 읽었는데, 내게는 앞 문장보다 하등 중요할 게 없다고 여겨지는 대목에서 이따금 낭독을 멈추기도 했다. 친밀하면서도 개성이 없는 이상한 편지였다. 개인적인 내용은 거의 두드러지지 않을 정도로 적었다. 나는 매화 쪽을 흘깃 보았다—그 애는 미소를 띤 채 손톱을 들여다보고 있었다.

"부메랑은?" 수국 씨가 말했다. "그건 어디 있나?"

"아." 문이 선물을 다른 데 두고 온 듯 주변을 둘러보았다. "사라졌네요……."

"운이 좋군." 수국 씨가 준엄하게 말했다. "있었다면 무릎 위에 내리쳐서 반으로 쪼개버렸을 테니까. 내가 항상 하는 말이 뭔가? 기념품은 안 된다고. 자네와 편지 친구 사이엔 어떤 물건도 날아다녀선 안 돼."

이제 매화의 차례였다. 그녀는 앞뒤 양면으로 검은 글씨가 빼곡하게 적힌 종이 쪼가리를 들고 자리에서 일어났다. 나는 그 필체를 곧장 알아보았다.

문이 매화에게 쓴 편지였다.

"내 마음속 여동생에게. 아니, 네 이름은 말하지 말아

쥐. 우리는 서로 소개할 필요가 없으니까. 언젠가 우리는 만날 테고, 내가 그렇게 확신하고 있으니까 우리 이미 만났다고 가정해보면 어떨까? 나는 미래를 데려와서 현재라는 팔에 이식하지. 아니, 네 사진도 보내지 마. 유령처럼 남아 있어줘. 그럼 넌 어디에나 있을 테니까……

　소식을 물어봤지? 내겐 수영 선생님이 있어. 약혼한 사이는 아니야. 그런 사이가 아니야. 절대로. 언제나 이야기는 기쁨 가득한 결합이 아닌, 단절에 관한 거야! 내 몸과 물처럼 말이야. 수영은 내게 자연스럽게 느껴지지 않아. 나는 걷기를 강요당해왔거든. 즉시 취소되지 않는 약속은 도무지 하나도 만들 수가 없어서, 나는 유행을 따라 바쁘게 사는 낯선 이들을 따라다니고, 내 그림자를 그들의 것과 겹쳐지게 하면서 고통 없는 전투를 벌여. 내 수영 선생님과도 마찬가지야. 아주 오랫동안 내가 아는 거라곤 그분의 뒷모습뿐이었어. 어느 날, 그분을 따라가고 있는데 그녀가 휙 돌아서더니 내 선생님이 되는 데 동의하겠다고 했어. 나는 물어본 적도 없었는데. 물어볼 필요도 없었지. 발소리만 듣고도 내가 땅에서의 성취에 질렸고 지쳐 있다는 걸 아셨으니까.

　내 수영 선생님에 대해 선명하게 알아줬으면 해. 예쁜 사람은 아니야. 길고 구부러진 척추를 지녔는데 장어처럼 물속을 가르는 데는 탁월하지. 그분의 한쪽 눈은 다른 쪽 눈보다 훨씬 커. 그런데 큰 눈으로는 오히려 덜 봐. 조화를 이루어야 할 것 같은 부분들이 어딘가 어긋나 있지. 그녀가 어둠 속에서 연인에게 손을 대면 그는 완전히 낯선 자가 방 안에 들어온 줄 알고 경악하며 비명을 질러. 오직 그녀의 커다란 앞니 두 개만 똑같이 생겼어. 묘비처럼 새하얗지. 극소수의 사랑하는 이들에게 그녀는 무덤 같은 미소를 지어. 짐작하겠지만 그녀는 물속에서의 어둑한 무력감을 선호해. 땅에선 아무것도 제대로 못 하는 사람치고는 유머 감각이 좋아. 시간이 얼마 안 남았다고, 자기 자신이라는 엄청난 존재에 비해선 너무도 쓸모없는 자아이며 최악의 사례라는 사실이 괴롭다고 하면서 죽도록 웃어젖히지.

우리의 수영 강습은 처음이자 마지막이 되었어. 그녀는 나를 이 지역에서 제일 큰 호수로 데려갔지. 자정이 넘은 시각이었어. 칙칙거리는 사모바르* 하나를 발치에 두고 호숫가에 서서 물을 가리켰지. "저기 들어가." 그녀가 외쳤어. 팔이나 다리를 어떻게 움직여야 하는지에 대해선 아무것도 알려주지 않고서 말이야. 하지만 나는 일시적으로나마 순종하겠다고 그녀에게 약속했었지. 그래서 물을 헤치며 호수에 들어갔어. 물이 어깨까지 이르렀을 때 나

---

* 러시아에서 흔히 쓰는 물 주전자.

는 돌아서서 다음 명령을 기다렸어. "이젠 어쩔래?" 선생님이 물가에서 소리쳤어. 나는 뒤로 휙 몸을 젖혔어. 눈을 떴을 때는―달 없는 하늘 아래 먹처럼 검은 물이 나타났어. 나는 헤엄칠 수 있게 되길 기다렸어. 그런데 몸이 가라 앉기 시작했어. 그때 그런 생각이 들었어. 이상하다, 여태껏 내가 죽을 수도 있었다니. 그래서 바닥에 닿아 거기서 서서히 썩어가기를 기다렸어. 그런데 그 순간마저 찾아오지 않았어. 공포에 질린 채 나는 깨달았지. 사방이 물로 둘러싸인 절대적 유예의 상태에 있구나. 너무도 극심한 고독이 덮쳐와서 처음으로 고통을 느꼈어. 뭐라도, 제발 뭐라도 변화하기를 열망하면서 머리 위로 넘실대는 물을 헤쳤어.

그때 그 일이 벌어졌어. 내 몸이 완벽한 존재의 안무에 가닿은 거야. 그런 움직임의 가능성은 단 한 번도 생각조차 해본 적 없었는데, 그 순간 내가 이것만을 평생 기다려왔다는 확신이 들었어. 그 움직임은 내 것이 아니었어. 내가 만들어낸 게 아니야. 나를 이용해 스스로 탄생한 거지. 위반의 힘으로 내게서 생겨난 거야. 나는 삶에서 두 번째 기회를 얻고 있었어. 활기로 터질 듯한 세포 하나하나가 진리를 향해 모여드는 우주에 내 몸의 배열이 놓여 있구나, 그 사실을 새롭게 깨달으며 삶의 지형을 힘차게 유영하게 된 거야―어떻게 그게 모든 걸 바꿔놓지 않을 수 있었겠어? 심지어 내가 경멸하는 얼굴까지도 말이야. 하지만 내가 치러야 할 대가는 이 움직임을 땅에서는, 그러니까 삶의 한복판에서는 결코 재현할 수 없다는 가혹한 사실이었어.

나는 수영을 하고 있는 게 아니었어. 선생님은 내게 수영을 가르친 게 아니라는 걸 깨달았어. 지금까지도 그 선생님이 뭘 가르치는지 말할 수가 없어. 물어볼 기회도 없었어. 뭍으로 기어 올라왔을 때는 이미 사라지고 없었거든……."

매화는 글을 다 읽은 후에도 편지를 빤히 내려다보며 마치 착시 현상을 겪듯 검은 글씨에 압도되어 있었다. 수국 씨의 눈은 감겨 있었다. 잠이 들었나 싶었다. 문은 글자 하나하나를 벌 받듯 견디며 고개를 숙이고 있었다.

내 손은 주체할 수 없이 떨렸다. 문도 환상을 품고 있었구나. 내가 꿈꿔왔던 문의 움직임, 설명을 거부하는 그 춤에 대해. 몇 달 동안 그것에 관해 쓰면서, 상상의 터널을 끝도 없이 파낸 끝에 그의 상상에도 내가 은밀히 들어서게 되었구나. 우리 사이에 비밀스러운 인식의 흐름이 생겨났구나. 나만큼 그를 아는 사람은 아무도 없었다. 이건 협업이 아니라 담합이다.

그러나 내 괴로움의 축축한 가닥들로부터 기쁨을 구해내는 일은 불가능했다. 문은 우리를 하나로 묶어주는 것을 간결한 시로 표현했지만, 그에게 나는 전적으로 낯선 자였다. 편지는 저렇게 완벽한 자태로, 우리가 공유하는 환상에 관한 명백한 선언문으로 존재했으나 나를 위한 것은 아니었다. 사실, 문이 내게 그런 편지를 써주려면 완전히 다른 세상을 처음부터 쌓아 올려야 할 것이다. 잔인한 역설. 우리의 연결성에 대한 증거는 저 편지 깊숙한 곳에 존재했지만 마치 유리 상자 안에 들어 있는 듯했다. 무엇도 내 시야를 가리지는 않았으나 나는 그것을 만질 수도, 내 것이라고 주장할 수도 없었다.

대화할 사람이 필요했다. 그러나 간병인은 여유가 없었다. 그녀와 고운 씨는 아직도 식사실에 있었는데, 이제는 그를 도와 테이블 위에 어지러이 흩어진 가족사진들을 정리하고 있었다. 문간에 서 있는 나를 알아차린 그녀는 이리 오라며 손짓하곤, 고운 씨에게 앨범을 주고 가장 좋아하는 기억들을 골라 담아보라고 했다며 설명했다. 결코 용서할 수 없는 상처를 준 자들은 기록에서 '말소'할 수 있도록 가위도 준비되어 있었다.

노인은 놀라울 정도로 철저한 체계에 따라 움직였다. 두 장의 사진을 나란히 놓고 한참을 고민한 다음, 한 장을 집어 들어 연극적인 불쾌감을 드러내며 바닥에 내동댕이쳤다. 그런 다음 새로운 숙고의 시간이 이어졌다. 주변 바닥은 사진들로 어수선해졌고, 테이블 위에 남은 것은 앨범을 결코 채울 수 없을 한 줌의 사진뿐이었다.

나는 지금 겨루는 중인 두 장의 사진을 들여다보았다. 첫 번째 사진에서 고운 씨는 한자가 적힌 거대한 현수막을 들고 신발 공장 안에 서 있었다. 주변의 그 무엇도 장인의 것처럼 보이지 않았다. 경력을 쌓느라 뭔가는 포기해야 했겠지, 나는 추측했다. 두 번째 사진에서는 한 젊은 여자가 박이 주렁주렁 매달린 격자 구조물 아래 서서 고운 씨와 팔짱을 끼고 있었다. 충격적이게도 그 여자는 다름아닌 간병인이었다. 검은 하이힐을 신은 그녀는 고운 씨보다 훨씬 우뚝 솟아 있었다. 그의 살진 얼굴은 발갛게 달아올라 있었다. 두 사람은 태평한 한 쌍이었으며, 눅눅한 은닉처에서 잠시 사랑을 나누다가 마지못해 빠져나온 듯한 인상을 주었다.

간병인이 내 얼굴에 떠오른 표정을 읽었다.

"슬퍼할 필요 없어요." 그녀가 말했다. "나는 파묻힌 트라우마 같은 사람이에요. 이이가 나를 잊었을지라도 푸닥거리는 절대로 안 하니까. 자기가 아는 것보다 더 나를 사랑하니까—"

고운 씨는 재빠르게 두 번째 사진을 바닥으로 내던졌다. 간병인은 몸을 숙여 사진을 구출한 다음, 적어도 표면적으로는 고운 씨더러 고민해보라는 뜻으로 테이블 위에 올려놓았다.

이게 우리구나. 나는 침울하게 생각했다. 간병인과 나는 여기서 산만한 애정의 상대들을 지치지도 않고 따라다니고 있구나…… 갑작스럽게, 이곳에 도착한 이후로 마음속에 쌓여가던 절망감이 한 차례 개안과도 같은 깨달음으로 밀려오며 한꺼번에 쏟아져 나왔고, 그 자리에 들어선 것은 찬란한 희망이었다. 어쩌면 고운 씨처럼 문 역시 세상에서 제일 사랑한 사람을 더 이상 기억하지 못하는 건지도 몰랐다. 그 사람이 나라면, 그렇다면 어쩌면, 기억상실의 고통을 견딜 수 없었던 나는 문을 흠모하는 얼굴 없는 이들의 무리에 섞여 들었던 건지도 몰랐다. 내가 스스로를 팬이라고 칭하기 싫었던 건 그래서일까? 만약 그렇다면, 내 고통의 진정한 근원은 문이 나를 결코 알아갈 수 없으리라는 점이 아니라, 그가 나를 이미 알았다는 사실을 잊어버렸다는 데 있다. 내가 할 것은 그저 그 점을 상기시키는 것뿐이다. 그런데 어떻게? 내가 아무리 굳게 믿는다 할지라도 나조차 명확히 표현할 수 없는 과거를 어떻게 그에게 상기시킬 수 있을까?

고운 씨는 또 다른 희생물을 해치우듯 바닥에 내동댕이쳤다. 사진 속 그는 프레임 바깥까지 뻗어나가는 드넓은 주차장에 서 있었다. 그곳은 축구 경기장이나 대형 교회처럼 수천 명이 한꺼번에 모이는 장소였을 것이다. 그러나 사진 속에는 자동차가 한 대도 없었다. 고운 씨는 카메라를 등지고 서 있었으나 고개를 뒤로 돌린 채였고, 엉덩이는 결정을 망설이듯 비틀려 있었다. 이쪽으로 돌아올 것인가, 저쪽으로 영원히 사라질 것인가.

II

수리공

콘서트가 끝난 후, Y/N은 고요해지고 차분해진다. 그
녀의 새로운 취미는 오래된 시계를 분해하는 것이다. 서
울 곳곳의 골동품 상점에서 시계를 찾아다닌다. 한 번에
하나씩만 집으로 가져온다는 원칙을 엄격히 지킨다. 딱
한 번, 두 개를 가져오는 실수를 저질렀는데, 째깍거리는
소리가 미세하게 어긋나서 하마터면 미쳐버릴 뻔했다.

집에 돌아오면 그녀는 작은 폭탄처럼 시계를 감싸 쥔
채 아파트 안을 돌아다닌다. 책상에 앉아 눈을 가늘게 뜨
고 루페* 너머로 보이는 시계를 공들여 분해한다. 그런 다
음 아주 작은 금속 부품들을 책상 위에 가지런히 배열한

---

* 보석상이나 시계 수리공 등이 쓰는 소형 확대경.

다. 치아처럼 생긴 결정적 톱니 조각을 뽑아낼 때 시계가 탁 멈추는 순간을 Y/N은 사랑한다. 초자연적인 침묵이 그녀를 에워싼다. 책상 위에 가만히 올라와 있는 자신의 두 손을 보며 마치 그것들은 사진 속에 있고—그녀는 시간 바깥으로 빠져나간 것 같다고 느낄 정도다. 어떤 목표를 세운다는 건 영영 상상할 수 없다.

끼니도 잠도 없이 여러 날이 흘러간다. Y/N은 지금 내장을 파낸 수백 개의 시계들에 둘러싸인 채 바닥에 누워 있다. 방은 어두컴컴하다. 아마 저녁 무렵일 것이다. 그때 갑자기 문이 열리더니 누군가 아파트로 들어선다. 공구 상자를 든 남자다. Y/N은 너무도 약해진 상태라 그 남자가 아무 말 없이 그녀의 몸을 밟고 지나가 시계를 하나씩 조립하는 것을 지켜볼 수밖에 없다. 방 안은 째깍거리는 제각각의 소리로 서서히 채워진다. 소음이 점점 더 거세지는 비처럼 퍼붓기 시작한다. 수십 개의 뻐꾸기시계 음을 포함해 잡다하게 뒤섞인 째깍 소리들은 어느새 단일한 소음의 파도가 된다.

일종의 시간이 흘러간다. 수리공은 도착했을 때처럼 말 없이 떠난다. Y/N은 너무 늦게 알아차린다.

동기화되지 않는 시간의 불협화음 안에서 그녀의 심장이 살아나기 시작한다. 수리공은 한 인간의 선형적인 삶의 행진이 아니라 영원 그 자체인 아우성치는 폭포를, 그녀가 경계를 늦추면 아무것도 듣지 못할 정도로 압도적인 흐름을 복원해낸 것이다. 그녀가 마지막으로 이렇게 느꼈던 것은, 바로 지금과 같은 벽에 둘러싸여 모든 설명을 거부하는 춤을 추는 문을 목격했던 순간이었다. 그때도 그녀는 가시적인 세계를 감싼 달콤한 어둠으로부터 새어 나오는 영원의 얇은 조각을 엿보았다. 소생한 시계들 사이에서 그녀는 스스로를 다른 왕국으로, 속박에서 풀려난 비둘기처럼 날려 보내는 꿈을 꾼다. 그곳에서 그녀의 존재는 호박(琥珀) 안에 갇힐 것이다. 그곳에서 그녀는 나이 들지 않을 것이며, 자신의 생일도 잊을 것이다.

마침내 Y/N은 일어설 수 있을 정도의 힘을 되찾는다. 방 안을 둘러보던 중 가장 좋아하는 시계가 사라졌다는 것을 발견한다. 시간을 알면 안 되는 순간들이 있음을 암시하듯 조개처럼 열렸다 닫히는 회중시계. 수리공이 가져간 것이다. 1초에 네 번씩 똑딱거리는, 그 소리의 부재 속에서 그녀는 무언가의 부름을 듣는다.

여행 가방을 싸 들고 회중시계를 향해 귀를 쫑긋 세운 채 그녀는 아파트를 나선다. 고요한 장소를, 예배당이나 쓰레기 매립지 같은 곳을 찾아다닌다. 참새가 근처에서 신경질적으로 쩍쩍댈 때마다 그녀는 발을 쿵 굴러 날아가게 한다. 걷고 또 걸어 엄청난 규모를 자랑하는 도시에 도착하지만 수리공은 어디에도 보이지 않고, 그녀는 계속 걷는다, 이 도시는 서서히 다른 도시가 되어가고, 또 다른 도시가 되어가고, 마침내 한 걸음 내디딜 힘조차 없을 정도로 지친 Y/N은 인도에 풀썩 쓰러져 눕는다. 여행 가방은 순순한 조수처럼 옆에 쓰러진다. Y/N의 시야에 들어오는 푸른 하늘은 아직 입주가 시작되지 않은 새로운 아파트 단지들에 의해 가려진다······.

나는 펜을 내려놓았다. 다음에 무슨 일이 일어날지 알 수 없었다.

Y/N은 영원히 이 도시에서 저 도시로 옮겨 다닐 것 같았다. 그녀는 수리공을 영영 찾을 수 없겠지만 이 세상 어딘가에 그가 존재한다는 확신만큼은 결코 잃지 않을 것이다. 그리고 오직 그 믿음만이 전부일 것이다. 그러나 그녀가 저 아파트들 밑에 누워 있을 때, 콘크리트 건물 옆면의 창문 하나에 갑자기 불이 들어올 가능성도, 아주 미미하지만, 없지는 않다. Y/N은 엘리베이터를 타고 대기권까지 올라가 두 사람이 공유해야 할 침대 하나만 덩그러니 놓인 아파트에서 기다리고 있는 수리공을 발견하게 될 것이다. 나머지 30개 층은 전부 비어 있을 것이다.

얼얼한 통찰이 찾아왔다. 문이 내 이야기를 꼭 읽어야 한다는 명령이었다. 바로 이 노트 안에 우리의 잃어버린 역사가 담겨 있으니까. 여기 존재하는 이 장면들은 우리 사이에 벌어진 모든 일을 상징적으로 보여주는 그림자 연극이었다. 그러나 그 이후에 일어날 일들은—내 상상을 거슬렀다.

내가 아는 것이라곤, 그 상상 불가능한 미래에서 우리가 마침내, 세상이 가하는 유해한 중력에서 해방된 채 함께할 수 있게 되리라는 사실이었다. 우리는 무한함 안에서 서로를 만날 것이다. 육체를 벗어던지고 영혼이 되어 서로를 휘감을 것이다. 현실을 포기하는 선언과 더불어 우리는 어떠한 팬과 스타도 이룩하지 못한 것을 이뤄낼 것이다. 상호 보편성, 그 완전한 사랑을.

부엌으로 가보았다. 놀랍게도 문은 거기 있었다. 조리대 앞에 서서 내게 등을 돌린 채 유리그릇에 계란을 깨 넣고 있었다. 불러볼까 했지만 그의 이름을 그렇게 기능적으로 사용하는 무의미함을 견딜 수가 없었다. 지금껏 나는 그의 이름을 수백 번 불러왔지만 이렇게 직접, 그것도 그의 주의를 끈다는 투박한 목적으로 부른 적은 단 한 번도 없었다. 그의 이름을 이루는 음절은 언제나 그리움에 젖은 한숨처럼 내 입에서 흘러나왔다.

"뭐 만들어요?" 내가 물었다.

그는 준비된 미소와 함께 돌아섰다.

"아무것도 안 만들어요." 그가 말했다. "요리하는 게 어떤 느낌인지 그냥 알고 싶어서요."

식탁 앞에는 두 개의 의자가 직각을 이루며 놓여 있었는데, 서로 얼굴을 마주 보는 것보다 몸을 가까이하기를 선호하는 커플이 막 식사를 마치고 일어난 자리처럼 보였다. 문과 나는 거기에 앉았다.

"뭐 도와드릴까요, 오설 씨?" 그가 물었다.

나는 노트를 테이블 위에 올려놓고 표지를 한 장 넘긴 다음 그를 향해 내밀었다.

"내가 쓴 글을 읽어주면 좋겠어요."

"근데 영어로 쓰여 있잖아요." 그가 첫 페이지를 바라보며 말했다.

"단어 하나하나 이해할 필요는 없어요. 전반적인 느낌을 아는 게 중요해요. 천천히 읽어요. 기다릴게요."

기쁘게도 그는 노트를 집어 들더니 소리 내어 읽기 시작했다. 그의 억양은 고치기가 불가능할 정도였는데 그 허접함이 즐거웠다. 그는 Y/N이라는 단어를 발견하자 그 앞에서 잠시 멈췄다. 그리고 그것을 '인yin'이라고 발음하려다 곧장 생각을 고쳐먹고는 '와이 엔why en'이라고 읽었다. 그가 약어를 발음할 때마다 나는 그 소리 — '와이'의 숨소리 섞인 공허감이 '엔'의 빡빡함 때문에 목구멍 아래쪽으로 당겨지는 소리 속에서 점점 나 자신을 이해하게 되었다. 그는 내 존재의 '이유why'를, 내가 '왜why' 나인지를 묻고 있는 듯했다.

그는 페이지를 넘기며 계속 읽었다. 그러다 버스 정류장에서 문이라는 인물이 등장하자 읽던 도중에 뚝 멈췄다.

"내 얘기를 썼네요." 그가 말했다.

"네." 내가 말했다. "이제 계속 읽어요."

하지만 그는 첫 페이지로 돌아가 다시 읽기 시작했다. 이번에는 조급한 듯 소리 죽여 낭독했다. 좀 전에는 타인을 기쁘게 해주려는 본능적인 욕망으로 낭독했다면, 지금은 이해하기 위해 읽고 있었다. 그는 가끔 멈춰서 몇몇 단어가 무슨 뜻인지 물었다. 그는 Y/N이 '예/아니요Yes/No'의 약어이며, 슬래시 기호가 주인공의 분열된 자아를 의미한다고 추측했다. 내가 그건 '당신의 이름Your Name'의 약어라고 설명하자 그는 한층 더 혼란스러워했다.

"그럼 내가 Y/N에 내 이름을 넣으면 이건 나와 상호작용하는 내 이야기가 된다는 건가요?" 그가 물었다. "그리고 내 어떤 점이 철학자를 떠올리게 한 거예요? 난 철학에 대해선 아무것도 모르는데."

문은 몇 페이지 더 나아갔다. 같은 이름의 등장인물 문이 등장할 때마다 그의 눈동자는 기쁨과 의심으로 반짝였다. "누가 더 현실성 있을까요? 저 아니면 이 사람?" 그가 물었다. "더 이상한 삶을 사는 건 누굴까요?" 그는 이야기가 '제대로 들어맞기를' 계속해서 기다리는 중이었다. 그렇게 되면 마치 자신이 세상에 깔끔하게 포장된 자아를 전달했다는 것이 증명이라도 될 것처럼. 그래야만 겉으로 드러나는 모습이 내면을 입증해줄 수 있다고 믿을 수 있으므로. 그러나 이야기가 정확한 묘사에 도달할 때마다 그는 자신이 정말로 드러나버릴 수도 있다는 사실에 불쾌해하는 듯했다. 요컨대, 그 인물은 제대로 할 수 있는 게 아무것도 없었다.

그는 Y/N이 알몸으로 자전거를 타고 베를린의 골목을 누비다가 몸을 던져 아스팔트 위로 쓸리며 넘어지는 장면에 이르렀다. 그녀는 찢긴 몸에서 짜낸 고름으로 문의 인생에서 가장 맛있는 음식을 튀긴다. 연애 초기 전략의 일환이다.

문은 역겨워하며 으윽 소리를 냈다. "너무 기분 상하진 마세요." 내가 말했다. 하지만 그 역겨움이 Y/N이 한 일 때문인지 아니면 문이 그걸 먹었다는 점 때문인지는 알 수 없었다.

문은 그 장면까지 읽고 멈추었다. 손가락으로 노트를 두드리더니 내게로 쓱 밀었다.

"흥미로운 이야기 같네요." 다른 사람에게서 들은 이야기인 양 그가 말했다.

"첫 장만 겨우 넘겼어요." 내가 말했다. "제발 끝까지 읽어줘요. 할 얘기가 너무 많아요. 그런데 말로 하는 건 안 좋아요. 말들이 줄줄이 계속 나와요. 이 이야기는 모든 걸

한 번에 말하는 내 방식이에요. 다 읽고 나면 내가 당신을 누구보다 잘 알고 있고 순수한 마음으로 당신을 사랑한다는 걸 알게 될 거예요."

문은 나를 주의 깊게 살펴보고 있었다.

"아직도 당신 억양이 어디서 온 건지 모르겠어요." 그가 천천히 말했다. "농담하는 것처럼 가벼운 어조로 들려요. 하지만 당신이 말하는 건 전혀 웃기지 않죠. 이상하게 격식 차리는 톤이…… 아, 뭔지 알겠다. 10년 전 뉴스캐스터처럼 한국어를 하네요. 그 와중에 엄청 간단한 단어들도 발음을 뭉개죠. 누가 보내서 온 건가요? 회사? 아니면 정부? 아니, 어떤 기관에서도 당신을 대표로 보내진 않았을 게 뻔해요. 당신이 누군가의 딸이라는 사실조차 상상이 안 되네요. 처음 봤을 때는 이상하게 아리송한 사람이다 생각했어요…… 먼지 낀 창문처럼……."

"나는 낯선 사람이 아니에요. 당신은 나를 알아요. 당신 영상, 사진, 메시지 — 그건 전부 다 나에게 보내는 거였어요. 그런 표정 하지 마요, 사실이잖아. 그때는 내가 누구인지 몰랐겠지만 알 필요도 없었죠. 우리 인연은 우리보다 앞서 생겨났으니까. 나는 당신을 향한 감정을 느끼기 위해 평생 훈련해왔어요. 내 인식은 당신의 개성에 완벽하게 맞춰져왔어요."

"그런 말들을 내가 처음 듣는 거라고 생각하지 마시죠."

그가 말했다.

"그럴 리가 없어요." 나는 짜증을 냈다. "아무도 나처럼 생각하지 않아요. 보세요. 다섯 달 전에 나는 독일에서 당신 영상을 보고 있었어요. 지금은 여기 있잖아요. 하지만 어느 때보다도 당신과 멀리 있다고 느껴요. 나는 당신을 사랑하니까 당신이 그립지 않아요. 당신이 그리워서 당신을 사랑해요. 한때는 당신을 담았다는 이유만으로 텅 빈 컴퓨터 화면을 사랑했어요."

문의 얼굴에는 혼란도 이해도 보이지 않았다.

"독일이구나." 그가 반복했다.

"상관없어요. 내가 어디서 왔는지는 상관없어요. 나는 당신을 알기 위해 내 모든 걸 썼어요. 당신을 아는 일이 내 인생에서 제일 중요한 일이에요. 내가 미워하는 이 세상에 당신이 살고 있어서 나는 세상을 사랑해요. 당신 춤을 보면 눈물이 나요. 하지만 심하게 울지 않아요. 눈물이 눈동자의 경계를 넓히면서 다르게 보게 하는 것에 가까워요. 어떤 사람들은 나더러 '심하다'고 하겠지만 그런 말에 전혀 동의 안 해요. 당신은 나에게 대상이 아니에요. 당신은 장난감이 아니에요. 그 반대예요. 당신은 나에게 너무 많이 진짜예요. 나는 당신을 너무 많이 봤어요. 사실 당신이 어떻게 생겼는지 내가 절대 모르게 될까 봐 무서워요. 보통은 사람과 키스할 때 아무것도 느끼지 않는데 그

다음 날이 되면 키스에 집착해요. 그 느낌은 실제로 키스 하는 것보다 훨씬 더 강렬해요. 당신이 그 모순이에요. 그 래서 당신을 사랑해요. 당신의 없음 속에 당신이 너무 있 어요. 당신이 춤추는 걸 보면서 살고 싶어요. 움직이고 움 직이고 움직이고, 움직이면서 아무 데도 가지 않는 거. 나 는······."

나 자신의 목소리가 지긋지긋하게 들리기 시작했다. 어 째서 나는 단순함의 무게를 다루지 못하는가? 아니면 충 분히 말하지 못한 것일 수도 있었다. 어쩌면 의사소통이 란 체력 싸움인지도 몰랐다. 나는 계속 말했다.

"나는 시간이 더 필요해요. 적어도 1년은 당신과 함께 해야 해요. 같이 어디로 가요. 제일 팬이 적은 나라가 어디 예요? 마요르카섬? 내 주위에 자주 있어요. 내가 어떤 사 람인지 알게 될 거예요. 우리는 적절한 공간과 시간이 필 요해요. 그래야 우리가 그냥 있을 수 있어요. 서로를 알아 간다는 부담은 없어야 해요. 나는 그만큼 우리 연결에 믿 음이 커요. 모든 것이 유기적으로 될 거예요······ 우리가 친구로 만났으면 좋았을 거예요. 우리 가족들이 같은 교 회에 다녔으면 좋았을 거예요. 내 상황이 얼마나 희망 없 는지 몰라요? 내 잘못이 아니에요. 이런 이상한 방법으로 만 당신을 알 수 있었어요. 하지만 당신은 변화를 만들 수 있어요. 나에게 희망을 줄 수 있어요."

문의 얼굴이 굳어졌다.

"내가 왜 그래야 하는데요?" 그가 말했다.

"나는 당신의 믿음을 얻기 위해 아무것도 안 했고 알아요. 하지만 그래도 나를 믿어주세요. 위험을 감수해요. 휘발유에 성냥을 가져다 대요. 무슨 일이 생길지 상상해요. 궁금하지 않아요? 조금이라도?"

"당신이 제안하는 것에 내가 다 동의했다고 쳐봐요." 그가 말했다. "그러면 어쩌라고요? 오설 씨, 나는 당신한테 궁금한 게 많았어요. 스스로 묻고 있었죠. 지금쯤이면 여기까지 온 게 실수였다는 걸 알아차리지 않을까? 자기 친구들, 가족들이랑 같이 있어야 하지 않을까? 왜 집으로 돌아가지 않는 거지? 이 세상 수많은 곳 중에서 ― 왜 하필, 여기 있으려는 거예요? 내 쪽에선 아무것도 얻을 게 없을 거예요. 우리의 미래는 절대 겹치지 않을 거라고요."

"하지만 우리의 현재는 겹쳐요." 내가 말했다. "그럼 우리 미래는 왜 안 돼요? 특히 내가 모든 에너지를 다 쏟아서 그렇게 만든다면. 내가 혼자서 여기까지 왔다는 걸 당신이 직접 봤어요. 그러니까 당신이 맡은 역할에 뛰어들면 무슨 일이 생길지 전부 상상해봐요. 그렇게 하겠다고 말해요."

"저기요." 그가 나직하게 말했다. "당신이 어떤 일을 겪었는지 난 몰라요. 당신을 어떻게 도와줘야 할지도 모르겠어요. 부탁인데, 내가 그냥 한 명의 인간일 뿐이라는 걸 알아주세요. 내가 해줄 수 있는 건 이거예요. 구체적인 요구를 하세요. 내가 가진 뭔가를 드릴게요. 사진을 같이 찍어도 되고…… 내가 할 수 있는 거라면 할게요. 그러면 이 모든 게 헛되다는 생각 없이 생크추어리를 떠날 수 있을 테니까."

좋은 뜻으로 도와주려는 친척과 대화하는 느낌이었다. 내 상상력을 살살 꾀어내 가장 깊은 데까지 뒤틀리게 해줘야 할 지금 이 순간, 문은 질서 정연하며 세련되고 실용적인 도구와도 같은 부동의 합리성을 늘어놓고 있었다.

"날 위해 춤을 춰요." 내가 말했다.

"안 돼요." 그가 말했다. "아직 때가 아니에요."

"지금쯤이면 충분히 쉬었어요." 나는 불만에 차서 말했다. "그렇지 않아요? 어떻게 예술에서 이렇게 멀리 떨어져 있어요?"

"그리워요." 그는 애달프게 말했다. "하지만 어떤 것들은 내 통제를 넘어서요. 누구도 아닌 나 자신을 탓할 수밖에 없죠. 나는 항상 내 한계를 시험해보곤 했어요. 선이 손뼉을 치며 박자를 셀 때마다 나는 네 박자 안에 들어갈 만한 춤 스텝을 두 박자 사이에 최대한 많이 끼워 넣곤 했죠. 내 모습이 담긴 근사한 영상도 정말 많이 봤어요. 가끔은 두 배속으로 재생하기도 했죠. 내 이미지가 저렇게 빠르게 움직일 수 있는데, 왜 내 몸은 안 되지? 선은 내 동작이 빨라질 때마다 화를 냈어요. '네 심장이 더 이상 감당 못할 거야.' 그는 이렇게 말했고 실제로 그렇게 됐어요. 의사들이 내 몸을 열어 자그마한 금속 기계장치를 심장 안에 집어넣었어요. 고양이들이 갖고 노는 장난감처럼 생겼더라고요."

나는 혼란스러워 멍해졌다.

"이제 춤 못 추는구나." 내가 말했다.

"그런 말은 안 했어요." 문이 말했다. "아직도 내 안에서 춤을 느껴요. 마음 깊은 곳에서 나는 춤추는 법을 알아요. 동작을 취하기 직전의 순간—지금도 그 순간 안에 살 수 있어요. 하지만 그 순간은 찰나에 지나지 않고, 내 몸이 반대편에서 단단히 붙들지 않으면 순식간에 사라져버리죠. 하지만 언젠가는 동작을 완성할 수 있을 만큼 튼튼해질 거예요."

그가 스스로를 안심시키고 있다는 사실을 참을 수가 없었다. 봉헌의 나날은 끝장났다. 그가 더는 춤출 수 없다는 걸 알았어도 내가 생크추어리에 왔을지 확신이 안 들었다. 결국 내 사랑에도 조건이 있었던 듯했다. 조건이란 사랑을 현실로 끌어내리는 가장 큰 요인이며, 내 사랑이 현실의 땅으로 끌어내려졌다는 사실만큼 내 자존심을 무너뜨리는 것은 없었다. 내 사랑을 회수하겠다는 말로 문을 협박할 수 있다는 점은 내게 힘처럼 느껴지지 않았다. 도리어 극도로 나약하고 공허하게 할 뿐이었다.

"그건 망상이에요." 나는 심드렁하게 말했다. "당신은 다시는 춤 못 출 거야."

문은 소리 없이 입을 열었다 닫더니 의자를 밀고 일어나 구석으로 간 다음 검은색 다이얼 전화기를 집어 들었다.

"누구 전화해요?" 나는 자리에서 일어서며 물었다.

"매화."

나는 방을 가로질러 걸어가 그에게서 전화기를 탁 빼앗아 내 귀에 갖다 댔다. 플라스틱이 닿자 주변의 소음이 흐릿해졌다. 수화기 너머에선 아무 소리도, 분주한 신호음조차도 들리지 않았다. 문은 내 손에서 전화기를 세게 빼내어 자신의 가슴 안쪽으로 끌어당겼다.

"너무 늦었어요." 내가 말했다. "매화는 내가 아는 걸 몰라요. 당신이 뭘 잃었는지 나는 알아요. 그래서 당신이 어떤 사람이어야 하는지도 알아요."

"나한테 바라는 게 대체 뭐야?" 그가 외쳤다.

그의 얼굴에 고통이 서려 있었다. 저 표정을 본 적 있었다. 춤의 가장 깊은 고통 속에 휩싸인 순간에 드러나는 표정. 그러나 한때는 아름다웠던, 래커 칠을 한 듯 승화된 이목구비가 이제는 슬프게만 느껴졌다. 갑자기 문이 너무나 그리워졌고, 그 감정의 속력에 가슴이 갈기갈기 찢어질 것만 같았다.

"당신이 문이었으면 좋겠다." 내가 말했다.

그는 내게서 고개를 돌리며 목덜미를 드러냈다. 그러자 근육이 딱 한 번, 강렬하게 고동치는 것이 보였다. 그 움찔거림이 그의 페니스까지 달음질치는 푸른 영혼이라고 상상했다. 고삐 풀린 페니스가 그 침입에 화들짝 놀라 제자리에서 벌떡 일어날 거라고. 목에서 페니스까지 이어지는 저 선, 내가 늘 사랑해왔던 저 선이 바로 영혼의 고속도로다. 문을 향한 사랑이 내 몸을 다시금 꽉 짓눌렀다. 나는 그의 어깨를 꽉 붙잡고 목덜미에 파고들었다. 입술을 그의 살결 위로 짓뭉개면서, 내 허기는 채우려 할수록 점점 더 커졌다. 내가 어디로 가고 있는 건지 나조차 알 수 없었다. 어디로 갈 수 있는 건지도 몰랐다. 그의 살결은 막다른 골목이었다.

문은 나를 홱 밀쳐냈다. 소년다운 잔혹함이 눈에서 반짝였다. 그는 가쁜 숨을 몰아쉬고 있었다. 목소리는 부드러웠으나 상냥함이라곤 전혀 없었다.

"왜 이런 걸 원한다고 말 안 한 거야? 다른 사람들이랑 똑같은 걸 원한다는 게 수치스러워?"

"그게 아니라." 나는 앞으로 한 걸음 떼며 말했다.

묵직한 뭔가가 내 머리를 세게 타격했다. 나는 고통에, 모든 부류의 고통에 눈을 깜박였다. 눈물이 번진 시야에 방금 휘두른 전화기를 든 문이 보였다. 수화기 선은 겁에 질린 동물의 꼬리처럼 바들거리고 있었다.

보름달이 형형히 빛나는 유즙을 사방에 흘리고 있었다. 나는 옆으로 몸을 돌려 침대 시트에 팔을 쭉 뻗었다. 팔꿈치 안쪽 살결이 오늘 밤 유난히 부드러워 보였다. 머리 위에서 들려올 문의 발걸음 소리를 놓칠세라 나는 최대한 조용하게 숨을 쉬었다. 그런데 정적 속에서 무언가 생경한 것이 솟아났다. 둔탁한 발소리보다 훨씬 더 빠르고 날카로운 무언가.

금속이 미세하게 똑딱이는 소리. 1초에 네 번씩.

나는 침대에서 일어나 그 소리를 따라 방을 나섰다. 소리는 나를 계단 밑 부엌으로 안내했다. 이제는 1초에 두 번씩 딸깍 소리가 났다. 회중시계에 가까워질수록 소리는 점점 더 느려졌다. 내게 방향을 일러주는 시계만의 방식.

나는 다음에 무슨 행동을 취해야 할지 몰라 부엌을 서성거렸다. 그러다 식료품 저장실 문이 열려 있는 걸 발견했다. 들어가보니 즙 속에서 서서히 절여져가는 채소들이 담긴 유리병이 줄지어 놓여 있었다. 놀랍게도 내가 한 걸음씩 내디딜 때마다 공간이 점점 더 커졌다. 안쪽으로 점점 더 깊숙이 들어가자 공간은 오른쪽으로 홱 휘어지며 가파르게 구부러지는 계단을 드러냈다. 빙글빙글 돌며 오르느라 어지러워진 채 꼭대기에 다다랐을 때, 나는 1센티미터 정도 작게 열린 나무 미닫이문 앞에 서 있었다. 그 틈 사이를 들여다보았다.

생크추어리의 비스듬한 지붕 바로 밑에 있는 작은 방이 나타났다. 매화가 무릎까지 내려오는 하얀 드레스를 입고 있었다. 머리는 땋지 않고 풀어헤친 상태였다. 거대한 차양 창 너머로 호수 위로 두둥실 뜬 달은 삶은 감자의 단면과도 같았으며 물 위로, 그리고 저 멀리 솟은 산까지 전복 같은 윤기를 드리우고 있었다. 매화는 손을 뻗어 조심스럽게 창문을 닫았다. 방 안의 침묵은 걸쇠로 단단히 잠겼다.

그녀는 매트리스 끄트머리로 가서 몸을 숙였다. 그때서야 뒤엉킨 흰 이불 사이, 등을 대고 잠들어 있는 문이 눈에 들어왔다. 셔츠를 입지 않은 채 부드럽게 오르내리는 그의 가슴팍은 윤기 어린 땀으로 인해 또렷한 윤곽을 드러내고 있었다.

똑딱거리는 소리는 불규칙해졌고 이제는 거의 알아차릴 수 없을 만큼 희미하게 사라져가고 있었다. 이따금 귓가에 울리는 내 맥박에 그 소리가 완전히 묻히기도 했다.

허리께에 휘감긴 이불에서 벗어나려 발작적으로 버둥거릴 때에도 문의 잠든 눈은 여전히 감겨 있었다. 마침내 이불에서 해방되자 그는 팔을 머리 위로 휙 들어 올렸고,

그러자 등이 휘며 갈비뼈가 도드라졌다. 그때 그것을 보았다. 내가 늘 궁금해했던 그의 일부를. 다만 너무도 급작스레 드러났기에 나는 경악했다. 문의 팔과 다리는 숨 막히는 열기 속에서 별 모양으로 뻗쳐 있었지만 페니스는 안으로 말려 있었다. 페니스의 계절은 겨울이었다. 마치 밤새 술을 마신 뒤 졸도하듯 기이한 꿈에 깊이 빠져선, 자신만의 비밀스러운 세계에서 맞닥뜨리게 될 것을 두려워하지 않는 것처럼, 어딘가 모호하면서도 단호한 데가 있었다.

매화는 손으로 문의 가슴을 쓸고 내려가 옆구리를 휘감았다. 그가 벼랑 끝이라는 듯 그녀는 거기에 자신의 몸을 걸었다. 그러다 문득, 허공에서 무언가를 감지하곤 고개를 휙 들었다. 그녀도 똑딱거리는 소리를 들은 걸까?

페니스는 꾸준히 부풀어 오르기 시작했다. 끝부분이 뽑히듯 들리고 윤곽이 점차 선명해졌다. 눈꺼풀처럼 부드럽던 것이 이제는 바위처럼 단단했다. 공기를 가르며 단단히 선 페니스는 고대 화살촉 같은 모양이었다. 주인이 무의식 깊은 곳에 잠겨 있는 동안 페니스는 불길한 눈초리로 주변을 쏘아보았다. 그런데 그때 갑자기 문의 손이 매트리스 위로 솟아났다. 매화는 그쪽으로 고개를 돌리지 않았다. 그 손이 그녀의 얼굴 옆으로 천천히 내려앉는 것을 나는 지켜보았다. 더 깊이 애무받기 위해 그녀는 목을 구부렸다.

"여기쯤이야?" 그녀가 말했다.

"거의."

문의 손은 매화의 얼굴을 떠나 그녀의 손 위로 올랐다. 거기서 잠시 멈췄다가―잠시 손을 맞잡았다가―그녀의 손을 자신의 가슴에서 몇 센티미터 낮은 위치로 옮겼다.

"여기." 그가 말했다. 마치 자신의 심장이 머나먼 기슭 이라는 듯.

12

순수한 미래

생크추어리에서 돌아오자마자 당일 저녁에 서울을 출발하는 비행기표를 살까 고민했다. 하지만 비행기를 타고 가고 싶은 데가 없었다. 여행은 지긋지긋했다. 내가 원하는 것은 따라갈 수 있는 누군가 혹은 무언가였다.

내 여행 비자는 자정에 만료될 예정이었다. 재외동포 비자를 신청하기 위해 출입국관리사무소에서 오후 4시에 면담이 잡혀 있었지만, 그곳으로 가는 도중 지하철에서 환승하지 않고 그대로 역을 나서는 충동적인 결정을 했다. 빽빽한 에스컬레이터를 타고 길거리로 오르는 동안, 강렬히 내리쬐는 햇살에 당황하며 실눈을 뜨는 우리 모두가 방공호에서 무사히 빠져나왔으나 곧장 우리 앞에 닥쳐올 책임들에 불행해하고 있다는 감각에 휩싸였다.

O가 문을 열었을 때 나는 미안하다는 미소를 지었다. 너무 오랫동안 웃지를 않아서 얼굴이 아팠다. 그녀의 뺨은 누렇고 수척했으며 머리카락은 아무렇게나 올려 묶은 상태였다. 하지만 눈동자만큼은 기이한 힘으로 빛나고 있었다. 그 힘으로부터 나를 모면하게 해주려는 듯 그녀는 눈길을 돌렸고, 들어오라며 옆으로 물러섰다.

거실은 내 기억과 달랐다. 플라스마 TV는 훨씬 더 화면이 큰 모델로 바뀌어 있었다. 켜져 있지는 않았지만, 고요히 방 안으로 물러나는 대신 다시금 활기를 얻고 싶다는 추잡한 조바심을 내뿜고 있었다. 소파는 전기 마사지 침대가 놓이면서 옆으로 밀려났고, 그건 O의 어머니가 이제는 그 기계 위에 누운 채 고개를 옆으로 홱 꺾고서 뉴스 보기를 즐긴다는 뜻이었다. 그 옆에는 서브우퍼* 스피커가 있었다. 나는 O의 어머니가 낮게 진동하는 저 메시 망에 손을 가만히 댄 채 들리지 않는 소리를 피부로 느끼는 모습을 상상했다.

O의 어머니는 문을 닫고 침실에 있는 것 같았다. 한편 베란다 문은 열려 있었다. 매미들이 떼 지어 성욕을 뿜어대고 있었다. 생크추어리에서도 매미 울음소리가 들렸을 텐데 이상하게도 그 소리를 인지한 게 마지막으로 언제였

• 저음 전용 스피커 또는 일반 스피커로는 재생할 수 없는 극저음을 내는 스피커 장치.

236

는지 기억나지 않았다. 내 귀가 태곳적 놀라움을 회복할 수 있는 지구상 유일한 장소는 O의 아파트인 것 같았다. 서울로 돌아온 이후 나는 문에 대한 생각을 회피하고 있었는데, 이제 극심한 고통과 함께 떠올려보니 지난 이틀 동안 내 몸이 완전한 오류 속을 여기저기 떠돌았구나 싶었다.

그때 갑자기 단호하면서도 교태를 부리는 여성 목소리가 거실에 울려 퍼졌다. "안녕하십니까. 여러분의 안전을 위해, 아이들의 안전을 위해, 어르신들의 안전을 위해, 반려동물의 안전을 위해, 그리고 반려식물의 안전을 위해, 오후 4시부터 6시 사이에는 창문을 닫아주시기 바랍니다. 안녕하십니까. 여러분의 안전을 위해, 아이들의 안전을 위해……." 여자는 죽을 수도 있는 무수한 존재들과 너무 많이 얽혔다는 점 때문에 안내 방송 수신인들을 향해 짜증이 난 듯했다. 경고가 처음부터 끝까지 한 번 더 반복되자, 날카로운 삐 소리가 울렸고 다시금 바깥에서 웅웅거리는 합창이 이어졌다.

"저거 뭐야?" 내가 물었다.

O는 벽에 걸린 인터폰을 가리켰다.

"관리사무소에서 종일 저걸 틀어놔." 그녀가 말했다. "올해 매미 수가 걷잡을 수 없이 늘어났거든. 저 나무들 밑을 지나는 게 불가능할 정도야. 사방이 매미야. 포탄 파편이 날아다니는 한복판을 걷는 것처럼 위험해. 너는 입구 반대편으로 와서 모를 수도 있겠다. 어쨌든 어떤 회사에서 특수 화학약품을 나무에 뿌릴 거래."

"어떤 특수?"내가 물었다.

"먼저 매미의 다리가 분리돼." 오가 말했다. "그런 다음 껍질이 갈라져. 내장이 그대로 미끄러져 나와. 모든 체액은 곧장 증발하고. 대학살도 치우기 쉽게 하려는 거지."

나는 시계를 흘끗 올려다보았다. 4시 5분 전이었다. 출입국관리사무소에서 예정된 면담이 떠올랐다. 비자를 받을 수 있는 가능성이 아직 남아 있는 척하는 게 좋았다. 그럴 가능성 따윈 없었다. 하지만 내가 있는 곳과 있어야 할 곳 사이에서 그 몇 분 안에는 무엇이든 가능할 것 같았다.

O는 방충망에 달라붙은 매미 한 마리를 자세히 살펴보려고 베란다 문지방 위에 섰다. 곤충은 O에게 사적인 위협을 가하듯 사납게 윙윙거렸다. 그러곤 전쟁용 헬리콥터처럼 날아갔다가 고장 난 듯 허공에서 뚝 떨어졌다. 점점 더 많은 매미가 베란다를 찾아왔지만 항상 한 번에 한 마리씩, 그것도 잠깐 동안뿐이었다. 저 아래 나무들에 매달린 매미 떼 사이에서 불화가 생긴 듯, 한 마리씩 독립해서 높이 날아오르려 시도하고 있었으나, 아파트와 아파트 사이 칙칙한 외벽 사이에 갇히며 배짱을 잃고 불만스러운 무리 속으로 다시 거꾸러지는 것이었다.

이제 4시 1분 전이었다. 바깥에서는 기계가 왕성한 활기를 자랑하듯 윙윙댔다. O는 망설이다 마지못해 베란다 창문을 닫았다.

우리는 침실로 갔다. 나는 O의 침대 가장자리에 앉아 주변을 둘러보았다. 불은 꺼져 있었지만 방에 난 유일한 창문으로 햇살이 슬쩍 비쳐 들어왔다. 그림들은 어디에도 보이지 않았다.

"서울에 돌아오니 이상해." 내가 말했다.

"어디 갔었는데?" 그녀가 물었다.

"다른 곳."

O는 문을 닫고 침대 프레임 저만치 위로 손을 뻗더니 하얀 침대 시트를 펼쳤다. 주름을 펴긴 했지만 문고리에 걸려 있느라 생긴 울룩불룩한 부분은 어쩔 도리가 없었다. 그녀는 나와 함께 침대 가장자리에 걸터앉은 다음 빔 프로젝터를 무릎 위에 올려놓았다.

"나도 다른 데 갔었어." 그녀가 말했다.

"그래?" 내가 말했다. "못 만나서 이상하다."

"다른 데라는 건 엄청 넓어." 그녀가 말했다.

O에게서 새로운 기운이 느껴졌다. 마치 더는 자신의 방에 속하지 않는 것 같았다. 그녀가 정말로 다른 곳에, 내가 있었던 곳보다 훨씬 더 이질적인 곳에 있었다는 느낌이 들었다. 심지어 나야말로 전혀 다른 곳에 있지 않았던 걸

지도 몰랐다. 그에 대해 뭐라도 물어보기 전, O가 빔 프로젝터를 켰다.

영화가 시작되었다. O는 침대 시트 위에서 화가를 연기하고 있었다. 삶의 모든 방면에서 화가는 무엇에도 헌신하지 않고 아무것도 믿지 않는다. 그녀는 캔버스를 흰색 아닌 모든 색으로 채우는 방식으로 시각적 소음을 추구하며 살아간다. 기교를 부릴 줄 알았지만, 때로는 완벽한 주제가 결여된 기교 따위는 전부 무의미하다고 느낀다. 그녀는 내용 없는 스타일, 사명 없는 특이한 표현, 요점 없는 개성을 지니고 있다.

화가에게는 작가인 친구가 있는데, 나와 전혀 다르게 생긴 한국 여자가 그 역할을 연기했다. 작가는 한 남자에 대한 집착을 끝도 없이 횡설수설 늘어놓는다. 작가는 화가와 정반대인 인물이다. 그녀는 완벽한 주제에 스스로를 너무 많이 포기한 나머지 그 어떤 기교도, 스타일도, 독특한 표현도 지니고 있지 않았다. 그 남자에 대해 말하고 있지 않을 때는 그에 관한 글을 썼다. 제멋대로 뻗치는 텍스트는 무아지경의 상태에서 쓰인 것이었고, 작가 자신의 이해를 넘어섰다. 그녀가 사랑하는 남자, 영화에선 한 번도 등장하지 않는 그 남자는 그녀의 예술적 잠재력을 빨아들인 소용돌이였다.

어느 장면에서 작가는 이렇게 말한다. "나는 마음이 셔츠 같은 거라고 봐. 모든 아이디어는 단추이거나 구멍이야. 우리는 셔츠 양쪽이 몸에 잘 맞도록 아이디어들을, 단추와 구멍을 짝지어 연결해. 그런데 내가 원하는 건 셔츠가 잘못 정렬돼서 부적절한 위치에서 몸을 압박하는 거야. 나는 아무것도 맞지 않기를 원해. 잘못된 구멍에 들어가는 단추—나는 그 벡터를 숭배해. 이 벡터가 바로 미래야. 그게 내가 그를 사랑하는 이유야. 실타래처럼 얽힌 벡터가 인간이 된 게 바로 그 남자야. 그는 순수한 미래야. 내가 사랑하는 건 그 남자가 아니야. 나는 그에 대한 이야기를 사랑해. 그래서 글을 잘 쓰는 게 뭔지 모르겠어. 이야기가 이미 완벽한데 글을 잘 쓴다는 게 무슨 소용이겠어? 나는 그의 이야기를 전할 뿐이야. 아무것도 더하지 않고. 국물을 살리고 진하게 만드는 거지."

나는 이런 말을 한 적이 없었다. 작가는 한국어 억양이 짙은 영어로 말했다.

또 다른 장면에서 화가와 작가는 어린이대공원 분수대 앞에 서 있다. 두 사람은 공원 스피커에서 쩌렁쩌렁 울려 퍼지는 흥겨운 사랑 노래에 맞춰 움직이는 분수 쇼를 감상하고 있다. 작가가 걸어나가더니 분수대 주변에 생긴 물웅덩이에 발을 참방거리는 아이들 곁에 선다. 후렴구가 힘차게 시작되자, 작가는 손을 허공으로 쭉 뻗어 분수

중앙에서 굵은 물줄기가 창처럼 솟구치도록 마술을 부린다. 그녀는 손으로 물을 퍼내는 동작을 반복하고, 그러자 분수대 가장자리를 따라 흐르는 작은 물줄기들이 모습을 드러내며 넘쳐흐른다. 물은 그녀의 무용 극단이며 그녀는 지휘자다.

아이들은 어른의 연극에 술렁거리며 뒤로 물러난다.

물론 작가는 실제로는 분수에 아무런 영향력도 행사하지 못한다. 그러나 지극히 예언자적인 섬세함을 발휘하는 그 손짓으로 인해 화가는, 저 노래가 지속되는 한, 자신이 살아가는 이 기이한 세계가 친구의 손에 달려 있다고 믿을 수 있게 된다. 그녀를 사랑으로 감싸는 이 종잡을 수 없는 외부적 논리에 안온하게 머물며, 화가는 안전하다고 느낀다.

마지막 장면에서 두 여자는 화가의 침실에 있다. 카메라는 현관에서 그들을 포착한다. 캔버스가 바닥에 놓여 있다. 화가는 무릎을 꿇고 손을 바닥에 댄 다음 캔버스의 끄트머리를 연못처럼 들여다본다. 작가는 친구의 어깨 너머를 바라본다. 그 순간, 오직 그림만이 화면을 가득 채운다.

화가의 목소리가 독백으로 흘러나온다. 그녀가 말하길, 캔버스에 처음 가한 붓질은 작가의 왼쪽 무릎 뒤쪽이었다. 피사체의 얼굴이 아닌 다른 부위에서 초상화를 시작한 적은 처음이었다. 양 무릎을 완벽히 표현한 후, 화가는 주인 이야기를 해달라고 두 무릎을 꾀어낸다. 무릎들은 한목소리로 주인의 얼굴을 본 적이 없다고 말한다. 그들이 아는 것이라곤 그녀가 항상 문이라는 이름의 남자에게 말을 걸고 있다는 사실이었다. 그게 무슨 의미인지는 그들도 확신하지 못했다. 어쩌면 작가의 친구들은 전부 문이라는 이름을 가졌을 수도 있다. 어쩌면 그녀는 연인인 문과 함께 여전히 침대에 있을 수도 있다. 어쩌면 문이라는 이름의 신을 숭배하는지도 모른다. 그가 누구이건간에, 두 무릎은 알고 있었다. 그가 없다면 작가의 위태로운 자의식이 산산이 부서질 것임을. 그래서 그들은 문이그녀의 몸 안에 존재하고 있다고 여기곤 했다.

이 말을 들은 화가는 문득 영감이 떠올랐다.

"얼굴은 진절머리가 나." 그녀가 말한다. "이제 다른 관점에서 세상을 바라볼 때가 왔어. 왜 무릎 뒤를 보는 것부터 시작하면 안 되는 거지? 얼굴과 얼굴이 아닌, 무릎과 무릎으로 서로를 바라볼 수는 없는 걸까?"

나는 자리에서 일어나 침대 시트 쪽으로 다가갔다. 거기 놓인 그림은 내 뒷모습이 그려진 누드 초상화였다. 그림 속 내 머리카락은 박박 깎아놓은 것처럼 몹시 짧고 검었다. 나는 왼쪽으로 뒤를 돌아보고 있었는데, 얼굴 전체가 다 보일 정도로 목이 비정상적으로 뒤틀려 있었다. 목덜미의 주름은 나사의 나선형 돌기 같았고, 머리는 어깨 사이 움푹 팬 곳에 깊이 파묻히고 있었다. 하지만 가장 기이한 건 따로 있었다. 문의 얼굴이 내 머리 위로 자라나, 그 지각변동으로 내 얼굴을 왼쪽으로 이동시킨 듯 보였다. 그의 왼쪽 뺨은 내 오른쪽 뺨과 매끄럽게 어우러졌다. 원근법이 내 얼굴에 특권을 부여해 그의 얼굴은 부분적으로만 보였지만, 내 얼굴만큼이나 완성된 상태로 존재하는 것 같았다. 나는 머리를 문과 공유하고 있었다. 우리 둘 다 미소를 띠지 않았다.

지금까지 이런 이미지는 존재하지 않았다. 문과 내가 하나가 된 모습. 그림 속에서 우리는 다른 커플들이 그토록 꿈꿔온 완전함으로 하나가 되었다. 맞닿은 두 뺨이 하나로 결합된 형상은 섹스보다 더 섹슈얼했다. 나는 왼쪽 귀로 듣고 그는 오른쪽 귀로 들으며, 우리는 서로의 반쪽을 대신하는 스파이였다. 세상은 우리를 하나의 단위로 보고 시비를 걸었다. 우리가 혼자서 경험하는 건 더 이상 아무것도 없었다. 둘 중 한 사람이 웃으면 상대에게도 감염되었고, 마침내 웃음을 멈추는 게 불가능해질 지경이었으며, 단지 계속해서 강화되며 우리가 공유하는 페를 혹사시킬 따름이었다.

나는 고개를 돌려 O를 마주 보았다.

"그림 보여줘." 내가 말했다.

O는 무시했다. 그녀의 눈은 내 가슴에 고정되어 있었

다. 나는 아래를 내려다보았다. 영화가 내 가슴 위로 재생되고 있었다. 이미지의 온전함을 해칠 수 없을 만큼 빈약한 가슴. 영화가 끝나고 화면이 깜깜해지고 나서야 O가 나를 의식했다.

"그림보다 영화가 나한테 훨씬 더 잘 맞는데, 너도 동의해줬으면 좋겠다." 그녀가 말했다.

O는 팔짱을 끼고 방 안을 빠르게 서성거렸다. 그림을 보여달라는 요청을 거듭 무시하는 중이었다. 그사이 침실 창문에는 누군가 정원 호스를 흔드는 것처럼 검은 물질을 주기적으로 뿌려대고 있었다.

"O." 내가 말했다. "빨리."

"내 이름은 이제 그거 아니야."

"뭐야, 오셀로 돌아갔어?"

"아니."

"알았어. 그러면 뭐야?"

그녀는 내 앞에 멈춰 섰다.

"누군가를 만났는데." 그녀가 말했다. "그 사람만 쓸 수 있는 단어로 이름을 바꿨어. 이름 정하는 데만 며칠이 걸리더라. 한 번도 연결된 적 없는 음절 두 개를 고르고 싶었거든. 그동안 나한테 전화한 적 있다면 미안해. 전화 연결도 끊어둬야 했어. 내가 느끼는 것에 집중하기 위해선 모든 걸 차단해야 했어. 산 채로 불타고 있는 것 같으려면. 그건 그렇고 너는 날 계속 O라고 불러야 할 거야. 계속 그 이름을 쓰면서 ― 더는 그게 내 이름이 아니라는 걸 확실히 알아줬으면 해. 모든 사람은 본인이 틀렸다는 걸 알아야 한다고 생각해. 옳다는 느낌을 그 사람 혼자서만 누릴 수 있게 말이야."

O는 단조로우면서도 열띤 어조로 자신의 이야기를 이어갔다. 폴리곤 플라자에 나를 데려다준 후 그녀는 이상한 기분에 사로잡혔다. 집으로 돌아갈 마음의 준비가 안 됐다고 느꼈다. 그래서 이태원역에 내려 늦은 밤까지 걸어 다니며 붐비는 골목에서 한국인들이 외국인들과 팔짱을 끼고 비틀거리는 모습을 지켜보았다. 그 남자를 발견한 건 그때였다. 그는 혼자가 되기로 결심한 듯 그녀보다 앞에서 걷고 있었다. 서로 어울리려는 이들의 막대한 불안 속에서 목격한 그의 고독에 그녀는 감동을 받았다. 그의 푸른색 바지는 끝단이 다 해졌고, 검은 옥스퍼드화는 사이즈가 잘못된 듯했다. 검고 굵은 머리카락은 부스스하게 사방으로 뻗쳐 있었는데, 위기가 찾아온 순간 스스로 깎은 것처럼 신선한 구제 불능함이 있었다. O는 남자를 따라 나이트클럽으로 들어갔다. 무대를 둘러싼 어둑한 테이블 하나에 자리 잡고서 그가 춤판으로 들어서는 모습을 지켜보았다. 머리 위에선 푸른 불빛이 어지럽게 흔들리

고 있었다. 남자는 다른 이들의 머리 사이로 드문드문 까닥거리며 모습을 드러냈다. 그녀에게 아무런 의미도 없는 얼굴들 사이로 갑자기 남자의 얼굴이 가려지는 건 저주였다. O는 남자의 아름다움을 볼 때마다 치명적인 불균형으로 이탈하는 자신을 느꼈다. 테이블을 가득 채울 만큼의 술과 음식을 주문했는데, 상대적으로 몹시 평범한 그것들에 역겨움을 느끼며 아무것도 손대지 않기 위해서였다. 위협적일 만큼 흔한 남자 한 명이 SNS를 알려달라며 다가왔지만 그녀는 아무것도 말할 게 없어 입을 꾹 다물고 있었다. 그 순간 그녀의 몸 구석구석은 전부 완강히 비실재하고 있었으므로.

그렇게 관계가 시작되었다. 성은 시대극을 쓰는 시나리오 작가였지만 더 큰 야망을, 자신의 탐사선을 유해한 현재에 가라앉히고 싶다는 욕망을 품고 있었다. 문을 향한 내 사랑에 관해 O에게서 이야기를 들은 그는 함께 단편영화를 만들자고 제안했다.

"우리는 밥 먹는 것도 잊을 만큼 대화를 진짜 많이 나눠." 그녀가 말했다. "한번은 바깥이 새벽인지 해 질 녘인지도 구분이 안 될 정도로 시간을 까맣게 잊어버렸어. 그 순간 나는 우리 둘이서 절절히 외따로 있구나 느꼈어. 다른 누구도 없는 세상에 둘만 있는 것처럼. 완벽한 틈새에 있는 거지. 함께 무지몽매해지는 거."

나는 무슨 말을 해야 할지 알 수 없었다. 방은 점점 어두워지고 있었다. 건물 전체에 진동이 퍼져가고 있었다. 이를 살짝 물었더니 덜덜 떨리기 시작했다.

"좋겠다." 나는 마침내 입을 뗐다.

"글쎄, 난 안 좋아." O가 말했다. "항상 뭔가를 게워내고 있는 것 같은 느낌이 들어. 행복한 영혼 같은 게 있기는 할까? 소용돌이치는 삶의 맥박 속에서도 온전한 영혼이라는 게?"

나더러 문을 찾으러 가라고 떠민 일을 후회한다고, O는 말을 이었다. 외롭고 화나 있었다고. 나를 통해 스스로를 돕고 싶었다고. O는 내가 정당하다는 걸 증명하기 위해 계속해서 문을 찾으러 다닐 거라고 추측하고 있었다. 그러나 그녀 자신은 더 이상 순수한 형태의 이상을 향한 인내심이 없었다.

"이런 기분이 어떤 건지 네가 꼭 알았으면 해." 그녀가 말했다. "나만큼이나 마음이 진창이 되었으면 해. 하지만 넌 이미 답이 없는 곳으로 가고 있지. 그러니 뒤돌아서 널 내내 기다리고 있던 세상을 향해 발 딱 붙이고 걸음을 옮겨."

"나 서울 떠나." 이미 결정을 내린 지는 오래였다. 이제야 깨달았을 뿐. "같이 가자."

"싫어." O가 말했다. "그럴 순 없어. 너와 함께 비행기를

타고 일직선으로 움직인다는 거, 사실은 네가 나를 길 잃
게 만들고 있다는 걸 알면서도─그러는 건 무서워."

어느새 검은색 얇은 막이 창문 전체를 완전히 뒤덮었
다. O의 얼굴 표정을 알아볼 수 없을 정도로 방이 어둑해
졌다. 내 두 눈에서는 피로감이 피어나고 있었고, 잠들기
직전의 위험한 상태가 느껴졌다. 의식을 잃지 않기 위해
붙들 수 있는 건 O의 목소리뿐이었다. 그러나 지금 그녀
는 그 목소리를 칼처럼 휘두르고 있었다.

"내가 유리로 만들어졌으면 얼마나 좋았을까." 내가 말
했다. "그럼 내 속을 다 볼 수 있어. 내가 뭘 느끼는지 너에
게 이해시키는 말 하나도 안 해도 되잖아."

"내가 널 꿰뚫어 볼 가능성이 더 높아." O가 말했다. "내
가 널 전혀 보지 못할 거라는 뜻이지. 네가 거기 있다는 것
도 잊고 유리 벽처럼 너한테 부딪히고 말 거야. 육체라는 건
반대급부를 지닌 거야. 누군가 네 앞에 서 있다는 걸 알려주
지만, 너는 그 존재가 무슨 의미인지는 전혀 알지 못해."

그녀는 내 앞에 와서 쪼그리고 앉은 다음 내 얼굴을 올
려다보았다.

"O." 내가 말했다. "그림 보여줘."

"이미 봤잖아." 그녀가 말했다. "영화에서."

"진짜를 보고 싶어."

"넌 뭘 요구하고 있는지도 모르고 있구나."

O는 내 다리를 부드럽게 옆으로 밀었다. 그런 다음 침대 시트 속으로 점점 더 깊숙이 들어갔다. 머리마저 사라질 때까지. 다시 나타났을 때는 캔버스를 든 채였는데, 눈동자가 그림 바로 위에 있었다. 내가 보고 있는 게 무엇인지 이해하는 데 오랜 시간이 걸렸다. 왼쪽 무릎 뒤는 생생하고 구체적으로 표현된 데 비해, 오른쪽 무릎 뒤는 검은 붓질의 소용돌이로만 남아 있었다.

"언젠가 완성할 거야." 그녀가 말했다. "시간만 있으면 돼."

거실에서, 우리는 O의 어머니가 베란다 앞에 기절해 쓰러져 있는 것을 발견했다. 문은 다시 열려 있었다. 바닥이며 벽이며 가구에 흑요석 같은 광택을 드리우며, 새까만 물질이 온 사방을 뒤덮고 있었다. 플라스마 TV 화면만큼은 이전과 똑같아 보였다. O의 어머니가 입은 검은색 원피스도 마찬가지였다. 그러나 화학물질은 그녀의 흰 피부를 작은 반점으로 온통 뒤덮어놓았다. 손으로 마구 문지른 듯한 입가를 제외하면 그녀의 몸 위에 퍼진 검은 윤기는 흠잡을 데가 없었다.

O는 무릎을 꿇고서 어머니의 어깨를 쥐고 흔들었다. 겨우 말을 하려 가쁜 입을 벌렸을 때조차 여자의 눈은 감겨 있었다. 치아는 하얬지만 혀는 온통 새까맸다.

O가 어머니의 머리를 무릎 위로 끌어다 안았고, 그사이 나는 베란다로 걸어 나갔다. 시커먼 연기가 맞은편 건물의 시야를 가렸다. 화재가 난 것 같은 냄새가 났다. 나는 사이렌 소리가 들려오길 기다렸다. 그러나 들려오는 것이라곤 멀리서 뛰어노는 아이들의 비명 소리뿐이었다.

막다른 이야기와 고꾸라지는 춤

이야기 번역이란 무엇인가, 거기서부터 시작한다.

인물이 있고 세계가 있다. 특정한 세계 안에서 인물은 특정한 성격과 특정한 말투를 지닌다. 외모가 설명되거나, 적어도 다른 누군가에 의해 그 인물의 이모저모가, 그의 정체성과 역사가 은근하게 제시되며, 번역자-독자는 더듬더듬 퍼즐 맞추듯 머릿속에서 인물을 빚어가며 읽는다. 말투를 입힌다. 핀으로 고정한다. 그것이 이야기다. 이야기는 '전개'된다. 인물이 놓인 상황과 장소와 맥락이 제시되며, 인물 자신의 독백이 제시되지 않더라도 번역자-독자는 자신이 빚어놓은 인물을 토대로 상황을 그려보며 맥락에 '걸맞은' 대화 혹은 사건이 전개되기를 기대한다. 기다린다. 약간의 인내심을 가지면 '전개'는 나타난다. 쉽사리

끊어지는 법 없는 '전개'의 길을 번역자-독자는 걷는다. 약간은 의기양양하게. 어설픈 실마리들조차 개연성의 일부라고 믿으면서, 그 믿음이 보답받았을 때 은밀히 기뻐하면서. 예상치 못한 반전이 발생하면 깜짝 놀랄 태세를 갖춘 채, 아슬아슬하면서도 흥미진진한 궤적의 길을 자진해서 걷는다. 이것이 이야기다. 단일한, 온전한, 말끔한, 선형적인 시간 속에 포획된. 익숙한.

그러다 덜컥 멈춰 서게 된다. 막다른 이야기 앞에.

어떤 이야기는 '전개'를 멈춰 세우기 때문이다. 삐걱거리기 때문이다. 불가피하게 덜컹거리기 때문이다. 분명 베를린이나 서울이라는 실제 지명이 언급됨에도 불구하고(그런데 잠깐, '실제'란 무엇인가?) 번역자-독자는 자신이 아는 베를린이나 서울의 이미지를 수월하게 대입할 수 없다. 그 장소는, 그곳이 어디든, 기존의 이해를 비껴 간다. 처음에는 당혹감과 난처함, 뒤이어 갑갑함, 은은한 분노, 이어서 일종의 기이한 쾌감이 번역자-독자에게 번진다. 내가 알던 이태원이 아니고, 내가 알던 팬픽션이 아니고, 내가 알던 한국계 여성 작가의 소설이 아니고(패밀리, 홈랜드, 헤리티지, 띵스 라이크 댓), 내가 알던 이야기가 아니고, 그렇게 모든 것이 무너진 상태에서 나아가야 한다. 어디로? 막다른 이야기 속에서 여정이 펼쳐진다. 펼쳐지자마자 흩어진다. 줄거리 요약 따위는 불가능하다.

도입부를 간신히, 괄호들 여럿과 말줄임표까지 대동하여 제시할 수 있을 뿐이다.

이 소설에는 한국계 출신으로 여겨지는 여성이 1인칭 화자로 등장하는데 그에겐 이름이 없다(누구도 그의 이름을 부르지 않는다). 외모도 일절 묘사되지 않는다. 그는 카피라이터로 재택근무하며 방에 처박혀 난해한 책들을 탐독하는데, 그의 비밀스러운 내면세계는 종잡을 수 없다. (번역자-독자는 '혼란스럽다'라는 표현을 자제하려 한다. 그 형용사를 사용하는 순간 모든 게 또 한 번 무너지기 때문이다.) 파괴적인 욕망, 판타지에 가까운 기이한 상상들이 현실과 경계 없이 뒤섞인다. (상상이면서 동시에 현실일 수 있을까? 이 질문은 미뤄놓는 편이 좋다.) '나'는 어느 날 룸메이트의 손에 이끌려 억지로 케이팝 아이돌 보이그룹 콘서트에 갔다가 그룹의 가장 어린 멤버 '문'에게 온통 마음을 빼앗긴다. 전혀 알지도 못하는 소년을, 그는 평생 기다려왔다는 생각에 사로잡힌다. 베를린에서의 생활을 일순 다 접고 무작정 한국으로 간다. 오로지 그 소년, 돌연 홀로 은퇴해버린 '문'을 만나기 위해. 그러나 정작 '문'은 만나지 못한 채, 서울에서 기이한 일들이 벌어지는데……

여기까지 말한 다음 입을 다물어야 한다. 온갖 이야기가 제각각의 냄새를 풍기는 벌어진 입에서 터져 나오는 세상(개가 어쨌고 쟤가 어쨌대, 그래서 어떻게 됐냐면, 그렇다니까? 그래서 말이지, 결말은 이거야! 짜잔! 카타르시스! 몰입감! 자유! 한 편의 짜릿한 이야기! 흡인력! 달음질치는! 절정! 운명! 극적인! 감동! 뭉클한!), 뭔가에 쫓기기라도 하듯 서둘러 봉합되고 매끈하게 다듬어지는 서사들이 발생시키는 유구한 소음 속에서, 번역자-독자는 '전개'를 발설할 수 없다. 여기저기 튀어나온 욕망과 충동과 행위의 요철들 앞에서 불쑥 멈추어, 대체 이 이야기가 어디로 가는가, 약간은 두려워지기까지 하는 마음으로, 침묵한 채, 하릴없이 작가의 얼굴을 쳐다본다. 한국인 부모에게서 났지만 로스앤젤레스에서 태어난 이래로 쭉 거기서 자랐고 현재 독일 라이프치히에 살고 있다는 작가. 황량한 벌판에서 겨울날 찍은 듯한 흑백사진 속 작가는 미간을 찌푸린 채다. 입술은 오므렸는데, 금방이라도 씰룩여 무언가를 말할 듯하다. 그는 사진의 오른쪽, 그의 기준에서는 왼쪽 어딘가 먼 곳을 응시하고 있다. 텅 빈, 으레 작가 사진에서 볼 법한 흐리멍덩한, 뜨고 있으나 무엇도 응시하지 않는 눈길은 결코 아니며 도리어 무언가를 집요하게 바라보는, 그러나 해독되지 않는 시선이다. 둥글고 커다란 단추가 달린 가죽점퍼 차림에 왼손은 주머니에 찔러 넣은 자세로, 오른팔은 뻗어 있으나 손이 사진 바깥으로 벗어나 보이지 않는다. 번역자-독자는 작가를 원망한다. 노려본다. 어디로 가라는 거예요. 멈춰 있을 수는 없는데. 어떻게든 책장은 넘겨야 하는데. 나는 당신이 거의 알지 못하는, 그러나 당신의 '모국'어로(모국이라니!) 이 이야기를 옮겨야 하는데, 인물들은 온통 난해한 문어체로 대화하고, 예상치 못한 질문이며 답을 불쑥 내밀고, 문장구조도 문법적으로 꼬여 있고.

작가는 입술을 조금도 달싹이지 않은 채 말한다. 맞아요, 일부러 그랬어요. 머릿속으로 나도 계속 번역하면서 쓰거든요. 코리안에서 잉글리시로, 잉글리시에서 코리안으로. 그러니까 잉글리시여도 좀 스트레인지할 수밖에 없어요. 사실 나는 홈이 어딘지 잘 모르겠어요. 오랫동안 홈-리스한 상태라고 생각하며 살아왔어요. 내가 제일 좋아하는 작가도 홈-리스했어요. 로베르트 발저. 너무 좋아해서 발저가 머물렀던 스위스 병원에도 찾아간 적 있어요. 나는 오로지 내가 사랑하는 죽은 작가들을 위해 써요.

번역자-독자는 여러 번 읽는다. 계속 읽는다. 이 이야기가, 아니 스스로가 '전개'되지 못하고, '전진'하지 못하고 있다는 생각 속에서, '진보'하지 못하고 있다는 강박 속에서, 얼굴을 도무지 그려낼 수 없는 인물들의 뒷모습을 멀찍이서 바라보며, 아니 그들의 무릎 뒤를 응시하며, 저 기이하고 맹렬한 사랑에 어떻게든 형상을 빚어보려 애쓰면서, 스스로의 무릎 뒤쪽을 이따금 만져보기도 하면서.

읽을 때마다 '나'의 얼굴이, 이야기의 클라이맥스가 매번 달라진다. 기이하다. 기이한 일은 지금도, 당신이 이 글자를 읽고 있는 이 순간에도 끊임없이 벌어지고 있다. 정신을 똑바로 차리면 알 수 있다. 아니, 정신을 똑바로 차리지 않아야 알 수 있다. 사실은 이도 저도 아니다. 현실과 비현실의 틈새가 벌어진다. 의식과 무의식의 간격이 벌어졌다가 좁아진다. 끝도 없는 간극과 불화와 불협화음들. Y/N. Yes와 No가 다만 얇은 막(/) 하나를 사이에 두고 나란히 놓이듯이, Your Name의 약자(略字)가 당신이 되었다가 내가 되었다가(잠깐, 당신은 누구고 나는 누구인가?), 아니 사실은 그 누구도 겹쳐볼 수 없는 텅 빈 공void의 상태로, 무한히 아득한 심연으로 남겨지듯이. 그 까마득하게 부조리한 구렁을 다만 휘적휘적 헤집어볼 수 있을 뿐이다. 끝끝내 붙들리지 않는 글자들을 어떻게든 붙들려는 절박한 몸짓은 끝도 없이 공중에서 공중으로 미끄러지고 추락하는, 우스꽝스러운 춤에 다름 아니다.

이 이야기는 그렇게 번역되었다. 아무런 확신도 의기양양함도 없이, 들리지 않는 매미들의 울음소리 속에서. 무릎에 힘이 풀려 주저앉듯. 눈 감고 입 다물고 항복하듯.

무수한 말줄임표들과 주저함들과 망설임들 사이에서, 당신이라는 번역자-독자는 이 이야기를 어떻게 번역할지 감히 궁금하다. 하나는 분명하다. 여기까지 읽었다면,

지금이라는 이 막다른 순간, 당신에게 선명한 자국을 새
긴 장면이, 혹은 당신의 몸 어딘가를 긁은 문장 하나가 있
을 것이다. 그것을 붙잡으면 된다. 아니, 온갖 '당신이 알
던'을 떠나 허공을 헤집어보면 된다. 그렇게 고꾸라지듯
춤을 추라. 그것이 우리, 번역자-독자에게 남겨진 유일한
몸짓이므로. 거기서 시작하면 된다. 끝은, 짐작하다시피,
없다. 결말은 텅 비어 있다. 당신의 이름처럼.

최리외

Y/N

1판 1쇄 발행 2024년 6월 3일

지은이·에스더 이
옮긴이·최리외
펴낸이·주연선

(주)은행나무
04035 서울특별시 마포구 양화로11길 54
전화·02)3143-0651~3 ｜ 팩스·02)3143-0654
신고번호·제 1997—000168호(1997. 12. 12)
www.ehbook.co.kr
ehbook@ehbook.co.kr

ISBN 979-11-6737-430-1 (04800)
         979-11-6737-396-0 (세트)